퍼스트레이디

퍼스트레이디

육영수와 박정희, 그들만의 이야기

2016년 4월 5일 초판 인쇄
2016년 4월 10일 초판 발행

구성 류보상 | 원안 유정화 · 주기석 · 한창학
책임편집 김수진 | 펴낸이 이찬규 | 펴낸곳 북코리아
등록번호 제03-01240호 | 전화 02-704-7840 | 팩스 02-704-7848
이메일 sunhaksa@korea.com | 홈페이지 www.북코리아.kr
주소 13209 경기도 성남시 중원구 사기막골로 45번길 14
우림2차 A동 1007호
ISBN 978-89-6324-478-5 03810

값 15,000원

* 이 도서의 사진자료는 e-영상역사관 및 도서《영원한 그 모습》(대통령비서실, 1973)에서 발췌하였습니다.

* 이 도서의 국립중앙도서관 출판예정도서목록(CIP)은 서지정보유통지원시스템 홈페이지(http://seoji.nl.go.kr)와 국가자료공동목록시스템(http://www.nl.go.kr/kolisnet)에서 이용하실 수 있습니다. (CIP제어번호 : CIP2016008766)

육영수와 박정희, 그들만의 이야기

구성 **류보상** | 원안 **유정화 · 주기석 · 한창학**

북코리아

소설 '퍼스트레이디'는

역사적 사실을 바탕으로 허구화한 이야기입니다.

육영수, 그녀는 누구인가?

육영수는 모두가 잘 알고 있다고 생각하지만
선뜻 한마디로 대답하기 어려운 사람이다.
또한, 육영수를 겪지 못한 세대에게는
낯선 사람일지도 모른다.

소설 '퍼스트레이디'는
신화로 채색된 육영수의 모습을 걷어 내고
인간 육영수의 사랑과 열정을 조명한다.

20세기를 살았고,
21세기에 더욱 빛나는 그녀의 정신과 삶을
대통령의 아내가 아닌, 한 여인의 일생 속에서
감동적으로 보여 줄 것이다.

차례

1
잊어버리려고 다짐했건만

박정희는 짙은 외로움을 느꼈다.

어떤 어려움이 닥쳐도 흥분하지 않고 냉철하게 결정을 내리던 그의 판단력도 조금씩 흔들리는 듯했다. 아내를 잃은 상실감 때문일까. 짙은 고독감을 달래기 위해 술을 찾는 횟수가 부쩍 늘어났다.

그렇다고 그가 흐트러진 모습을 보였다는 것은 결코 아니다. 그는 여전히 냉정을 잃지 않고 국정에 몰두했다. 그의 강한 의지로 보아 그렇게 쉽게 무너질 사람은 아니었다. 그러나 그의 내면은 바싹 메말라 있었고, 깊은 슬픔으로 상처받고 있었다.

박정희는 일과가 끝난 집무실에서 창밖 뜰을 내다보고 있었다. 다섯 달 전만 해도 활짝 핀 목련꽃 아래에서 사랑하는 아내와 함께 웃던 곳이었다. 그러나 지금 박정희는 꽃잎마저 다 떨어져 쓸려 나간 뜰을 내려다보며 다른 세계로 떠난 아내를 그리워하고 있었다.

오후 여섯 시 이후 대통령의 텅 빈 집무실은 그야말로 쓸쓸함 그대로였다. 창가에 서서 뒷짐을 지고 늦가을의 뜰을 바라보는 박정희의 뒷모습은 몹시 허전해 보였다.

누가 그의 가슴 찡한 허전함을 알까.

“아내란 건 뭔가? 고향 같은 것 아닌가. 푸근해서 쉬고 싶은 곳…….”

박정희의 가슴속에서 아내에 대한 그리움이 미친 듯이 솟아났다. 단 한 번만이라도 다시 한 번 그녀를 볼 수 있다면, 그녀의 목소리를 들을 수 있었으면 하는 간절한 바람에 가슴이 터질 듯했다. 박정희는 자신도 모르게 그녀를 향해 내면의 소리를 속삭였다.

이제는 슬퍼하지 않겠다고
몇 번이나 다짐했건만
문득 떠오르는 당신의 영상

소녀 시절부터 꽃을 좋아하고 가까이 한 육영수는 흰 목련을 특히 좋아했다.
그래서 청와대 뜰에도 백목련을 심고 가꾸며
목련의 그 청순한 분위기를 즐기곤 했다.

"여보, 올해는 꽃이 더 곱게 핀 것 같지 않아요?"
"그렇군, 지는 모습도 예쁘겠어."

그 우아한 모습

그 다정한 목소리

그 온화한 미소

백목련처럼 청아한 기품

이제는 잊어버리려고 다짐했건만

잊어버리려고 다짐했건만

잊어버리려고 하면 더욱더

잊혀지지 않는 당신의 모습

당신의 그림자

당신의 손때

당신의 체취

당신이 앉았던 의자

당신이 만지던 물건

당신이 입었던 의복

당신이 신었던 신발

당신이 걸어오는 발자국 소리

순간, 그의 눈에서 목련 꽃잎이 다시 환하게 피어났다. 그리고 그 꽃잎과 함께 아내의 미소도 피어나고 있었다. 박정희는 미소 짓는 그녀의 입술을 만지려고 손을 뻗었다.

서서히 사라지는 육영수의 잔영을 따라 박정희의 젖은 눈길은 계속 먼 하늘을 바라보았다. 그곳에 그녀가 있었다.

2

전쟁 통에 살아남기보다 미인 얻기가 힘들다

육군본부 정보국 제1정보과장 박정희 소령은 부산 피난지에 마련된 임시 포로수용소에서 포로들을 심문하고 있었다. 북한 인민군 출신인지, 남한에서 끌려간 의용군 출신인지, 포로들의 출신 성분을 가려내는 작업이 한창 진행 중이었다. 박정희는 항상 일일 목표를 정해 놓고 작업을 하는데, 오늘의 목표는 세 명의 인민군을 색출해 내는 것이었다. 이제 한 명이 남았다. 일을 마치고 문병도 가야 했기 때문에 이번에 반드시 끝내야만 했다.

포로들은 인민군 군복부터 중공군 솜옷, 국군 작업복, 심지어는 참전 유엔군의 군복까지 각양각색의 옷을 입고 있었다. 탄약 상자로 엮어 만든 긴 의자에 앉아 있는 그들의 몰골은 오랜 전투에 씻지도 못해 꼬질꼬질했고, 얼굴에는 불안감이 가득 차 있었다. 그들은 자신들을 지목하는 박정희의 지시봉에 생사가 달려 있다는 것을 아는 듯 촉각을 곤두세우고 있었다.

"너!"

박정희의 지시봉이 빡빡머리 하나를 툭 쳤다.

빡빡머리가 벌떡 일어나 부동자세를 취하며 겁먹은 눈으로 바라보았다.

"너 빨갱이지?"

"아, 아녀유, 충남 아산이 고향이유……."

빡빡머리가 전형적인 충청도 사투리로 우물거리며 대답했다.

박정희가 느릿한 빡빡머리의 말투에 답답하다는 듯 재차 질문했다.

"아산, 어디?"

"공주면 내리 이장 댁 막낸디 장에 갔다가 끌려 왔시유."

"넌 어디서 왔어?"

박정희의 지시봉이 옆자리의 주먹코를 찍었다.

"지는 물 맑고 공기 좋은 함평이랑께."

주먹코의 답변이 끝나기도 전에 박정희의 지시봉이 옆의 포로로 옮겨갔다.

"넌 고향이 어디냐?"

"문경임더. 고마 지가 문경소학교 십삼 회 아닙니꺼?"

박정희가 인민복을 입고 특히 안절부절못하는 포로를 지목했다.

"그럼 너는? 너도 빨갱이가 아니라고 할 거냐?"

"내…… 내는 증말…… 증말 국군이내요."

"근데 왜 옷은 빨갱이 옷이야?

포로의 얼굴이 울상으로 변하며 더듬거렸다.

"그기…… 그기 옷이 갈구쳐서마 바꿔 걸쳤는대요, 그기…… 죄가 될 줄은 몰랐내요. 그기……."

박정희가 한심하다는 얼굴로 보다가 다시 물었다.

"어디 소속이야?"

포로가 멀뚱한 표정이다가 재촉하는 박정희를 보고는 더듬대며 대답했다.

"그긴…… 그긴 모르겠내요. 가, 강원도 북쪽이라……."

박정희는 강원도를 의심스럽게 보다가 포로들에게 매섭게 말했다.

"좋다. 지금부터 반주에 맞춰 내가 지명하는 대로 한 명씩 노래를 부른다. 만약 이 노래를 못 부르면 괴뢰군으로 간주하겠다.

대한민국 국민이 이 노래를 모르면 간첩이다. 자, 그럼 감자바우부터 노래 시작!"

박정희의 신호에 따라 축음기 앞에 앉아 있던 사병이 '신라의 달밤' 반주를 틀었다. 현인이 부른 '신라의 달밤'은 6.25 발발 바로 일 년 전에 발표된 전 국민 애창곡으로 아직 북한에는 알려지지 않아 남북한 출신을 분류하는 데 유용하게 사용되었다.

사뭇 긴장되어 마른 침을 삼키던 포로들은 음악을 듣자 얼굴이 다소 환해졌다. '신라의 달밤' 정도야 다 알고 있다는 표정들이었다.

강원도가 노래를 불렀다.

> 아 아바 아바~ 신라의 밤이여
> 불국사의 종소리 들리어온다
> 지나가는 나그네야 걸음을 멈추어라

가수 빰칠 정도의 노래 솜씨에 모두들 넋을 잃고 강원도를 바라보았다.

박정희도 감탄의 표정으로 강원도의 노래 솜씨를 칭찬했다.

"대답은 더듬대는 놈이 노래 하나는 잘하는구나."

강원도는 박정희의 칭찬에 현재 상황도 잊은 채 자랑스러워했다.

박정희의 지시봉이 전라도 주먹코를 가리켰다.

고…… 고요한 달빛 어린 금옥산 기슭에서

노래를 불러 보자 신라의 밤 노래를

긴장감에 떨던 전라도 주먹코가 무사히 노래를 마치고는 안도의 한숨을 내쉬었다.

박정희가 이번에는 경상도 코앞에 지시봉을 들이밀었다.

경상도 또한 잘 아는 노래인 듯 자신 있게 불러댔다.

아~ 신라의 밤이여

아름다운 궁녀들 그리웁구나

대궐 뒤에 숲 속에서 사랑을 맺었던가

박정희는 마지막으로 충청도 빡빡머리를 가리켰다.

빡빡머리는 눈을 크게 뜨고는 어벙벙한 표정으로 노래를 불렀다. 어딘가 몹시 불안한 태도였다.

치이마 소리…… 깃속에 드으르며……

님…… 님들…… 님들의…… 신라의 바바바밤……

빡빡 깎은 머리에 땀방울이 맺히기 시작했다. 얼굴색이 창백해진 빡빡머리는 노래를 중단하고 그대로 입구 쪽으로 달아났다. 그러나 얼마 못가 군인들에게 잡혀 박정희 앞으로 끌려왔다.

"살려주사유……. 밭 매느라 노래 들을 시간이 없었시유, 동무."

"동무?"

박정희의 눈빛이 날카롭게 빛나자, 충청도의 입에서 난데없이 함경도 사투리가 튀어나왔다.

"아니라요, 동무! 잘못 말했시요……."

박정희가 손짓하자 군인들은 충청도 빡빡머리를 별동 막사로 끌고 갔다.

상황이 어느 정도 정리되자 박정희는 운전병을 불렀다.

24인용 군용 텐트를 여러 채 연결해 만든 야전병원 막사 앞에 박정희의 군용 지프가 멈춰 섰다.

한 손에 두툼한 봉투를 들고 차에서 내린 박정희는 그대로 막사 안으로 들어섰다. 병상은 비교적 한산한 편이었다. 막사 안을 두리번거리던 박정희가 십여 명의 부상병 가운데서 천웅을 발견하고는 반가운 얼굴로 다가갔다.

"장 일병!"

"박 소령님!"

박정희를 본 천웅은 고마움과 반가움이 섞여 부상의 아픔도 잊은 채 침대에서 몸을 일으키려 했다.

박정희가 천웅을 제지하며 병상 옆의 간이 의자에 앉았다.

"그냥 누워 있어."

"죄송합니다, 소령님."

"죄송하긴? 이렇게 건강한 모습을 보니 정말 고맙다."

얼굴에 미안한 빛이 감돌던 천웅이 다시 한 번 감사를 표했다.

"소령님 덕분에 건진 목숨입니다. 소령님 아니었으면 개죽음 당했을 겁니다. 같이 계시던 소령님 선배님은 저 때문에 그만 돌아가시고……."

박정희가 천웅의 어깨를 두드리며 말했다.

"이번 전쟁에 참전하지 못하는 걸 아쉬워했는데 그 죽음이 헛되지 않아 만족해하실 거다."

"평생 잊지 않겠습니다, 소령님."

"자, 선물이다."

박정희는 천웅 앞에 두툼한 봉투 꾸러미를 내놓았다. 초콜릿, 비스킷, 껌 등 C-레이션 물품들이 가득 담긴 봉투 꾸러미였다.

"많이 먹고 힘내. 그리고 빨리 복귀해야지."

"예, 알겠습니다."

그때 천웅에게 또 한 사람의 문병객이 찾아왔다. 훤칠한 키에 사람들의 눈길을 한눈에 끌 만한 이십 대 중반쯤 되어 보이는 미모의 여인이었다.

"작은 아씨!"

천웅이 누운 채로 반갑게 여인을 맞았다.

"천웅아, 소식 듣고 바로 오는 길이야."

천웅의 손을 잡고 걱정스런 표정을 짓던 여인은 옆에 있는 박정희를 의식하고 한 걸음 물러섰다.

그제야 생각났다는 듯 천웅이 여인에게 박정희를 소개해 주었다.

"육군본부 정보국에 계신 박정희 소령님이세요."

"박정희입니다."

"안녕하세요. 육영수예요."

육영수가 깍듯하게 인사를 해왔다. 그러고는 가져온 물건을 내려놓고 걱정 어린 표정으로 천웅의 상태를 살폈다.

"괜찮아? 내가 얼마나 놀랐다고."

"힘든데 왜 오셨어요?"

천웅을 살뜰히 살피는 육영수를 박정희는 뚫어지게 바라보았다. 박정희는 육영수에게 빨려 들어가는 자신을 느꼈다. 육영수의 깔끔한 외모와 태도가 그대로 가슴속에 안겨들었다. 순간, 무슨 생각에서인지 박정희는 서둘러 일어나며 작별 인사를 했다.

"그럼 몸조리 잘해. 나중에 보자."

"가시려고요?"

천웅이 몸을 일으켜 세우려 하자 박정희는 편안한 말투로 명령했다.

"쉬어."

"충성!"

박정희는 육영수에게 목례를 하고 자리를 떴다.

막사를 나서는 박정희의 뒷모습을 바라보며 천웅은 육영수에게 박정희와의 첫 만남에 대해 이야기했다.

전령 가방을 맨 천웅이 숲이 우거진 산길을 뛰어 내려오고 있었다. 얼마나 다급하게 달려왔는지 얼굴은 온통 가시나무에 긁힌 상처투성이로 땀과 흙이 범벅돼 있었다. 그는 쫓기고 있었다. 뒤를 경계하며 큰 나무들이 빽빽한 숲길을 빠져나오는 순간이었다.

갑자기 숲 속에서 나타난 박정희가 천웅의 발을 걸며 멱살을 잡아 메쳤다.

대항하려던 천웅은 박정희의 국군 복장을 보고 순간적으로 저항을 멈추었다.

한눈에 군복을 훑어본 박정희는 천웅의 멱살을 바싹 움켜쥐며 매섭게 다그쳤다.

"소속이 어디야?"

"328부대 장천웅 일병입니다."

박정희는 신분을 확인하려는 듯 천웅의 목에 걸린 군번줄을 꺼내어 보았다.

그때 나달나달하게 해진 군복을 입은 퇴역 장교가 두 사람 주위로 경계하며 다가왔다. 만주군 군관 출신인 그는 박정희의 선배로 군부 파벌 싸움의 희생양이 되어 산속에서 은둔 생활을 하는 중이었다. 오랜 산중 생활을 증명하듯 그의 얼굴은 더부룩한 수염으로 덮여 있었다. 모두가 그를 기피했지만 박정희는 잊지 않고 가끔씩 찾아오곤 했는데 그날따라 사건이 벌어진 것이었다.

"웬 소란이야?"

퇴역 장교가 억세고 투박한 말투로 박정희에게 물었다.

"아군 병사입니다."

박정희는 다시 천웅을 다그쳤다.

"어떻게 된 일이냐?"

"……."

박정희와 퇴역 장교를 번갈아 보던 천웅이 입을 굳게 다물고 아무런 대답도 하지 않았다. 아직 두 사람을 완전히 믿지 못하는 듯했다.

대답을 회피하는 천웅의 속내를 알아차린 박정희가 자신의 신분증을 보여 주며 안심시켰다.

"육군 정보국 박정희 소령이다. 말해도 돼."

신분증을 확인한 천웅이 그제야 대답했다.

"우리 부대가 인민군에게 기습을 당했습니다."

"인민군에게 기습을 당해?"

천웅의 행색을 살펴보던 퇴역 장교가 끼어들었다.

"328부대가 당했나 보군."

순간, 멀리서 포탄 소리가 들려오며 산 전체가 움찔하고 요동쳤다.

박정희가 포탄 소리가 들려오는 곳을 응시하다가 퇴역 장교에게 말했다.

"선배님. 저와 같이 시내로 내려가시죠. 아무래도 심상치가 않습니다."

박정희의 걱정스러운 권유에 퇴역 장교가 호기롭게 응대했다.

"이곳은 깊숙한 숲 속에 있는 돌산인데다 요충지도 아니니 내 걱정은 안 해도 돼. 그러나저러나 정희 네가 걱정이다. 딴 놈들은 눈치 보느라고 얼씬도 안 하는데, 모처럼 여기까지 찾아온 날 이게 무슨 꼴이야?"

이때 퇴역 장교의 말을 가로막듯 총구가 뒤통수를 눌렀다. 동시에 인민군 네 명이 총을 겨누며 숲 속에서 나타났다. 그중 한 명은 빠른 연사가 가능해 따발총이라고 부르는 파파샤를 들고 있었다.

권총으로 천웅을 위협했던 인민군 지휘관이 전령 가방을 낚아채며 말했다.

"꼼짝 말고 손 들라우!"

세 사람 모두 어정쩡하게 손을 들고 인민군의 행동을 살폈다.

가방 안의 문서를 확인한 인민군이 만족스러운 표정을 지었다. 인민군이 고개를 돌려 부하들에게 명령을 내렸다.

"부대 비문이 전부 있군. 모두 쓸어버리라우."

인민군이 따발총을 겨누는 순간, 퇴역 장교가 몰래 꺼내 들었던 단도를 힘껏 던졌다. 단도는 인민군의 한쪽 눈에 정확히 꽂혔다. 인민군이 얼굴을 감싸 쥐며 벌렁 나자빠지자 박정희의 권총도 불을 뿜었다. 두 놈이 순식간에 쓰러졌다. 전령 가방을 낚아챘던 인민군은 천웅과 몸싸움을 벌였다. 가세하려고 달려들던 퇴역 장교는 순간 울리는 총성과 함께 힘없이 그 자리에 주저앉았다. 들고 있던 권총을 던져 버리고 인민군의 소총을 주워 든 박정희가 천웅을 깔고 앉은 인민군의 뒤통수를 개머리판으로 날렸다. 거의 동시에 천웅이 쓰러져 있는 인민군의 따발총을 빼앗아 난사했다.

박정희는 서둘러 퇴역 장교를 살폈다.

"선배님, 선배님! 정신 차리세요, 다 끝났습니다."

퇴역 장교가 박정희의 품에 안겨 희미한 웃음을 보이며 가까스로 말을 뱉었다.

"시발……, 내 예전 같았으면……."

입에서 피를 쏟아 내던 퇴역 장교가 말을 채 마치지 못하고 숨을 거두었다.

"선배님! 선배님!"

박정희가 그의 몸을 흔들며 외쳤다.

순간, 인민군 몇이 언덕 위에서 총을 쏘며 쫓아왔다. 총탄 몇 발이 주위에 떨어졌다.

천웅이 다급히 박정희에게 다가왔다.

"빨리 떠나야 합니다!"

박정희는 숨진 퇴역 장교와 짧은 작별인사를 하고 천웅과 함께 총을 들고 뛰었다.

얼마만큼 달려왔을까. 숲 속에 동굴이 보이자 두 사람은 안으로 뛰어들어 몸을 숨겼다. 뒤쫓아 온 인민군도 동굴을 발견하고 조심스럽게 접근했다. 동굴 속 깊숙한 곳에 몸을 숨기고 밖을 살피던 박정희와 천웅이 내부를 경계하며 들어서는 인민군들을 향해 무차별 난사를 했다. 인민군들은 응사할 새도 없이 나무토막처럼 쓰러졌다. 천둥 같은 총소리가 연속해 터지다가 갑자기 동굴 속에 깊은 정적이 흘렀다. 천웅이 고개를 들어 동정을 살폈다. 너무나 조용했다.

그렇게 얼마나 시간이 흘렀을까.

적의 움직임이 없다고 판단한 박정희는 동굴 입구를 향해 천천히 몸을 일으켰다. 천웅도 그 뒤를 바짝 따랐다. 순간, 동굴이 무너져 내릴 듯한 총소리가 울렸다. 천웅은 그 소리와 함께 정신을 잃었다.

"그때 박 소령님이 아니었으면 이렇게 아씨를 뵙지 못했을 겁니다. 동굴을 나오는데 죽은 체하던 인민군 한 놈이 우릴 향해 총을 쐈어요. 순간 박 소령님이 나를 덮쳐 쓰러트렸죠. 놈이 쏜 총알이 심장을 비껴나가 어깨에 관통상을 입혔고, 저는 잠깐 정신을 잃었어요."

천웅은 흥분을 가라앉히며 침상에 가볍게 기댔다. 아직도 그때의 기억이 사라지지 않은 듯했다.

"그분은 고급 장교이고 나는 말단 사병 아닙니까. 하지만 바쁜 중에도 틈만 나면 찾아 주세요."

천웅이 육영수에게 박정희 이야기를 하고 있을 때, 정작 박정희는 그곳에서 약간 떨어져 있는 야전병원 원무과 천막에서 여군 간호장교와 얘기를 나누고 있었다.

"정보사령부 박정희 소령이오. 오늘 방문자 기록을 열람해야겠소."

갑작스러운 정보장교의 방문에 간호장교는 잔뜩 긴장한 듯 보였다.

"방명록 좀 보여 주겠소?"

무게 잡으며 비밀스럽게 묻는 박정희의 태도에 간호장교도 덩달아 소리를 낮추며 은밀히 대답했다.

"환자 이름이 어떻게 됩니까?"

"장천웅 일병이오."

간호장교는 주위를 둘러보며 방명록을 꺼내 확인해 주었다.

"여기 있습니다. 방문자는 육영수……."

박정희는 더 이상 얘기하지 말라는 듯 수신호를 보내고는 수첩을 꺼내 방명록에 기록되어 있는 육영수의 주소와 인적사항 등을 적었다.

그 모습을 지켜보던 간호장교가 조심스럽게 물었다.

"무슨 위중한 사항이라도 있는 겁니까?"

"자세한 얘기는 못하지만, 중요 인물이 병원을 방문했다는 첩보를 받았소."

알았다는 듯 간호장교가 고개를 끄덕였다.

박정희가 방명록을 도로 건네주며 근엄하게 말했다.

"잘 봤소. 그럼 계속 수고하도록!"

간호장교가 조용한 목소리로 경례했다.

"충성."

박정희는 원무과 천막을 나오며 씨익 웃었다. 환한 미소를 짓던 여인 육영수가 다시 한 번 눈앞에 떠올랐다.

박정희가 집무실에서 서성대고 있었다. 방 한쪽에는 이승만 대통령의 사진과 태극기가 걸려 있고, 다른 벽에는 빨간 매직으로 여기저기 표시가 된 작전 지도가 붙어 있었다. 이미 일과를 끝낸 박정희가 계속해서 시계를 보았다. 손에 잡힐 듯한 기대감과 막연한 불안감이 공존하는 심정으로 누군가를 기다리는 것은 박정희로서는 처음 겪는 생소한 경험이었다.

이윽고 노크 소리가 들렸다.

"들어와!"

박정희는 자신의 초조함을 감추려 자세를 바로잡고 얼른 의자에 앉았다.

정보국 부하 장교 송재천 소위가 집무실로 들어섰다.

"찾으셨습니까?"

"음, 거기 앉게."

박정희는 탁자 쪽을 눈으로 가리키며 의자에서 일어나 송재천과 자리를 함께 했다. 탁자 위에는 미리 준비한 간단한 다과까지 놓여 있었다.

생각지도 못한 대우에 송재천은 어안이 벙벙했다. 박정희가 대구사범학교 일 년 선배이기는 하지만 평소 개인적 친분이 별로 없었기에 이러한 환대는 의아한 일이었다.

"업무상 보자고 한 건 아니니까 편안한 마음으로 얘기 좀 하자고."

"예, 알겠습니다."

송재천은 박정희가 평소답지 않게 들떠 있다는 생각이 들었다.

"자네 집이 충북 옥천이라고 했지?"

"예, 맞습니다."

"그럼 혹시 교동리란 마을을 알고 있나?"

"그럼요, 잘 알고 있습니다."

송재천은 박정희가 자신의 고향에 대해 물어오자 이상한 마음이 들었지만 성실하게 대답해 주었다.

"그래? 그럼 그 마을에 살고 있는 육영수란 이름도 들어 봤나?"

박정희는 수첩에 적힌 메모를 들여다보며 물었다. 송재천은 난데없이 튀어나온 익숙한 이름에 의아하다는 목소리로 반문했다.

"영수요……? 영수를 어떻게 아십니까?"

"자네와 잘 아는 사이인가?"

"제 이종사촌 여동생입니다."

"그래? 이종사촌 여동생이라……, 허허."

의외의 사실에 박정희는 자신도 모르게 헛웃음이 나왔다. 박정희는 수첩을 접으며 송재천을 의미심장한 눈길로 바라보았다.

"그런데 제 여동생은 어떻게 아셨습니까?"

박정희가 송재천의 질문에는 대꾸도 없이 연이어 물었다.

"그럼 장천웅 일병도 잘 알겠군?"

"장천웅 일병요? 천웅이를 말씀하시는 건가요? 잘 알고말고요. 제 여동생이 친동생보다 더 아끼고 보살펴 주는 친구입니다. 헌데 천웅이는 또 어떻게 아십니까?"

송재천이 의아함을 넘어서 이제는 신기하다는 듯 되물었다.

"장 일병은 328부대 인민군 피습 때 알게 됐네. 부상을 당해 지금 병원에 있어."

천웅의 부상 소식을 처음 들은 송재천이 놀란 얼굴로 재차 물었다.

"많이 다쳤나요?"

"큰 부상은 아니네. 자네 여동생이 보호자로 면회 왔더군."

박정희의 말에 송재천의 표정에 안도의 빛이 돌았다.

"아, 그랬었군요……. 천웅이……, 그 친구 원래 그 집 종의 자식으로 이모부 댁에서 태어났습니다."

순간, 박정희의 얼굴에 불쾌한 빛이 피어났다.

"요즘도 종이니 뭐니 하는 세습노비가 있단 말인가?"

송재천은 박정희의 불만스런 표정을 보고 당황해하며 해명했다.

"갑오경장 때 조부모들은 이미 면천했습니다. 그런데 천웅이 어릴 때 부모가 죽어서 갈 데도 없고 해서 제 여동생이 지금까지 보살펴 온 겁니다."

"그런 사연이 있었구먼."

박정희는 이해가 간다는 얼굴로 끄떡이고는 뜬금없이 한마디를 덧붙였다.

"그랬어. 입가에 맴돌던 그 환한 미소가 인상적이었어."

"예?"

"자네 여동생 말이야. 아주 조신하고 예쁘던데."

"아, 예……. 그렇습니다."

송재천은 그제야 박정희의 속내를 알 수 있었다. 딱딱하게만 보이던 박정희가 처음으로 편하게 느껴지는 순간이었다.

"송 소위, 영수 씨 아버님은 어떤 분이신가?"

박정희의 마음을 정확히 파악한 송재천은 육영수 집안에 대해 숨김없이 말해 주기로 작정했다. 평소 인간적 호감은 있었지만 어렵게만 느꼈던 박정희와 가까워질 기회라는 생각도 들었던 것이다.

"이모부님은 옥천 땅의 만석꾼으로 알려진 양반입니다. 한마디로 옥천 갑부 육종관 하면 모르는 사람이 없을 정도죠."

박정희가 송재천의 말에 연신 고개를 끄덕이며 얘기를 재촉했다.

"어릴 때부터 학문엔 별로 관심이 없었지만 이재에는 집착이 강했습니다. 형들은 고향을 떠나 벼슬길에 올랐지만 이모부님만 고향에 남아 가업을 이어 재산을 몇 배로 불렸습니다. 이런 말씀 드리긴 그렇지만 돈 모은 양반들이 대개 그렇듯이 무척 인색하고 괴팍하기도 하고 허세도 좀 있으시고요. 아흔아홉 칸 대궐 같은 집을 화란에서 수입한 장미꽃으로 가득 채워 놓고 영사기를 틀어 활동사진을 볼 정도였으니까요. 마당이 비원의 연경당과 비교될 정도입니다."

6대 1의 경쟁을 뚫고 배화여고에 입학한 육영수는
늘 조용한 미소를 짓는 얌전한 학생이었다.
너무나 순진하여 소풍을 가서 노래를 시키면 숨어 버리곤 했다.
젊은 시절의 박정희 역시 과묵하고 생각이 많은 사람이었다.

육영수에 대해 열변을 토하던 송재천은 박정희의 얼굴을
유심히 들여다보았다. 의외로 잘생겼다는 생각이 들며 두 사람이 잘
어울린다고 여겨졌다. 그러다 자기도 모르게 불쑥 말이 튀어나왔다.
"소령님, 자세히 보니 미남이십니다!"

기가 막힌다는 얼굴로 송재천의 얘기를 듣던 박정희가 화제를 돌렸다.

"어머님은?"

"이모님은 정말 좋은 분입니다. 잔정 많고 인심도 좋아서 이모부님 때문에 잃은 육씨 문중의 동네 인심을 전부 되찾을 정도니까요. 인품도 훌륭하시고 판단력도 뛰어나십니다. 게다가 평생을 참고 사는 여자의 길을 걸어왔으니 보통 분이 아니시죠."

"왜? 부군께서 속을 많이 썩히셨나? 그러니까 향리의 부자 대감답게 주색을 많이 밝히셨던 모양이지?"

"일일이 말씀드리기가 곤란합니다. 그냥 상상하시는 그대로일 것입니다."

고개를 절레절레 흔드는 송재천을 보고는 박정희가 웃으며 물었다.

"형제가 많은가?"

"아, 영수 형제요? 언니 하나, 오빠 하나, 그리고 밑으로 여동생이 있습니다."

쉴 새 없이 취조 공세를 펼치던 박정희가 뜬금없는 질문을 던졌다.

"자네, 영수 씨와 사이는 좋은가?"

"예? 제 말이라면 신뢰하는 편입니다."

송재천은 자신 있게 대답했다.

그런 송재천을 뚫어지게 바라보며 박정희는 그를 반드시 자기 사람으로 만들어야겠다고 결심했다.

"술 한잔 할 텐가?"

갑자기 박정희가 서랍 속에서 양주 한 병을 꺼내 들었다.

"누가 양주 한 병 갖고 왔는데 난 원래 막걸리 체질이라 뚜껑도 안 열고 놔뒀어."

박정희가 빈 엽차 잔에 한 컵씩 가득 양주를 따랐다.

"아무래도 오늘 마시라는 신호 같네. 일과 시간도 끝났으니까 마시고 싶은 대로 마셔 보자고. 자!"

두 사람은 그렇게 술잔으로 마음을 트기 시작했다.

송재천이 술을 마시려 하자 박정희는 제지하며 다짐받았다.

"송 소위! 이 술잔을 보통 술잔으로 생각하면 절대 안 돼."

"예, 알겠습니다."

너무나 쉽게 대답하는 송재천이 미덥지 못해서인지 듯 박정희는 재차 확인했다.

"알긴 뭘 알아? 전쟁 통에 살아남는 것보다 미인 얻기가 더 어렵다는 사실을 알아?"

어지간히 긴장감이 풀린 송재천이 농담을 던졌다.

"잘되면 양복 한 벌 해주시는 겁니까?"

"이 사람! 눈치 하나는 빠르군!"

박정희가 빙긋이 웃으며 맞장구쳐 주었다.

"정보과장님 부하 아닙니까?"

어느 순간부터 두 사람의 죽이 척척 맞아 들어갔다. 아직 두 사람은 잘 몰랐지만 육영수를 통해 평생을 같이할 동지의 인연까지 생겨난 순간이었다.

흡족한 얼굴의 박정희가 선심 쓰듯 한마디 했다.

"좋았어! 위장복 한 벌 해주지!"

"위장복이라뇨? 양복 한 벌은 해주셔야죠."

"이 사람아, 전시에 무슨 양복이야? 위장복 한 벌이면 돼."

두 사람은 천장이 무너져 내릴 정도로 크게 웃었다.

3

군인 사위 인사드립니다

정보과장답게 사랑도 많은 정보를 가져야 쟁취할 수 있다고 생각했던 박정희는 송재천을 통해 육영수에 대한 정보를 수집하기 시작했다.

옥천에서 죽향보통학교를 졸업한 육영수가 서울의 명문 배화여학교에 입학한 사실은 시골에서 매우 드문 일이었기 때문에 한동안 옥천에서 화제가 되기도 했다. 서울로 유학 온 육영수는 육종관의 서울 부인인 채부동 집에서 학교를 다녔다. 어떻게 해서 그 집에서 기거를 하며 통학하게 됐는지는 자세히 알 수 없지만, 서울에서 유학하며 아버지의 애정 행각 때문에 생겨난 복잡한 가계에 눈을 뜨기 시작했고, 그로 인해 마음의 갈등을 겪었으리라는 것 정도는 짐작할 수 있었다.

"여동생이 대학 진학을 포기했다는 얘기는 뭔가?"

그렇게 소문난 갑부 집안에서 상급 학교 진학을 못했다는 사실이 박정희로서는 이해할 수가 없었다.

"본인이 포기한 것이 아니라 아예 보낼 생각을 안 한 것이죠."

송재천은 자신이 생각해도 안타까운 일이라고 말했다.

"본인은 대학 진학을 간절히 바랐으나 결국 부친의 뜻에 따라 소망이 물거품이 된 겁니다."

박정희는 송재천의 말이 더욱더 이해가 가지 않는 듯 캐물었다. 가난 때문에 공부를 포기하는 경우는 많이 봤지만 돈이 많은데도 공부를 시키지 않은 것은 박정희에게는 납득이 가지 않는 일이기 때문이었다.

"어르신이 반대를 했다? 아니 어린 딸의 교육에 깊은 관심을 갖고 서울 유학까지 보낸 분이 대학은 안 된다? 그게 뭔 경우야?"

송재천이 박정희의 의문을 해소해 주려는 듯 상세하게 설명했다.

"대학까지 나온 인테리 신여성을 원하지도 않았고 게다가 자신의 일을 돕기 위해서는 대학 공부가 필요 없다는 주의를 가지신 양반입니다. 그런 아버지를 설득하려고 영수가 얼마나 노력을 했는데요. 그러나 이모부님의 완강한 고집을 꺾지는 못했습니다. 결국 모든 것을 포기하고 고향으로 내려와 아버지의 뜻에 따라 살 수밖에 없었죠. 대신 부모의 사랑은 독차지했습니다."

"언니 오빠 여동생이 있다면서 사랑을 독차지해?"

"언니 오빠는 만주에 나가 있었고 여동생은 대전에서 학업 중이었으니 사랑을 독차지할 수밖에요. 게다가 철저하고 꼼꼼한 성격으로 해마다 수만 석씩 추수하는 재산을 도맡아 관리하고 있습니다. 의심이 많아 남을 절대로 못 믿는 성격의 이모부가 이모한테도 안 맡기는 곳간 열쇠를 딸에게 맡기는 걸 보면 정말 영수를 믿고 있다는 생각은 듭니다. 그러다가 해방을 맞은 겁니다."

송재천과의 질의응답을 통해 육영수와 그 집안에 대해서 알 만큼 알아낸 박정희는 가장 궁금했지만 체면상 참았던 질문을 마지막으로 던졌다.

"나이가 찰 만큼 찼는데 왜 결혼을 안 했는지 아나?"

"지금까지 마음에 드는 남자를 못 만났답니다."

송재천의 대답이 자신이 원했던 바로 그 답이라는 듯 박정희의 입가에 회심의 미소가 돌았다.

"언제가 좋을까?"

박정희의 난데없는 질문에 송재천이 영문을 모르겠다는 듯 되물었다.

"무슨 말씀입니까?"

"장인 될 어르신께 인사를 드려야 되지 않겠나?"

"예?"

"왜 그렇게 놀란 얼굴로 쳐다보나? '군인 사위 인사드립니다.' 하고 장인 어르신을 찾아뵙는 게 예의 아닌가?"

앞서가도 너무 앞서가는 말에 송재천이 어이없이 보다가 말도 안 된다는 듯 한마디 했다.

"아니, 지금 무슨 말씀을 하시는 겁니까? 내 여동생하고는 정식으로 맞선도 안 보셨잖아요? 그런데 장인 될 어른부터 찾아뵌다고요? 순서가 뒤바뀐 것 아닙니까?"

"그러니까 자네가 서둘러 진행되게 해줘야지, 안 그런가?"

잠시 황당한 표정이던 송재천은 박정희의 진지한 태도를 보고 결심을 굳혔다. 그렇게 해서 송재천은 본격적으로 중매 역할을 맡아 나서기로 했다.

육영수란 여자의 매력에 첫눈에 반해버린 박정희는 송재천을 통해 적극적인 구애 공세를 펼치기 시작했다. 하지만 박정희의 사랑에는 강력한 걸림돌이 있었다. 육영수의 아버지 육종관이었다.

"인사 올리겠습니다. 박정희라고 합니다."

박정희가 예비 장인에게 큰절을 하고 자리에 앉았다.

육종관은 처음 보는 박정희가 탐탁지 않다는 듯 못마땅한 얼굴로 고개를 돌렸다. 옆에서는 어린 하인이 무릎 꿇고 앉아 한 무더기의 구겨진 지전을 다리미로 펴고 있었다. 괴팍한 눈길로 하인을 보던 육종관이 갑자기 박정희에게 물었다.

"자네, 백 환짜리 가진 거 있나? 한번 줘 보게."

당황한 박정희가 바지 주머니에서 돈을 꺼내 건넸다.

구겨져 있는 지폐를 보던 육종관이 습관적으로 돈을 펴며 한심하다는 듯 혼잣말을 했다.

"돈 귀한 줄 모르는 것들이 돈을 꼭 험하게 다뤄."

육종관이 박정희 앞에 돈을 도로 툭 던져 놓으며 말을 뱉었다.

"그런 놈들한테 돈이 붙어 있겠나?"

돈을 주워 집어넣던 박정희 역시 의도적으로 자신을 무시하는 육종관의 태도에 기분이 나빠져 특유의 검은빛 얼굴이 더욱 검붉어졌다. 두 사람 사이에 긴장이 고조되자 육영수의 어머니 이경령은 안절부절못했고 송재천 역시도 좌불안석이 되었다. 방 안은 불편한 분위기로 가득 찼다.

이때 문 두드리는 소리가 들리고 육영수가 밝은 미소를 띠며 들어와 다과를 내려놓았다.

육영수를 보자 박정희의 격앙된 감정이 순식간에 누그러졌다.

박정희는 주위의 시선도 잊고 넋이 나가 육영수를 바라보았다.

박정희의 시선이 자신에게 꽂히는 것을 아는지 모르는지, 깍듯하게 예를 갖춘 육영수는 짧은 눈길 한 번 주지 않고 조용히 방을 나갔다.

육종관은 자기 딸을 정신없이 보는 박정희를 어처구니없다는 듯 지켜보고 있었다.

육종관의 뒤틀린 심사에는 아랑곳없이 이경령은 딸에게 반한 박정희의 모습에 흐뭇해했다. 그녀는 남편의 눈치를 보며 박정희를 요모조모 뜯어보기 시작했다.

그런 이경령을 보고는 육종관이 시큰둥하게 내뱉었다.

"임자는 안 나가나?"

이경령이 못 들은 척하며 박정희에게 말을 걸려 하자 육종관의 얼굴이 사납게 바뀌었다.

남편의 고약한 얼굴에 주눅이 든 그녀는 마지못해 일어나 문을 부서져라 닫고 나가 버렸다. 밖으로 나간 이경령이 들으라는 듯 큰 소리로 구시렁거렸다.

"영감탱이, 사윗감 좀 보려 했더니 그걸 내쫓아?!"

방 안의 육종관은 보료에 비스듬히 기대고 앉아서 박정희를 매섭게 바라보았다.

박정희도 기죽지 않고 육종관을 마주 보았다.

육종관은 자신의 면전에서 이렇게 당당한 사람을 본 적이 없었기 때문에 당혹스러웠다. 하지만 내색하지 않고 퉁명스럽게 물었다.

"자네가 원하는 게 뭔가?"

"따님과의 결혼을 허락해 주십시오."

"그래서 이 자리에서 허락해 달라는 말인가?"

"예."

당찬 태도로 답변하는 박정희를 물끄러미 보던 육종관이 판을 깨기로 작심하고는 추궁하듯 물어보았다.

"자네가 확답을 원하는 것 같으니 그럼 단도직입적으로 묻겠네. 가진 게 얼마나 되나?"

육종관의 직설적인 질문에 박정희의 얼굴빛이 다시 검붉게 변했다.

"재산은 없지만, 누구보다도 따님을 행복하게 해줄 수 있다고 자부합니다."

가소롭다는 눈으로 박정희를 보던 육종관의 코에 지전 타는 냄새가 들어왔다. 순간, 육종관이 박정희는 아랑곳없이 하인에게 버럭 소리를 질렀다.

"돈 탄다, 이놈아!"

깜빡 졸고 있던 하인이 화들짝 놀라 얼른 다리미 밑의 돈을 빼냈다.

하인을 노려보던 육종관이 곰방대로 박정희를 물건 가리키듯 하며 말했다.

"소개해 준 사람의 면이 있어서 보자고는 했네만 재산 한 푼 없는 빈털터리 주제에 내 딸을 달라고? 대체 무슨 낯짝으로 그런 얘기를 하는 건가?"

육종관의 말에 박정희의 눈빛이 번쩍였다. 박정희는 육종관을 정면으로 응시하며 말했다.

"지금 빈털터리라고 하셨습니까?"

박정희의 맹렬한 눈빛에 더욱 심기가 꼬인 육종관이 막말을 퍼부었다.

"그래. 내가 못할 소리를 했냐? 대체 네놈이 우리 집안을 뭘로 보고 이러냔 말이다?"

"그래서 허락을 못 하시겠단 말씀입니까?"

박정희의 음성이 갑자기 높아졌다. 겉으로 표시는 못 냈지만 빈털터리란 소리를 듣는 순간부터 분노의 감정이 끓어올랐던 것이다. 그리고 순간적으로 육영수를 얻기 위해서는 육종관과 정면으로 부딪쳐야겠다는 판단도 들었다. 일단 결심이 서자 박정희는 거침없이 몰아붙이기 시작했다. 한쪽 다리를 접어 올리고는 품에서 담배를 꺼내 불손한 태도로 피워 물었다.

직선적으로 돌변한 그의 태도에 놀란 육종관이 호통쳤다.

"아니? 이게 어디서 버르장머리 없는 짓이야?!"

"무례한 건 어르신 아니요? 초면에 하대하고 거지 취급을 하질 않나."

박정희가 차가운 표정으로 담배 연기를 길게 내뿜자 육종관의 얼굴이 싸늘하게 굳어졌다. 당황한 송재천이 만류했지만 박정희는 단호한 어조로 자기 할 말을 이어갔다.

"전 영수 씨와 교제하기로 마음먹었습니다. 그런 줄 아십시오."

"맨발로 다니던 놈이 전쟁 통에 군화라도 신으니 뭐라도 된 줄 아나 본데, 너 같은 놈한테는 딸이 아니라 종년도 못 줘!"

박정희가 재떨이에 담배를 비벼 끄고는 자리에서 벌떡 일어나며 선전포고하듯 말했다.

"또 찾아뵙겠습니다."

"오긴 어딜 또 와?"

박정희는 육종관의 말은 무시하고 고개 숙여 인사하고 나가버렸다.

자리를 박차고 나가는 박정희를 어이없다는 눈으로 보던 육종관이 고개를 돌려 식은땀을 흘리며 곤혹스러워하는 송재천을 노려보았다. 그 눈길을 피해 나가려는 송재천에게 육종관이 버럭 호통을 쳤다.

"어디서 저런 빌어먹을 상놈을 데려와서! 자네 제정신인가?! 언제 뒤질지 모르는 군인 주제에! 가진 건 쥐뿔도 없는 게."

송재천은 더듬거리며 말했다.

"죄송합니다. 배웅하고 와서 말씀드리겠습니다."

"저런 천하에 근본도 없는 놈 배웅을 왜 해?! 자네도 당분간 이 집에 오지 마!"

혼비백산한 송재천이 어쩔 줄 몰라 하며 허둥지둥 인사하고 나갔다.

육종관은 그 와중에도 박정희가 꺼버린 재떨이의 담배를 보며 혀를 끌끌 찼다.

"장초 아까운 줄도 모르는 놈이."

다음날, 이경령이 송재천을 은밀히 불렀다.

송재천은 어제 벌어진 일 때문에 무거운 표정이었다.

그와는 대조적으로 이경령은 무엇이 좋은지 연신 싱글벙글했다.

그런 이경령을 보던 송재천이 한숨 쉬며 하소연했다.

"이모님, 이모부님이 저를 당분간 출입금지 시켰어요. 이렇게 와도 괜찮은지 모르겠습니다."

"신경 쓸 거 없어. 영감탱이가 기차 화통을 삶아 먹었나. 그 사람한테 당한 게 분하던지 하루 종일 소리를 질러대더라. 그동안 안하무인이더니 임자 만난 거지."

말을 마친 이경령이 통쾌하다는 듯 웃어 젖혔다.

육종관의 명령 때문에 불안한 얼굴이었던 송재천도 이경령의 웃음을 보고는 마음이 편해졌다.

한동안 웃던 이경령이 사뭇 진지한 표정으로 운을 뗐다.

"재천아, 너도 알다시피 영수가 시집 안 간다고 저러는데 어제 그 사람이 딱이야. 저 사람마저 놓치면 한동안 사람 못 만날 거 같은데."

난감한 얼굴로 송재천이 말했다.

"이모부님이 그렇게 완강하신데 가능하겠어요?"

이경령이 콧방귀를 끼며 말했다.

"본인 맘에 들면 최고지. 아버지가 무슨 소용이야?"

그 말에 송재천이 조심스럽게 물었다.

"영수 생각은 어떻대요?"

"여자 마음은 여자가 알아. 딱 보니 싫어하는 눈치가 아냐."

송재천이 재차 반문했다.

"그 난리를 쳤는데 영수가 쉽게 마음먹겠어요?"

"그건 내가 알아서 할테니 네가 협조 좀 해줘야겠다."

그렇다면 하는 얼굴로 송재천이 이경령에게 박정희의 결심을 털어놓았다.

"박 소령님은 꼭 영수와 결혼하겠다고 저한테 협조하라 그러던데요."

송재천의 말에 흐뭇해진 이경령은 차근차근 박정희에 대해 물었고, 둘은 육영수를 시집 보내기 위해 작전을 세우기 시작했다.

4
드디어 내 아내가 되다

서류 봉투를 든 육영수가 옥천 관공서 입구에서 이경령을 기다리고 있었다. 육종관이 집안 관련 대소사를 육영수에게 일임한 데다가 재산과 관련된 일들이 워낙 많았기에 육영수는 관공서를 자주 출입했다. 시계를 보는 육영수 앞쪽으로 군용 지프가 다가와 섰다. 운전석에는 박정희가 앉아 있었다. 육영수가 모르는 척 박정희를 외면하는데 마침 뒷좌석에서 어머니의 소리가 들려왔다.

"영수야."

이경령이 차창 밖으로 불쑥 얼굴을 내밀며 웃었다.

육영수가 놀란 얼굴로 이경령을 보았다.

"어머니!"

운전석에서 내린 박정희가 얼른 뒷문을 열어 주며 활기찬 목소리로 권유했다.

"타세요. 집에 들어가시는 길이라면서요."

이경령이 천연덕스럽게 덧붙였다.

"장에서 나오는데 마침 그 앞에서 만났지 뭐니."

"그렇다고 이렇게 같이 오시면 어떡해요."

의외의 상황에 육영수는 당혹스럽다는 듯 눈을 흘기며 말했다.

모녀간의 대화를 듣고 있던 박정희가 육영수의 등을 떠밀어 차에 태웠다.

"괜찮습니다, 어차피 가는 길이니 타세요."

이경령이 수다스럽게 웃으며 육영수에게 말했다.

"나도 안 타려 했는데 짐이 워낙 무겁고 해서."

얼른 운전석에 올라탄 박정희가 백미러로 슬쩍슬쩍 육영수의 표정을 보며 흐뭇한 얼굴로 차를 몰았다. 박정희는 뒷자리의 이경령이 말을 걸 때마다 하나하나 맞장구를 쳐 주었다.

"제사면 준비할 게 많으시겠네요."

"한 달에 제사만 서너 번이고 일 년이면 서른 번도 넘어서 이제는 아주 익숙해졌다오."

박정희가 애써 외면하며 창밖만 내다보고 있는 육영수를 보며 한마디 거들었다.

"먹고살기도 힘든 마당에 그게 무슨 낭비인지 모르겠어요. 이런 것들도 좀 간소화돼야 할 텐데요. 그래야 여자들도 좀 편해질 테고요."

이경령이 여자를 역성드는 박정희의 말에 기분이 좋아졌다.

"호호, 그게 예전부터 내려온 일인데 쉽게 되겠수?"

박정희가 이경령과 대화 중에 은근슬쩍 육영수에게 말을 건넸다.

"영수 씨도 제사를 간략하게 하는 게 좋지 않습니까?

육영수는 박정희의 질문에 모른 척했지만, 어느 순간부터 능숙하게 운전하는 박정희를 힐끔힐끔 보고 있었다.

집 위쪽 화단에서 꽃을 다듬던 육종관이 엔진 소리에 담 밖을 내려다보았다. 육종관의 눈에 지프에서 내리는 박정희가 들어왔다. 육종관의 얼굴이 구겨졌다.

장 봐 온 물건들을 내려 준 박정희가 이경령에게 작별 인사를 했다.

"이만 가 보겠습니다."

"고마워요. 바쁜데 이렇게 일부러."

"아닙니다. 그럼 조심해서 들어가세요."

육영수에게서 눈길을 떼지 못하던 박정희가 아쉬운 듯 다시 한 번 작별 인사를 건넸다.

"다음에 또 뵙겠습니다, 영수 씨."

"아니, 다음은 무슨……."

육영수가 뭐라고 대꾸하려다 어머니가 계신 자리라 말을 거두었다.

어느새 하인이 나와 짐을 옮기고 있었다.

이경령이 멀어지는 박정희의 차를 바라보다 한마디 했다.

"얘, 저 사람이 너한테 확실히 마음이 있나 보다."

"어머니도 참."

육영수는 이경령의 손에 든 짐을 빼앗듯 들고 집으로 들어갔다.

멀리서 육종관이 심각한 얼굴로 이경령과 육영수를 보고 있었다.

박정희가 일과 후에 영내 매점인 주보에 앉아 송재천을 괴롭히고 있었다.

"자네가 영수 씨와 자리를 한 번 만들어 봐. 도대체 나에 대한 마음이 어떤지 알아야 상황에 맞는 작전을 짜지."

송재천이 그럴 줄 알았다는 얼굴로 말했다.

"그러게 제가 처음에 뭐라 말씀드렸어요? 영수를 먼저 정식으로 만나고 이모부님을 만나든가 말든가 하자 그랬잖습니까."

박정희가 서둘러 송재천의 말을 자르며 딴소리했다.

"과거 일을 자꾸 말하면 뭐해? 앞으로가 문제지."

박정희의 생뚱맞은 말에 송재천이 어이없다는 듯 보다가 제안을 했다.

"영수에게 편지 한 번 써 보시죠. 이왕지사 이렇게 된 거 소령님의 마음을 전하는 방법으로 편지가 괜찮을 겁니다. 개가 정성 어린 행동에는 반응이 있으니까 마음이 담긴 편지가 효과가 좋을 겁니다."

박정희의 얼굴에 잠시 난감한 기색이 떠올랐다.

"방법은 좋은데 내가 그런 편지를 써본 적이 없어서……."

송재천이 딱하다는 얼굴로 충고했다.

"정 뭐하면 연애편지 모아 놓은 책도 있던데 갖다 베끼시면 되잖아요."

박정희의 얼굴이 환해졌다.

박정희는 달빛이 비치는 책상에 앉아 감성 어린 연애편지를 쓰고 있었다. 옆에는 참고할 연애편지 책까지 펼쳐져 있었다. 편지지에는 '보고 싶은 영수 씨에게……'라는 글귀와 함께 육영수의 얼굴 스케치도 그려져 있다. 편지를 다 쓴 박정희가 편지 봉투를 찾다가 안 보이자 미군 보급품 포장지를 뜯고는 가위와 풀을 동원해 편지 봉투를 만들었다. 그러고는 포장지 봉투에 편지지를 곱게 접어 넣었다.

우편함을 열어 본 육영수의 눈에 여러 편지 사이에 영문 일부가 드러난 두꺼운 마분지 재질의 봉투가 들어왔다. 궁금한 마음에 봉투를 뒤집어 발송인을 보니 박정희였다. 발송인 이름을 확인한 육영수는 무심한 표정으로 자신의 겨드랑이에 편지를 끼우고 나머지 편지들을 살펴보았다. 모든 편지를 다 살피고 난 육영수는 박정희의 편지만 우편함에 도로 넣고는 다른 편지들은 가지고 안으로 들어가 버렸다.

며칠 후, 노크 소리와 함께 문서수발 사병이 편지 무더기를 들고 들어와 건네주었다.

초조하게 답장을 기다리던 박정희는 기대에 찬 얼굴로 육영수의 편지를 찾았다. 그러나 보이질 않았다. 몇 번을 뒤져 보았지만 육영수의 답장은 없었다. 그 대신 반송 도장이 찍힌 자신의 편지만 있었다. 뜯겨지지도 않은 채 돌아온 자신의 불쌍한 편지를 본 박정희의 얼굴이 좌절로 바뀌었다. 잠시 생각하던 박정희의 표정이 이전보다 더욱 전투적으로 바뀌며 새 편지지를 꺼내 들었다. 다시 편지를 쓰는 박정희의 얼굴에는 비장함마저 감돌았다. 머지않아 부대 이전을 명령받은 박정희의 심정은 더욱 초조해졌고 편지 쓰는 손길은 더욱 바빠졌다. 그러나 결과는 참담했다. 박정희의 책상 위에는 반송 편지만 점점 쌓여 갔다.

박정희를 만나러 가는 날이었다.

거듭되는 박정희의 만나자는 요청을 육영수가 받아들인 것이다.

거울 앞에 앉은 육영수의 마음은 매우 복잡했다. 어머니인 이경령과 오빠 송재천의 노골적인 채근에 반해 아버지의 태도가 너무나 냉랭했기 때문이다. 그리고 결론을 내리지 못하고 미적거리는 자신의 태도 역시 마음을 어지럽게 만드는 이유 중의 하나였다.

순간, 육영수의 상념을 깨트리는 소리가 들려왔다.

"손에다 미안수라도 듬뿍 발라라. 손이라도 덥석 잡으며 사랑 고백할 줄 아니? 그럴 때 여자 손이 부드러워야 한다. 그래야 만사형통이지."

육영수가 난데없는 소리에 돌아보니, 어느 틈에 손에 미안수병을 든 이경령이 방 안에 들어와 있었다. 수세미와 글리세린을

섞어서 만든 미안수는 화장품이 귀했던 시대에 집에서 만들어 쓰던 가정용 로션이었다.

육영수는 이경령이 건네는 미안수 병을 흔들어 보고는 화제를 전환하려고 한마디 했다.

"수세미를 너무 적게 넣었는데요. 발라도 보드랍지가 않을 거 같아요."

이경령이 육영수의 표정을 살펴보며 눙쳤다.

"그래도 남자 만나러 간다고 거울 앞에 있는 걸 보면, 흐흐흐."

별소리를 다 한다는 듯 육영수는 웃어 주고는 자리에서 일어났다.

육영수의 방문 소식을 듣고 주보로 달려온 박정희가 두리번거리며 육영수를 찾았다. 반송되는 편지에 의기소침해 있던 박정희는 육영수의 연락을 받고 자신의 지극정성이 드디어 통했나 보다 하는 생각에 의기양양해 있었다. 창가에 다소곳이 앉아 있는 육영수를 발견한 박정희가 빙긋 웃으며 자리로 와서는 의식적으로 어깨를 으쓱 내밀며 의자에 앉았다.

박정희의 돌진에 움찔하던 육영수는 중령으로 진급한 계급장을 보고는 웃음이 나왔다.

육영수의 웃음에 박정희가 머쓱해했다.

육영수가 그런 박정희를 보고는 먼저 말을 건넸다.

"계급장이 달라졌네요?"

박정희는 자신의 계급장에 관심 가져주는 말에 얼굴이 확 밝아졌다.

"2주 됐습니다."

"어깨가 꽉 차 보여요."

육영수의 표현에 기분이 좋아진 박정희는 다시 한 번 양 어깨를 으쓱거렸다.

주보는 비교적 한적했다. 몇몇 병사가 간식거리를 사가자 실내는 어느새 텅 비어 두 사람만 남게 되었다.

박정희는 주보 당번 사병에게 큰 소리로 주문을 했다.

"어이, 여기 단팥빵 네 개하고 주스 두 잔!"

곧바로 빵과 음료가 나왔다.

박정희가 나무젓가락에 빵을 찍어 건네며 미안해했다.

"비상만 아니었으면 밖에서 만나 분위기를 좀 냈을 텐데 죄송합니다."

별 말 없이 육영수가 웃으며 빵을 받아들자 박정희가 계속 말을 이어갔다.

"송 소위에게 들으셨죠? 우리 부대가 다음 달에 대구로 이동합니다. 지금은 전시이고 나는 군인이라 장래를 약속하는 일이 쉽지만은 않겠지만 영수 씨가 제 청을 꼭 들어주셨으면 해서 뵙자고 한 겁니다."

"저에게 무슨 부탁을 하신다는 거예요?"

"제 청혼을 받아 주신다면 좋겠습니다."

육영수는 박정희의 갑작스러운 청혼에 어안이 벙벙해졌지만 미소를 잃지 않으며 말했다.

"정말 거침없는 분이시군요."

육영수의 칭찬에 기분이 좋아진 박정희가 빵을 크게 한 입 베어 물었다.

"그러니까 저와 함께 발을 맞춰 인생길을 가셔야 합니다."

"이렇게 말씀해 주시니 저도 솔직하게 말씀드릴게요."

육영수가 정색하고 자세를 바로잡았다.

육영수의 심상치 않은 분위기에 박정희는 빵을 꿀꺽 삼키고 조용히 대답을 기다렸다. 어느 누구에게도 기가 꺾이지 않았던 박정희였지만 이상하게도 육영수 앞에서만은 주눅이 들었다.

"제게 관심 그만 가지라는 말씀 드리러 여기 왔습니다."

이게 웬 날벼락이냐는 듯 박정희의 얼굴이 굳어졌다.

육영수는 차분하게 자신의 입장을 설명했다.

"중령님은 좋은 분인 것 같네요. 하지만 저흰 인연은 아닌 듯 합니다."

젓가락 포크를 내려놓고 박정희가 심각한 얼굴로 물었다.

"아버님과의 일 때문인가요?"

"아버지는 아직도 화가 많이 나셨어요."

"변명같이 들리겠지만 그건 어르신이 실수하신 겁니다. 그리고 정상적인 방법으로는 어르신을 설득할 수 없다고 생각했습니다."

"두 분 간 다툼 때문만은 아니에요."

육영수가 박정희의 말을 가로막고는 주머니에서 열쇠를 꺼내 보여 주었다. 묵직하게 보이는 열쇠는 오랜 세월과 권위가 묻어 있었다.

"우리 집 광 열쇠예요. 두 개가 한 쌍인데 하나는 아버지가 지니셨고 하나는 이거죠. 우리 집 광은 아버지와 저만 출입할 수 있어요. 아버지와 저는 단순한 부녀 관계가 아니라 신뢰로 이루어진 관계에요. 저에게는 아버지와의 신의가 무엇보다 중요합니다. 결혼 문제에서도 마찬가지고요."

무거웠던 박정희의 표정이 육영수의 말을 끝까지 듣고는 해결책을 찾았다는 듯 밝아졌다.

"제가 좋은 사람으로 보인다 하셨죠? 싫지는 않으시죠? 그거면 됐습니다."

육영수가 무언가 대답하려 하자 박정희는 그녀의 말을 가로막고 힘주어 말했다.

"우리 둘 간 전쟁은 이제 막 시작됐을 뿐입니다. 전 목적을 위해 수단과 방법을 안 가립니다."

육영수는 박정희의 단호한 반응에 당혹스러웠다. 잠시 앉아 있던 그녀가 박정희의 뜨거운 눈길을 피하려는 듯 일어섰다.

"제 뜻은 정확히 전했습니다. 들어가 볼게요."

"일단 오늘은 영수 씨에게 졌으니 빵 값은 제가 내죠."

주보를 나오며 박정희는 계산대 앞에서 큰 소리로 사병을 불렀다.

"계산!"

"빵 네 개에 주스 두 잔, 오십 환입니다."

"알았어!"

박정희는 계산을 하려고 주머니에 손을 넣었다. 그러나 박정희의 주머니에는 돈이 없었다. 주머니란 주머니는 다 뒤져도 돈은 나오질 않았다. 순간 그는 당황한 얼굴로 육영수를 보았다.

"어, 돈이 어디 갔지? 주머니가 다 터졌네."

굳어진 분위기에 경직되었던 육영수의 마음이 한순간에 풀렸다. 그녀는 당황해하는 박정희를 배려하듯 농담처럼 말했다.

"돈이 술래잡기 하는 모양이죠?"

"술래잡기도 체면을 봐 가며 해야 하는데 이놈은 영 체면을 안 봐주네. 이봐, 당번! 일단 달아 놔!"

박정희는 민망한 마음을 감추려는 듯 당당하게 명령했다.

"안 됩니다."

주보 담당 사병이 강력하게 거절했다.

"안 돼?"

"지난번 달아 놓은 외상값도 안 갚으셨잖습니까?"

마음이 다급해진 박정희가 육영수의 눈치를 보며 주보에게 호소했다.

"바로 갖다 줄게."

주보 사병은 박정희의 애원에도 완강하게 거절했다.

"안 됩니다. 내일부터 군수 검열인데 저 영창 갑니다."

"제가 낼게요."

박정희가 말릴 사이도 없이 육영수가 돈을 꺼내 사병에게 건넸다.

얼른 받아 챙긴 사병은 박정희의 눈치를 보며 계산대 뒤로 순식간에 숨어버렸다.

이 광경을 본 육영수가 웃음을 보이자 박정희가 머쓱해하며 말을 했다.

"빵 값은 꼭 갚겠습니다!"

"설마 그 핑계로 다시 만나려는 건 아니겠죠."

"그럴리가요. 제가 제일 좋아하는 게 빚지고 사는 건데요."

육영수의 농담에 박정희가 맞받아쳤다.

계산대 뒤로 숨었던 사병이 두 사람의 한결 가벼워진 분위기를 틈타 다시 얼굴을 내밀고는 거수경례를 했다.

"충성!"

그다음 주부터, 박정희는 본격적으로 육영수에게 구애하기 시작했다.

원앙 두 마리가 놀고 있는 강변에서 육영수가 자리를 잡고 반투명지에 자수 밑그림을 그리고 있었다. 능숙하게 스케치를 하고 있는 그녀 뒤편으로 서벅서벅 풀 밟는 소리가 들렸다. 돌아보니 화구를 든 박정희가 걸어오고 있었다.

육영수가 의아해하자 박정희가 능청스럽게 인사했다.

"날씨가 좋네요?"

육영수가 의심의 눈초리로 박정희를 보았다.

박정희는 육영수의 눈길을 피하며 넉살 좋게 말했다.

"외출하기 좋은 날입니다."

"저 따라오셨어요?"

"무슨 소립니까? 매일 오는 곳인데."

육영수는 뻔뻔하게 거짓말하는 박정희가 어이없었으면서도

기분이 나쁘지는 않았다.

박정희가 원앙 밑그림을 보고는 반색했다.

"원앙은 화목한 부부의 상징이죠. 좋은 징조입니다."

육영수가 그 말을 무시하며 물었다.

"시간 많으신가 봐요?"

박정희는 원앙을 핑계 삼아 대화를 이어가려던 의도가 무산되어 김은 빠졌지만 씩씩하게 대답했다.

"오늘 휴일입니다."

"그래서 사복을 입으셨군요."

"보기 안 좋습니까? 영수 씨가 싫다면 당장 군복으로 갈아입고 오겠습니다."

육영수는 조금의 틈만 보이면 달려드는 박정희의 태도에 당황해 얼른 부정했다.

"그러실 필요 없어요."

그러고는 얼른 다시 수를 놓았다.

박정희가 그런 육영수를 보고는 간이 의자를 펼쳐 놓고 앉으며 말했다.

"좋습니다. 그럼 지금부터 저도 스케치를 하겠습니다. 그래도 되겠죠?"

대답 없이 자수만 하는 육영수의 뒷모습을 보던 박정희가 빙긋 웃으며 스케치 연필을 꺼내들었다.

어느 정도 시간이 흐르자 둘은 서로를 탐색하기 시작했다.

박정희는 고개 숙여 자수에 몰두하는 육영수의 흰 목을 훔쳐 보느라 정신을 잃을 정도였다. 나중에는 대놓고 육영수를 바라보았다.

육영수 역시 박정희의 걷어붙인 물감 묻은 팔뚝을 몰래 훔쳐보았다.

육영수의 섬세한 손놀림을 보던 박정희가 육영수와 눈이 마주치자 슬쩍 고개를 돌리고는 얼른 물통에 붓을 헹구었다.

육영수가 그림이 궁금한지 슬쩍 다가왔다.

육영수를 의식한 박정희는 그림에 더욱 몰두하는 척했다.

기지개를 켜는 척하며 그림을 곁눈질하던 육영수가 살짝 놀랐다.

"처음 그리는 솜씨는 아니네요."

"제가 의외로 잘하는 게 많습니다. 그래서 영수 씨를 더욱더 행복하게 해줄 수 있습니다."

끊임없는 박정희의 수작질에 육영수가 픽 웃다가 풍경화 속의 여자를 발견하고 물었다.

"이 여자는 누구에요?"

박정희가 육영수의 질문에 진지하게 대답했다.

"제 이상형을 그림 속에 담은 겁니다."

그런데 그림 속의 여자는 아무리 봐도 육영수 자신이었다. 흐뭇해진 육영수가 박정희의 그림 실력을 다시 한 번 칭찬했다.

"아무튼 보통 솜씨는 아녜요."

"칭찬을 해주시니 오늘 저녁은 제가 사겠습니다. 지난번 빵값도 빚졌으니까 말입니다."

박정희의 말에 육영수가 장난스럽게 말했다.

"또 주머니가 터진 옷을 입고 나오신 것 아닌가요?"

"아닙니다. 다른 옷입니다. 제가 총질은 잘하는데 바느질을 못해서요."

"오늘 재봉틀을 갖고 나올 걸 그랬네요."

"재봉틀 데이트요? 우리 부대에서 알면 화젯거리가 되겠네요."

육영수의 농담에 기분 좋아진 박정희가 즐겁게 웃고 있을 때였다.

어깨에 잔뜩 힘이 들어간 건달 두 명이 건들대며 다가왔다. 한 놈은 덩치가 산만 하고 또 다른 한 놈은 얼굴에 험악한 흉터가 있었다.

덩치가 그림을 흘깃 보고는 시비조로 말을 걸어왔다.

"그림 좋네."

흉터가 발로 삼각대를 툭 차며 박정희의 아래위를 고리눈으로 훑어보았다.

"그만 가죠."

육영수는 자리를 피하려고 박정희의 팔을 잡아끌었다.

"아니, 그냥 있어요."

박정희는 육영수를 뒤로 물리며 일단 경계태세를 취했다.

"너 같은 종간나 때문에 빨갱이들이 설치는 거야, 이 새끼야!"

흉터가 박정희에게 노골적인 적대감을 드러내며 시비를 걸었다.

"군바리면 빨갱이나 때려잡지, 쓰벌놈의 연애질은?"

군바리라는 말에 박정희가 의혹 어린 눈초리로 두 사람을 보았다. 자신의 정체를 알고 있는 듯한 그들의 말에 차가운 말투로 물었다.

"뭐하는 것들이야, 너희들?"

"뭐하는 것들? 그래 이거다!"

덩치가 사정없이 주먹을 날렸다. 덩치의 주먹에 꿈쩍도 않고 서 있던 박정희가 역공을 가했다. 덩치가 귓구멍을 얻어맞고 비명을 지르며 비틀거렸다. 그 모양을 보고 놀란 흉터가 품에서 칼을 꺼내 들고 달려들었다.

"조심해요!"

육영수가 소리치자 박정희가 몸을 피하며 달려드는 흉터를 향해 일격을 가했다. 그러나 주먹이 빗나가며 훙터가 휘두른 칼날이 손을 스쳤다. 박정희의 손에서 피가 솟구쳤다. 그러자 덩치가 달려들어 박정희가 움직이지 못하게 몸통을 움켜잡았다. 그 틈을 노린 훙터가 다시 칼로 찌르려 하자 놀란 육영수가 달려들어 훙터의 등에 매달리고는 팔을 물어뜯었다. 훙터가 몸을 뒤흔들자 육영수가 바닥으로 나가떨어지며 비명을 질렀다. 순간 화가 치민 박정희가 덩치를 메치고는 피 묻은 주먹으로 훙터의 목덜미를 내리쳤다. 훙터가 헉 소리를 내지르며 저만치 나동그라졌다. 뻗어 있던 덩치가 비틀거리며 일어나 허둥지둥 도망가기 시작했다. 훙터도 잠시 후 정신을 차리자 꽁지가 빠지게 달아났다.

박정희는 손에서 피가 흐르는지도 모르고 달아나는 건달들을 지켜보고 있었다.

땅바닥에 주저앉아 있던 육영수는 흐르는 피를 보고 화들짝 놀랐다. 벌떡 일어나 손수건을 꺼내 지혈해 주었다.

박정희는 그제야 자신의 손에 상처가 난 것을 알아차렸다. 그러고는 육영수를 보는데 머리가 엉클어져 제멋대로였다. 박정희는 자신의 상태는 잊은 채 육영수의 모습에 웃음이 나왔다.

"큰일 날 뻔했어요."

아직도 놀란 가슴이 진정되지 않은 듯 떨리는 목소리로 육영수가 말했다.

지혈해 주는 육영수를 흐뭇하게 보고 있던 박정희가 지그시 어금니를 깨물고는 고맙다는 듯 고개를 끄덕이며 무게 잡고 대답했다.

“큰일은 영수 씨가 날 뻔했습니다.”

육영수가 지혈하던 손수건을 맵시 있게 묶어 마무리 지었다.

잠시 붕대 감긴 팔을 살피던 박정희가 진중하게 말했다.

“달아난 놈들은 우리를 알고 있습니다.”

육영수가 놀란 얼굴로 박정희에게 되물었다.

“우리를 알다니요?”

박정희가 차분한 어조로 상황을 분석했다.

“난 오늘 분명히 사복을 입었는데 그 놈들은 내가 군인이라는 걸 알고 있었습니다. 분명히 군바리 어쩌고 하며 시비를 걸어왔잖습니까.”

“그렇군요.”

두 사람 사이에 잠시 침묵이 흘렀다.

한동안 말이 없던 박정희가 무겁게 입을 열었다.

“수단 방법을 가리지 않는 건 어르신이 저하고 같으시네요.”

뜻밖의 말에 육영수가 놀란 얼굴로 물었다.

“네? 그게 무슨 말씀이세요?”

“어르신은 저를 싫어하지 않습니까?”

박정희가 육영수에게 생각해 보라는 듯 반문했다.

"네? 그럼……? 오늘 저 사람들…… 아버지가 보낸 사람들이란 말인가요?"

"오늘 사건은 결코 우연이 아닙니다."

확신에 찬 박정희의 말투에 육영수가 기분이 상해 표정이 언짢게 변했다.

"중령님은 아버지에 대해 편견을 가지신 거 같아요. 중령님은 적이 많은지 모르겠지만 우리 아버지는 절대로 그럴 분이 아니세요."

"영수 씨가 아버지를 믿는 것은 알겠지만 정확히 보세요. 그럴 분입니다."

육영수의 화난 얼굴에도 박정희는 자신의 말을 끝까지 했다.

"확인해 보십시오. 내 말이 맞으면 내가 이긴 겁니다."

박정희의 고집에 육영수가 매몰차게 말했다.

"정말 무례하시네요."

육영수는 자신을 잡으려는 박정희를 뿌리치고 가 버렸다.

무언가 말하려던 박정희가 단념하고는 총총히 사라지는 육영수를 묵묵히 바라보고만 서 있었다.

육종관은 한심하다는 눈길로 모자를 푹 눌러쓴 두 남자를 질책하고 있었다. 박정희를 습격한 놈들이었다. 얼굴에 피멍이 든 건달들은 얼굴의 상처를 푹 눌러쓴 모자로 가리고 있었다.

"모자란 놈들. 그거 하나 제대로 처리 못하고……, 쯧쯧쯧."

혀를 끌끌 차며 나무라는 육종관에게 건달들이 구차하게 변명을 늘어놓았다.

"한주먹거리도 안 되는 놈인데, 오늘 몸이 안 좋아서요."

"한 번만 더 기회를 주시면 요절을 내겠습니다."

"듣기 싫다, 이놈아."

육종관의 핀잔에 흉터가 그나마 자존심을 세우려는 듯 허세부리며 말했다.

"그래도 내 칼침 한 방 제대로 맞아서 며칠은 고생깨나 할 겁니다."

"닥쳐! 쌩쌩하니 잘만 다닐 놈이다!"

건달들의 군색한 변명에 육종관이 짜증 난다는 듯 버럭 소리를 질렀다.

울적한 마음으로 들어서던 육영수의 귀에 익숙한 아버지의 호통 소리가 들렸다. 연이어 육종관 앞에 서 있는 건달들이 보였다. 육영수의 뇌리에 결코 우연이 아니라던 박정희의 말이 떠올랐다. 모든 상황을 파악한 육영수가 매서운 눈길로 건달들을 노려보았다.

육영수와 눈이 마주친 건달들은 고개를 푹 숙이며 외면했다.

인기척에 고개를 돌린 육종관은 엉망인 모습의 육영수를 보고는 놀랐지만 헛기침 몇 번으로 그 순간을 넘기려 했다.

육영수가 슬금슬금 자리를 피하는 건달들을 날카롭게 노려보다가, 정색을 하며 아버지 앞으로 한 걸음 다가섰다.

"아버지! 아버지가 시키신 거예요?"

육종관은 육영수의 항변에 오히려 큰소리를 쳤다.

"그놈이 너랑 결혼하겠다고 설치는데 그냥 둘 수 없었다."

"그렇다고 어떻게 사람을 해칠 생각을 하세요?"

"지금은 전쟁 중이야. 거렁뱅이 한 놈 더 죽는다고 달라질 것도 없다."

육영수가 기세등등한 아버지의 얼굴을 똑바로 쳐다보며 물었다.

"아버지가 그런 분이셨어요?"

"그럼 그런 놈을 사위로 삼으란 말이냐? 내 마음에 안 드는 놈, 내 곁에 두란 말이냐?! 다시는 그런 놈 만나지 마!"

"그 사람한테 사과하세요."

"시끄러워! 말도 안 되는 소리 하지 마!"

몸을 돌려 들어가는 육종관의 고집 센 어깨를 보던 육영수의 눈에 슬픈 빛이 감돌았다. 깡패까지 동원해 가며 자신의 목적을 달성하려는 육종관의 태도 앞에 지금까지 지녀왔던 아버지에 대한 신뢰감이 비누거품처럼 사라졌다.

그날 밤, 육영수는 박정희를 찾아갔다. 낮의 일을 사과하기 위해서였다. 밤바람을 맞으며 부대 정문에서 박정희를 기다리는 육영수의 얼굴에는 미안한 빛이 가득 차 있었다.

박정희는 일하다 말고 나왔는지 작업복에 서류 뭉치를 들고 있었다.

"바쁘신 거 같은데 간단히 말씀드릴게요."

"밤늦게 무슨 일입니까?"

"드릴 말씀이 있어서 왔어요."

육영수는 자존심이 강했지만 자신의 잘못은 바로 인정할 줄 아는 여자였다. 하지만 박정희에게는 왠지 미안하다는 말이 선뜻 나오지 않았다.

육영수가 말을 잇지 못하고 머뭇거리자 박정희가 아무렇지도 않다는 듯 먼저 말을 건넸다.

"낮에 일이요? 별일 아닌데요 뭐. 그 덕에 밤 데이트도 하고 잘됐죠."

그러고는 박정희가 웃으며 육영수에게 농담을 건넸다.

"혹시 그 핑계로 저 보러 오신 거 아닙니까?

박정희의 말에 당황한 육영수가 강하게 부인했다.

"그쪽 편한 데로 판단하시네요. 처음 봤을 때 알아봤어야 하는데."

"그래야 영수 씨 같은 미인을 얻을 수 있습니다."

뻔뻔한 박정희의 말에 더 이상 말 붙이기도 싫다는 듯 육영수가 서둘러 작별 인사를 했다.

"어이없는 분이지만, 어쨌든 사과드릴게요."

돌아서는 육영수를 보고 박정희가 다급한 목소리로 말했다.

"영수 씨, 항복했으니 결혼 날짜 잡는 겁니다!"

그래도 육영수가 아무런 대꾸 없이 가려 하자 박정희는 얼른 주머니에서 손수건을 꺼내 들었다. 박정희의 팔을 지혈해 주었던 육영수의 손수건이었다.

"손수건은 갖고 가셔야죠!"

육영수가 박정희 쪽으로 돌아섰다.

손을 내미는 육영수의 얼굴이 달빛에 빛났다.

박정희의 눈빛이 강렬해졌다.

박정희의 뜨거운 눈길을 마주하자 육영수는 온몸이 그대로 굳어버렸다.

순간적인 격정에 박정희는 육영수를 끌어안고 진한 입맞춤을 했다.

갑자기, 육영수의 눈에서 눈물이 흘렀다.

눈물을 본 박정희가 당황해했다.

육영수는 박정희를 밀치고 얼른 돌아서서 뛰어갔다.

뒤에 남겨진 박정희가 어리둥절한 표정으로 그녀의 뒷모습을 보고 있었다.

그 순간, 육영수는 이십육 년간 그녀를 지켜 주던 아버지의 자리에 새로운 사람이 들어오고 있다는 것을 느끼고 있었다. 육영수에게 들이닥친 이 감정은 혼란과 슬픔 그리고 기쁨이 혼재된 것이었다. 그것은 아버지에 대한 신뢰와는 다른 한 남자와의 사랑이었다.

육영수가 박정희의 떨어진 옷을 재봉질하며 노래 부르고 있었다. 사랑에 빠진 여자의 모습이었다. 당시 박정희는 대구로 떠나 있었고 두 사람은 쉽게 만날 수 없었기에 그리움은 더했다.

검푸른 숲 속에서 맺은 꿈은
어여쁜 꽃밭에서 맺은 꿈은
아 가슴 설레어라
첫사랑의 노래랍니다

이때 방문이 확 열리고 육종관이 들어와 소리쳤다.

"지금 뭐하는 거냐?!"

육종관의 격한 반응에 육영수가 노래를 그쳤다.

"그놈하고 만나고 다닌다던데, 그게 사실이냐?"

육영수가 주저하다 말했다.

"……네."

"대체 무슨 생각으로……. 그놈하고 결혼이라도 할 생각이냐?"

육종관의 호통에 육영수가 이번에는 조금의 망설임도 없이 대답했다.

"예, 아버지."

육영수의 확신에 찬 대답에 분에 못 이긴 육종관이 부들부들 떨었다.

이제 할 말을 해야겠다는 듯 육영수가 말을 이어갔다.

"아버지, 그 사람이 돈 없는 군인이라는 이유로 결혼을 반대한다는 걸 저로서는 받아들일 수 없습니다. 만약 그이에게 어떤 일이 일어나더라도 그건 모두 저의 운명으로 생각하고 아무도 원망하지 않고 받아들일 각오가 되어 있습니다. 그리고 지금부터 제 일은 제가 알아서 결정할 거예요."

노발대발한 육종관이 소리쳤다.

"내 집에서 당장 나가!"

잠시 생각하던 육영수가 결심한 듯 말했다.

"예! 아버지 말씀대로 하겠습니다."

"뭐가 어째?"

예상치 못한 반응에 놀란 육종관이 감정을 이기지 못하고 딸의 등짝을 손바닥으로 내리쳤다.

육영수의 몸이 한쪽으로 기울었다.

배신감에 몸을 떠는 아버지를 육영수는 슬픈 눈으로 바라보았다.

딸의 얼굴을 본 육종관은 자신이 저지른 손찌검에 놀라 당황해했다.

육영수는 단호한 표정으로 일어나 밖으로 나갔다.

멀어지는 딸의 뒷모습을 바라보는 육종관의 얼굴이 착잡하게 변해갔다. 육종관에게 자신의 계승자가 아들이냐 딸이냐는 의미가 없었다. 자신이 일군 육씨 왕국을 유지하고 확장시킬 능력과 의지가 중요했다. 그런 의미에서 육종관에게 육영수는 단순한 딸이 아니었다. 육영수야말로 가업의 후계자였고 유일하게 믿는 사업의 조언자였다. 내심 육종관은 육영수를 가정적으로 행복하게 해줄 사위를 원하지 않았다. 그리고 육영수를 이길 수 있는 남자도 원하지 않았다. 육종관이 원했던 사위는 육영수의 남편이 아닌 대를 잇는 씨내리였을지 모른다. 그런 육종관에게 박정희는 결단코 사윗감이 아니었다. 그래서 빈털터리니 군인이니 하는 말도 안 되는 이유로 반대를 했던 것이다. 육종관은 박정희를 처음 본 순간이 떠올랐다. 박정희가 자신에게 가장 소중한 것을 빼앗아 갈지 모른다는 불길한 예감과 함께 강렬한 반감이 생겼었다. 육종관은 자신의 예감이 맞았다고 생각했다. 육종관의 마음속에 허탈함이 몰려왔다.

그날 밤, 육영수 모녀는 밤늦도록 잠을 이루지 못했다.

"얘야, 그렇게 무작정 집을 나간다 하면 어떡하니? 어디 가 있으려고 그래?"

어머니는 걱정스러운 얼굴로 딸의 표정을 살피고 있었다.

"정 갈 데가 없으면 그 사람 부대 앞에 천막이라도 치면 되죠. 방세 걱정은 없잖아요."

어머니는 천연덕스러운 딸의 말에 한편으로 마음이 놓였다. 딸의 마음이 그렇다니 믿고 따를 수밖에 없다고 생각했다.

"이참에 잘됐다. 당장은 이모부 집에 가 있으렴. 영감쟁이 성질머리는 언제나 고쳐질 건지……."

육영수는 자신의 판단이 잘못되지 않았다는 것을 확인받으려는 듯 어머니에게 물어보았다.

"그 사람, 어머니는 어떠세요?"

"어떻긴 뭐가 어때? 네가 좋으면 그만이지."

어머니의 대답에 육영수는 스스로에게 다짐하듯 말했다.

"결혼할 거예요, 그 사람하고."

"그래. 삼수갑산을 가도 맘에 맞는 사람과 살아야지."

얼굴이 환해진 육영수가 어머니에게 애교 섞인 농담을 던졌다.

"어머니도 저 따라 가실래요?"

"그야 당연지사지. 내가 저런 고집불통 영감쟁이와 어떻게 사니? 지금까지 같이 살아 준 것만도 고마워해야지. 안 그러냐?"

한동안 진지했던 모녀의 분위기에 웃음이 흘렀다. 잠시 쿡쿡대던 육영수와 이경령이 서로 마주 보다가 갑자기 웃음보를 터뜨렸다.

한때 아버지의 뜻에 모든 것을 따랐던 그녀였지만 이번 결혼만큼은 결코 뜻을 굽히지 않았다. 이미 박정희에게 인간적 정과 사랑의 감정을 느끼고 있었기 때문이었다. 그런 점은 박정희도 마찬가지였다.

육영수는 대구 시내의 성당에서 박정희 중령과 결혼식을 올렸다.

두 사람의 결혼을 반대했던 아버지 육종관은 끝끝내 결혼식에 참석하지 않았다. 결혼식장에 참석한 육영수의 가족이라고는

육영수는 박정희와 대구 계산성당에서 결혼식을 올렸는데,
당시에는 주례가 결혼식 날 처음으로 신랑 신부를 보는 경우가 흔했다.

"신랑 육영수 군과 신부 박정희 양은……."
주례가 근엄하게 말했다.
순간, 사람들은 폭소를 터뜨렸고 육영수도 살짝 미소를 지었다.
그 와중에도 박정희는 볼멘소리로 말했다.
"신부가 웃으면 첫째는 딸이라는데……."

어머니 이경령과 결혼을 성사시킨 송재천, 그리고 두 사람의 만남에 교량 역할을 했던 천웅뿐이었다.

이제 육영수는 충청도 갑부 육종관의 딸에서 한 가난한 군인의 아내가 되었다.

5
달콤한 나의 신혼 생활

육영수의 신혼 생활은 충현동의 한 셋방에서 시작되었다.

며칠 전부터 비가 처량하게 내리고 있었다.

집으로 들어오는 박정희의 손에는 다 떨어져 폐기처분된 판초우의가 몇 개 들려 있었다. 대문 앞에 도착한 박정희가 심호흡을 하고 조심스럽게 초인종을 눌렀다.

인상 사납게 생긴 아줌마가 문을 열어 주고는 투덜대며 들어갔다.

"좀 일찍일찍 다니지. 셋방 주제에 맨날 이렇게 늦으면 어떡해. 문 열어 주기도 귀찮아 죽겠네."

박정희가 죽을죄를 지었다는 듯한 얼굴로 눈치를 보다가 들어가는데, 안에서 육영수가 서둘러 나왔다. 육영수가 사라지는 주인아줌마의 눈치를 보며 박정희의 손을 끌고 뒤쪽 방으로 들어갔다.

방문을 열자 퀴퀴한 곰팡내가 밀려왔다. 벽지는 빗물로 얼룩덜룩하고 바닥에는 습기를 막으려는 듯 군데군데 판초우의까지 깔려 있었다. 벽에는 분위기와 어울리지 않게 연애 시절에 육영수가 수놓은 원앙 자수가 걸려 있었다.

박정희의 입에서 한숨이 나왔다.

"지난번 온 비에 젖은 벽도 아직 안 말랐는데, 또 이렇게 비가 오니……."

육영수가 애써 밝은 표정을 지으며 한쪽으로 박정희를 앉혔다.

"오늘은 저쪽 바닥이 많이 축축해요. 이쪽으로 조심히 앉아요."

육영수의 사랑스러운 권유에도 불구하고 박정희는 풀 죽은 음성으로 판초우의를 바닥에 펼치며 말했다.

"후…… 고생이 심해. 부잣집 딸 데려다가 호강은 못 시킬망정……."

박정희의 한탄에 육영수가 새로 깐 판초우의를 살피며 힘내라는 듯 말했다.

"이번 판초우의는 상태가 양호한데요. 같이 앉아 봐요."

그렇게 6.25의 가난하고 불안한 시절을 보내는 동안 박정희는 대령에서 준장으로, 준장에서 다시 소장으로 진급을 거듭했다.

그리고 마침내 전쟁은 끝났다.

휴전이 되자 육영수는 서울로 올라왔고, 서울에서도 오랜 시간 셋방살이를 전전하던 끝에 신당동의 허름한 가옥을 사들여 비로소 내 집을 갖게 되었다.

낡은 복덕방의 문이 드르륵 열리고 박정희와 육영수가 어색한 태도로 들어왔다.

"계십니까?"

졸고 있던 중늙은 복덕방 주인이 얼른 일어나 반갑게 손님을 맞이했다.

"집 보시려고요? 마침 잘 오셨습니다. 백만 환에서 삼천만 환까지 월세 전세 단독주택 다 있습니다."

주인은 생김새와는 달리 무척 수다스럽게 설명을 했다.

육영수는 박정희에게 물어보라는 듯 눈치를 주었지만 이런 상거래에 익숙하지 않은 박정희는 주저주저하며 머쓱하게 서 있었다. 육영수가 재촉하는 표정으로 바라보자 박정희는 아내의 눈길을 애써 외면했다. 어쩔 수 없이 육영수가 주인에게 상냥하게 말을 건넸다.

"깨끗하고, 넓고, 공기 맑고, 조용하고…… 싼 집을 구하는데요."

육영수와 박정희의 행색을 훑어보던 주인은 일단 질렀다.

"그런 집이라면 천만 환 정도 되는 싼 값의 좋은 집이 있습니다."

천만 환이라는 말에 눈이 휘둥그레지며 서둘러 몸을 돌리려는 부부를 보던 주인이 한숨을 쉬고는 기대치를 내려놓았다.

"삼사백만 환 정도 되는 집이 하나 있었는데……, 일단 가 보실까요?"

그로부터 박정희 육영수 부부와 복덕방 주인의 단독주택 순례가 시작되었다. 마음에 드는 집을 찾다 보니 부부도 지치고 복덕방 주인도 지쳐 갈 무렵, 깨끗하지는 않지만 넓고 조용한, 그리고 결정적으로 부부의 예산에 맞는 싼 집을 얻을 수 있었다. 그 집이 바로 신당동 보금자리였다.

박정희는 휴가를 내어 육영수와 함께 집수리부터 들어갔다. 오래된 집을 새집처럼 꾸미자니 보통 힘든 일이 아니었다. 그러나 두 사람은 마냥 행복했다.

신당동 62-43번지에 위치한 '박정희 대통령 가옥(등록문화재 제412호)'
박정희 일가가 1958년부터 1961년까지 생활했던 곳으로,
한국 현대사의 중요한 전환점인 5.16(1961)이 계획되었으며,
복원작업을 거쳐 2015년 3월부터 개방하고 있다.
묘한 인연인지 부부가 신당동으로 이사 온 날이 5월 16일이었다.

이사 온 첫날, 육영수가 낮은 대문을 서둘러 헐었다.
"출입하는 남편이 머리를 숙이면 안 돼요."
박정희가 고개를 끄덕이며 이해한다는 듯 말했다.
"나보다도 키 큰 당신에게 더 필요하겠어."

드디어 집수리가 끝나고 입주하는 날이 왔다.

부부가 뿌듯한 얼굴로 대문 앞에 서 있었다. 힘들게 마련한 내 집에 가슴이 벅차올랐던 것이다.

집 안으로 들어가기 전에 박정희는 품속에 간직해 온 집문서를 건넸다. 집문서에는 '육영수'라고 쓰여 있었다.

육영수가 깜짝 놀란 얼굴로 박정희와 집문서를 번갈아 보았다.

"박봉을 쪼개고 쪼개서 노력한 당신의 덕이야."

육영수가 감사의 눈으로 박정희를 보았다.

"고마워요. 이런 좋은 집을 선물해 줘서."

박정희도 사랑하는 아내의 행복해하는 모습에 흐뭇해졌다.

그렇게 세월이 흘러가던 어느 날이었다.

박정희가 만삭의 육영수를 저울에 올려놓고 진지한 얼굴로 몸무게를 달아 보고 있었다.

육영수의 얼굴에는 귀찮아하는 표정이 가득했다.

육영수의 몸무게를 단 박정희가 벽에 붙은 몸무게 변화표에 빨간 색연필로 무게를 표시했다. 전날의 몸무게와 오늘을 비교하여 더하기 빼기를 통해 아이의 몸무게를 추산하려는 중이었다.

육영수가 박정희를 핀잔주었다.

"당신, 쓸데없는 일 하는 거예요. 그렇다고 애기 몸무게를 알

수 있나?"

"과학적인 근거가 있어요. 예비 아빠로서 아이의 모든 것을 알려고 하는 건 기본이지."

그때였다. 육영수의 낯빛이 갑자기 변하며 배를 움켜쥐고 주저앉았다.

돌발사태에 박정희가 우왕좌왕하며 어쩔 줄 몰라 했다.

그런 박정희를 향해 육영수는 힘을 주어 말했다.

"산파를 불러요!"

그제야 정신을 차린 박정희가 밖으로 달려나갔다.

잠시 후, 박정희는 초조하게 줄담배를 피워대고 있었다.

방으로 들어가던 산파가 못마땅한 눈초리로 바라보자 박정희는 얼른 담배를 껐다. 하지만 얼마 안 있어 다시 담배를 피워 물었다.

갑자기 안에서 아이의 울음소리가 들렸다.

박정희는 만세를 불렀다.

정국은 차츰 어두운 먹구름 속으로 빠져들었다.

박정희가 육군 군수기지 사령관으로 있을 무렵 4.19 혁명이 발생했고 대한민국은 혼란 속에 놓여 있었다. 그리고 그 혼란의 중심에는 정치와 국민 그리고 군인이 있었다.

햇빛 따스한 어느 날 오후, 육영수가 우물가에서 한 빨래를 대야에 담아 뒷마당으로 갔다.

박정희가 뒷마당에서 두 딸과 막내와 함께 노래를 부르며 고무줄놀이를 하고 있었다. 박정희와 막내가 잡고 있는 고무줄 위로 두 딸과 개 한 마리가 같이 뛰어놀고 있었다.

꼬마야 꼬마야 뒤를 돌아라

꼬마야 꼬마야 땅을 짚어라

꼬마야 꼬마야 인사를 하여라

꼬마야 꼬마야 만세를 불러라

흐뭇한 표정으로 그 모습을 지켜보고 서 있는 육영수를 향해 박정희는 말했다.

"당신도 와서 뛰어 봐."

육영수는 기다렸다는 듯이 빨래 너는 일도 제쳐 두고 두 딸과 함께 고무줄놀이를 시작했다.

이때 경적 소리와 함께 집 밖에 차량이 도착했다.

박정희가 개를 부르자, 개는 박정희가 건네는 고무줄을 익숙한 태도로 입에 물고 고무줄놀이를 도왔다. 박정희가 개를 쓰다듬어 주고는 자리에서 일어났다.

“어디 나가시게요?”

고무줄놀이에 구슬땀이 맺힌 육영수가 남편에게 물었다.

“시내에 약속이 있어서.”

박정희가 막내의 볼을 살짝 꼬집어 주고는 차량으로 갔다.

떠나는 박정희에게 육영수와 아이들이 손을 흔들며 인사했다.

“아빠, 빠이빠이.”

“잘 다녀오세요.”

천웅이 박정희의 지프를 몰며 비포장도로를 달리고 있었다. 차 안에는 박정희와 그 옆으로 송재천이 앉아 있었다. 송재천도 이제는 중령이 되어 있었다.

“요즘 각하 주변을 캐는 자들이 부쩍 늘었습니다.”

박정희가 차분한 어조로 답했다.

“방첩대장이 내 동태를 주마다 보고하라 했더군.”

송재천의 눈이 사나워지며 거칠게 말을 내뱉었다.

“박창록이가요? 그 새끼는 혁명이 완수되면 일 순위로 제거해야 할 놈입니다.”

송재천의 말에 별 대답 없이 깊은 생각에 사로잡힌 채 차창 밖만 내다보고 있던 박정희가 불현듯 백미러를 통해 뒤를 힐끗 보았다.

한 대의 승용차가 계속 지프를 뒤따르고 있었다.

"뒤에 말이야……."

박정희는 백미러를 통해 승용차의 불빛을 보며 혼잣소리처럼 말했다.

"꼬리가 붙은 거 같습니다."

송재천도 감지했다는 듯 대답하며 천웅에게 물었다.

"따돌릴 수 있겠나?"

"알겠습니다."

이미 백미러를 통해 뒤를 따르고 있는 승용차의 전조등 불빛을 살피고 있던 천웅은 서서히 차로를 바꾸며 속력을 늦추기 시작했다. 뒤따르던 승용차가 그대로 지프를 앞질러 통과하더니 곧바로 지프를 따라 차로를 바꿨다. 그리고 지프의 속력에 맞춰 서행을 하는 듯했다. 그 순간, 천웅은 급커브를 해서 우회전 길로 접어들어 시민 공원으로 들어오자마자 공터에 차를 멈춰 세웠다. 그러고는 전조등과 함께 시동도 꺼버렸다. 오 분도 채 안 걸리는 시간이었다.

"한 십 분만 기다려 보겠습니다."

천웅이 긴장을 풀지 않은 목소리로 말했다.

"이거 너무 싱겁잖아? 한 시간 정도 추격전이 벌어질 줄 알았는데 오 분도 안 걸렸잖아?"

송재천이 천웅의 운전 솜씨를 칭찬했다.

그때였다. 추격하던 승용차가 다시 나타났다. 어떻게 차량을 급회전시켰는지 어느새 나타나 그대로 속력을 내며 그들 앞을 통과했다.

"이젠 됐습니다."

승용차의 모습이 보이지 않자 천웅이 긴장을 풀며 뒷자리에 묵묵히 앉아 있는 박정희의 표정을 살폈다.

"약속 장소로 출발하자고."

박정희는 조용히 천웅에게 출발 지시를 내렸다.

저녁 무렵, 미행 차량을 따돌린 박정희는 서울 근교의 허름한 식당 구석에서 그를 따르는 부하 장교들과 밀담을 나누고 있었다. 한 잔씩 곁들인 반주로 분위기는 사뭇 고조되어 있었다. 모두들 현실에 대한 불만을 담아 한마디씩 터트렸다. 식당 안은 지게꾼 등 노동자와 서민들로 가득 차 시끌벅적했다.

"이놈의 좆 같은 세상 썩어 가는 꼴 언제까지 보실 겁니까?"

"고름이 살 되는 법 없습니다. 확실히 도려내야 합니다."

"여기저기서 썩는 냄새가 푹푹 납니다. 어떻게 청소하실 겁니까?"

"이달 안에는 무조건 가야 합니다."

"조용! 누가 듣겠어."

여기저기서 터져 나오는 장교들의 불만의 소리를 송재천이 제지했다. 하지만 부하 장교들의 불평불만을 가라앉힐 수는 없었다.

"들으라면 들으라죠. 이참에 확 쓸어버리게. 국민 피로 배때기 불리는 놈들 확 빵꾸 내버리자고요."

"6.25 끝난 지 얼마나 됐다고 벌써 이 지랄들이니, 이러다 나라 망하겠어요!"

송재천이 달래듯 흥분한 장교의 등을 두들겨 주었다.

박정희는 그 모양을 물끄러미 바라보며 계속 술잔을 비웠다.

이때 드르륵 소리를 내며 식당 문이 열리고 사복 차림의 헌병 두 명이 들어왔다. 차량으로 추적해 오던 헌병들이었다. 특유의 위압감 때문에 손님 몇몇이 곁눈으로 힐끗거렸다.

송재천이 끈질기게도 쫓아왔다는 표정으로 헌병들을 노려보았다.

부하 장교인 대위가 박정희에게 다가오는 헌병들을 막아서며 시비조로 말했다.

"한 중령님, 헌병이면 답니까? 씨발, 허락도 없이 대가리를 디밀게."

헌병이 대위의 말을 무시하고 박정희에게 말했다.

"박 장군님, 여기 계셨군요? 갑자기 사라지셔서 한참 찾았습니다."

"무슨 일이야?"

박정희가 날카롭게 쏘아보며 물었다.

헌병이 박정희의 물음에 빈정거리는 태도로 대답했다.

"여기서 빨갱이 새끼들이 모여 역적모의를 한다는 소문이 나돌고 있는데, 혹시 들으셨습니까?"

"무슨 개소리야?"

헌병 장교의 비아냥에 얼굴이 시뻘겋게 달아오른 대위가 버럭 소리를 지르며 헌병 장교를 밀쳐냈다.

급습을 당한 헌병 장교가 허리춤에서 권총을 빼 들어 대위의 머리를 겨냥하며 악다구니 질렀다.

"너 이 새끼! 내가 누군 줄 알아? 대위 나부랭이 새끼가 중령에게 감히 하극상이야?"

"뭐, 이 씨팔! 상관 좋아하네? 오늘 죽고 싶어?"

대위도 권총을 뽑아 들었다. 동시에 다른 박정희의 부하들도 자리를 박차고 일어났다.

일촉즉발의 순간이었다.

순간, 박정희의 술잔이 벽을 향해 날아갔다.

"뭐하는 짓들이야?"

벽에 부딪쳐 박살나는 술잔 소리와 함께 실내 분위기가 차갑게 얼어붙자 박정희가 명령조로 말했다.

"오늘은 이만한다. 다들 돌아가자!"

분노에 이글거리던 박정희 일행이 냉정을 되찾고는 자리에서 일어나 하나둘 조용히 밖으로 나갔다.

뒤에 남은 헌병들이 떠나는 박정희 일행을 음산한 눈길로 지켜보고 있었다.

식당 밖에서 천웅이 지프차의 시동을 걸어 놓고 박정희와 송재천을 기다리고 있었다.

박정희를 감시하듯 지프차 앞에는 미행하던 승용차가 서 있었다.

박정희가 승용차를 힐끗 보고는 송재천과 함께 지프차에 올라탔다.

좌석에 앉은 박정희가 담배를 꺼내 물었다. 길게 내뿜는 담배 연기 속에 뭔가 굳은 결의가 피어나고 있었다.

그로부터 며칠 후였다.

신당동 집에 젊은 장교들이 모여들기 시작했다. 하나같이 굳은 표정들로 평소와는 달리 모두들 총기로 무장하고 있었다.

'지금 우리 사회는 퇴폐풍조가 만연하고 정의는 없어졌다. 더 이상 두고 볼 수만은 없다. 우리가 일어나 이 나라를 수렁에서 건져내야 한다!'

5.16의 선언이었다.

밤 열 시가 되자 박정희는 집을 나설 준비를 했다.

생사를 장담할 수 없는 운명의 시간 앞에서 육영수가 엉뚱한 제안을 했다.

"아이들 공부하는 것 좀 봐주고 나가시면 안 되겠어요?"

박정희는 갑작스러운 육영수의 말에 머뭇거리다가 아이들 방으로 가서 공부하고 있는 아이들을 차례로 둘러보고 나왔다.

대문 밖에서 장교들이 박정희가 나오기를 기다리고 있었다.

박정희는 집을 나서며 아내에게 조용히 말했다.

"내일 새벽 다섯 시 라디오를 들어 보구려."

육영수는 그 말의 뜻을 알 수 있었다. 그것은 한 나라의 중대사가 걸린 최후의 통첩이나 다름없었다. 거기엔 사랑하는 남편의 생사와 한 가족의 운명도 걸려 있었다.

"다녀오세요. 집 걱정은 하지 말고."

대문을 나선 박정희는 일군의 장교들과 함께 어둠 속으로 사라졌다.

육영수가 그토록 절실한 마음으로 남편의 뒷모습을 바라보기도 처음이었다. 그리고 새벽이 오기를 기다리며 마지막 유품이 될지도 모를 남편의 편지와 옷가지들을 정리했다. 한밤이 그렇게 길 수 없었다. 지루하고 초조하고 답답한 하룻밤이었다.

한강 인도교 차단물 앞에 정차해 있는 지프 안에 박정희가 굳은 자세로 앉아 있었다. 박정희의 마음속에 삶과 죽음, 국가와 민족, 쿠데타와 혁명, 희망과 불안 등 수많은 상념들이 떠올랐다. 마지막으로 떠오른 것은 사랑하는 아내와 아이들이었다. 왜 아내는 아이들 공부를 봐 달라고 했을까? 박정희는 아내의 내심이 갑자기 궁금해졌다. 한 가족을 책임지고 있는 가장임을 깨닫게 하려는 것이었을까? 긴장해 있는 나에게 마음의 여유를 주기 위해서였을까? 마지막일지도 모를 아이들과의 시간을 갖도록 한 것일까? 아니면 본인의 불안감을 감추기 위해서였을까?

요란한 경보음과 함께 조명기가 켜지며 칠흑 같던 어둠이 환하게 밝아졌다. 인도교 맞은편에 무장한 병력들이 박정희 부대의 도하를 저지하려고 조준하고 있었다.

수많은 상념들이 순식간에 사라지고 반드시 한강을 건너야 한다는 의지만이 박정희의 눈빛 속에서 번뜩였다. 그리고 박정희는 자신의 내면을 감추려는 듯 품에서 선글라스를 꺼냈다.

전방으로 인도교 북단에 트럭과 탱크가 여덟 팔자 모양으로 배치된 채 진입을 막고 있고, 응사 준비를 마친 헌병대원들도 긴장한 모습으로 대기하고 있었다. 하늘 위로는 경비행기가 날았다.

“부대를 돌려라. 다시 말한다. 당장 부대를 돌려라.”

헌병대원들이 조명기를 이리저리 움직여 포복하는 해병대를 비추었다.

누구 하나 선뜻 일어나 조명기에 사격을 하지 못하는 상황이었다.

이 모습을 보던 박정희가 권총을 꺼내들고 전진했다.

꼿꼿하게 걸어가는 박정희 옆으로 총알들이 쌩쌩 날아다녔다. 박정희가 표정 하나 변하지 않은 채 조명기를 향해 총을 연사했다.

일곱 번째 탄알이 조명 장치 하나를 박살냈다.

해병대원들이 박정희에 동참해 헌병대와 조명기 쪽으로 사격을 집중했다.

조명 장치들이 하나둘 깨져 갔다.

박정희는 탄창이 바닥나자 권총을 집어넣고는 옆에 떨어져 있는 소총을 들어 서서쏴 자세로 사격했다.

마지막 조명등이 깨지며 해병들이 전진했다.

박정희를 따라가던 송재천이 말을 건넸다.

"장군님, 일이 끝내 안 되면 각하 옆 말뚝은 제 겁니다."

"사람 목숨이 하난데 그렇게 간단하게 죽어서 쓰나."

다시 총격전이 시작되고 해병대원들이 바리케이드를 향해 돌진했다.

부하들을 보던 박정희가 난간을 잡고 강물을 물끄러미 내려다보았다.

"주사위는 던져졌어."

드디어 새벽 다섯 시, 라디오에서는 애국가가 울리고 뒤이어 아나운서의 목소리가 흘러나왔다.

'친애하는 애국 동포 여러분, 은인자중 하던 군부가 드디어 금조미명을 기해서 일제히 행동을 개시하여 국가의 행정, 입법, 사법의 삼권을 완전히 장악하고 새 역사의 기초를 닦기 시작했습니다.'

5.16은 성공했다.

집에서 라디오를 듣던 육영수는 남편의 무사함을 알았다. 비로소 육영수의 입에서 안도의 숨이 흘러나왔다.

죽음처럼 적막했던 신당동 집에 햇살이 들어왔다.

박정희가 집으로 돌아온 것은 이틀 후인 5월 18일이었다.

박정희가 중장으로 진급하면서 육영수는 신당동 집을 떠나 공관으로 이사를 하게 되었다. 군인의 아내인 육영수에게 있어 신당동 집은 떠도는 삶 속에 행복을 찾아 마지막으로 정착했던 곳이었다.

육영수가 신당동 집을 떠나기 전날이었다.

집 안에는 이삿짐이 가지런히 정돈되어 있었다.

육영수는 구석구석 사랑이 배어 있는 신당동 집과 석별의 정을 나누었다.

"그동안 고마웠어, 함께 있어 줘서. 너와 함께 만든 좋은 추억들, 어떻게 감사해야 할지 모르겠다."

육영수가 애틋한 눈으로 집을 둘러보았다.

"금방 돌아올게. 넌 나의 두 번째 고향이거든……."

인기척에 고개를 돌리니 박정희가 옆에 있었다.

물끄러미 보던 박정희가 말했다.

"당신 뭐하나?"

육영수가 박정희를 보며 싱긋 웃었다.

"우리 집과 잠시 이별이잖아요. 그래서 지금 작별 인사하고 있어요."

"금방 다시 돌아올 텐데 뭘 그래. 곧 통금 시간이야. 들어가서 자자고."

박정희가 아쉬운 듯 머뭇거리는 육영수의 등을 떼밀어 집 안으로 들어갔다.

신당동 집의 불이 꺼졌다.

6
사랑스러운 여인에서 성숙한 영부인으로

박정희가 대통령에 취임했다.

그리고 육영수는 퍼스트레이디가 되었다. 젊고 아름다운 영부인이었다.

퍼스트레이디 육영수의 첫 임무가 시작되는 날이었다. 난민촌 의료소 방문이었다.

"당신 첫 일정인가? 잘하고 오구려."

"오늘은 내가 바빠서 집 청소를 못하니 당신이 해 놓으세요."

육영수가 남편의 격려에 농담을 던지고는 집무실을 나섰다.

문 밖에서 천웅과 수행 여비서 최연숙이 기다리고 있었다.

육영수에게 최 비서가 전달 사항을 보고했다.

"잠시 브리핑이 있겠다고 합니다."

"무슨 브리핑이지? 바로 가는 거 아니었어?"

"갑자기 연락을 받았습니다."

"그래? 어디로 가지?"

"3회의실입니다."

3회의실에서는 청와대 비서관 헨리 김이 대기하고 있었다. 법규와 관습을 중시하는 사무적인 인간이었다. 그리고 헨리 김 외의 다른 행정관들도 새로운 퍼스트레이디에 대한 기대와 불안을 숨긴 채 엄숙한 표정으로 대기하고 있었다.

"안녕하십니까. 이렇게 갑자기 인사드려 죄송합니다. 저는 전 영부인 프란체스카 여사를 모셨던 헨리 김입니다. 그리고 여기 있는 이들은 3급 행정관들로 오늘 행사에서 여사님을 서포팅할 겁니다."

행정관들이 깍듯하고 절도 있게 인사를 했다.

"경호실에서는 오늘 행사가 환경 요인, 준비 상태, 의전 관계 등으로 인해 위험 소지가 있다고 판단했습니다."

호흡을 가다듬은 헨리 김이 천웅을 한 번 힐끗 보고는 계속

했다.

"더욱이 첫 번째 행사인 관계로 초보 비서가 맡기에는 역량 부족이라 판단해 아직 정식 발령 전이지만 전문가인 저희 팀이 사전 점검 및 행사 진행을 맡게 되었습니다."

헨리 김이 자신만만한 표정으로 육영수와 천웅을 살폈다.

"김 비서님 이력은 서류를 통해 알고 있어요. 잘 부탁해요."

육영수가 가벼운 미소와 함께 행정관들을 둘러봤다.

"그럼 잠시만 착석해 주십시오. 오늘 행사 및 주요 사항 브리핑이 있겠습니다."

헨리 김이 다시 사무적으로 말했다.

천웅이 육영수에게 의자를 권하려고 하자 헨리 김이 옆에 서 있는 행정관에게 눈짓을 했다.

신호를 받은 행정관이 엉덩이로 천웅을 슬쩍 밀어내며 얼른 육영수에게 의자를 권했다.

천웅의 눈빛이 사납게 변하며 헨리 김과 행정관을 쏘아보았다.

사전에 육영수와 천웅에 대한 모든 것을 파악해 놓은 헨리 김은 천웅을 일부러 무시해 버리고는 브리핑을 시작했다. 내용은 난민촌 의료소의 어려운 실태 설명과 현장 환경 시찰, 관계자들과의 기념 촬영, 기자 간담회 등에 대한 장황한 보고였다.

"기자 인터뷰는 언론사 질문지를 통해 미리 준비하겠지만 주의하실 점 몇 가지는 따로 적었습니다. 아마추어 비서들은 절대 알 수 없는 노하우죠."

복잡한 설명으로 인해 이미 절망에 빠져 있는 천웅을 보고는 헨리 김이 거만한 표정으로 덧붙였다.

"여사님은 나라의 얼굴입니다. 이전의 모습은 다 잊으셔야 합니다. 최고의 영부인으로 만들어 드리겠습니다."

밖으로 나와 복도를 걷는 천웅의 옆으로 헨리 김이 슬며시 다가왔다.

천웅이 무슨 일이냐는 듯 힐끗 보자, 헨리 김이 낮은 소리로 말했다.

"기자 인터뷰 질답지는 우리 쪽에서 작성했으니까 그리 알고 있어."

천웅이 다짜고짜 반말을 하는 헨리 김을 어이가 없다는 얼굴로 보았다.

헨리 김이 천웅의 눈길을 침착하게 맞받아쳤다.

"자네, 나보다 열 살이나 어리더군. 정식 비서 교육도 못 받았고."

그 말에 순간 주눅은 들었지만 그래도 천웅이 항변해 보았다.

"준비는 여사님께서 혼자 하십니다. 보좌는 내가 하고."

달갑지 않아하는 천웅의 반응에 헨리 김이 비웃듯 대응했다.

“담당관이 얼마나 무능하면 경호실에서 나, 헨리 김에게 부탁을 했겠나?”

그러면서 헨리 김이 중얼거렸다.

“현지에 도착하면 할 일이 없을 테니 차나 닦지 그래.”

속이 끓어오르는 것을 억지로 참고 있는 천웅에게 헨리 김이 한마디 더 덧붙였다.

“낙하산 주제에. 청와대 문턱 많이 낮아졌다, 개나 소나 다 들어오니.”

“뭐? 개나 소?”

천웅이 몸을 돌려 노려봤지만 헨리 김은 벌써 저만큼 육영수를 따라 사라졌다. 개나 소? 천웅은 이것도 청와대 텃세라고 여기며 언젠가는 한번 손봐 주리라고 단단히 벼르며 얼른 뒤를 쫓았다.

육영수는 서울 구로동 빈민촌 구호품 배급소에 일행들과 도착했다. 이곳에서 육영수는 자신의 삶에서 결코 잊지 못할 경험을 하게 되었다. 이 사건은 그녀를 ‘아름다운 야당, 청와대의 야당’으로 만든 전환점이었다.

육영수가 의료소의 의례적 방문을 마치고 나왔을 때, 질척한 진흙땅 위에 세워진 간이 천막에서 어두운 낯빛의 난민들이 육영수를 바라보고 있었다.

수많은 플래시가 터지고 많은 기자들이 사진을 찍었다.

육영수 옆에는 고급스러운 옷을 입은 고위직 부인들이 억지 웃음을 지으며 영부인 육영수에게 잘 보이려 애쓰고 있었다.

많은 사람들이 차단선 밖에서 육영수와 인사하기 위해 손을 내밀었다.

이때까지도 모든 일은 순조롭게 진행되고 있었다. 하지만 어느 순간부터 경호원들의 통제 수준을 넘어서는 인파가 모여들며 행사장의 질서가 조금씩 무너졌다. 그리고 예정된 수순을 벗어난 일이 벌어지기 시작했다.

난민촌 상황이 불안하게 흘러가자 천웅이 황급히 다가와 말했다.

"이제 그만 돌아가시죠."

육영수는 천웅을 제지하며 말했다.

"아니야. 오늘 할 일은 다 마쳐야지."

이때 헨리 김이 조용히 다가서며 육영수를 거들었다.

"잘하고 계십니다. 그리고 이 구호품은 이곳 천막에 살고 있는 제일 어려워 보이는 사람에게 전해 주세요. 저희들이 옆에서 지켜보다가 전해 드리겠습니다. 구체적인 질문은 피하시고 위로만 하세요."

헨리 김의 조언을 들은 육영수는 알겠다는 듯 고개를 끄덕이고는 차단선 아래로 내려갔다. 아랫길은 차단선 내부의 모래를 뿌려 놓은 길과는 다르게 질퍽했다. 육영수의 고무신이 진흙에 푹 빠졌다. 잠시 당혹스러웠지만 육영수는 이내 자연스럽게 걸음을 내딛었다.

그 뒤를 경호원과 수행원과 기자들이 따르고 있었다.

난민들이 하나둘씩 모여들기 시작해 어느 순간 군중으로 변했다.

한 사람 한 사람과 일일이 인사하며 난민촌을 지나가던 육영수는 천막집 거적문 앞에 멈춰 섰다.

문 앞에는 힘없이 앉아 낡은 콩나물시루에 물을 주고 있는 아이가 있었다.

"이름이 뭐지?"

육영수는 몸을 낮춰 아이의 머리를 쓰다듬으며 물었다.

"숙희요……."

아이는 말하기조차 힘들다는 듯 모기만 한 소리로 대답했다.

그때 천막 안에서 할머니가 급히 나와 허둥대며 인사했다.

육영수는 할머니의 인사에 같이 고개 숙여 인사하고는 다시 아이에게 다정하게 물었다.

"아침은 먹었니?"

"죽 먹었어요……."

아이가 힘없이 대답했다.

아이의 대답에 당황한 할머니가 육영수 뒤편에 서 있던 천막촌 동장의 눈치를 살폈다.

동장이 험악한 표정으로 할머니에게 눈짓을 했다.

동장의 눈짓을 받은 할머니가 겁먹은 얼굴로 서둘러 육영수에게 변명했다.

"아, 아닙니다. 구호품이 잘 나와서요. 가시나가 허연 쌀밥 처먹고 쉰소리하네. 먹었잖아!"

할머니는 아이를 윽박질러서 기를 꺾었다.

그러자 아이가 힘은 없지만 짜증 섞인 소리로 대들었다.

"언제 먹어? 할머닌 안 먹었는데 왜 먹었다구 자꾸 그래?"

"시끄러! 왜 거짓말해?

할머니가 아이의 입을 틀어막으며 머리를 쥐어박았다.

아이가 콩나물시루에 힘없이 머리를 박고 쓰러지자, 놀란 육영수가 얼른 아이를 부축해 일으켜 안았다. 육영수가 축 늘어지는 아이의 이마를 손으로 짚어 보았다. 아이의 얼굴이 온통 식은땀으로 젖어 있었다.

"할머니, 아이의 몸이 불덩이처럼 뜨겁네요."

육영수는 할머니를 딱한 시선으로 바라보았다.

겁에 질린 할머니가 여기저기 눈치를 보며 애원하듯 말했다.

"죽을죄를 지었어요……. 밥 먹었다고 해야 쌀 배급 준다고 해서……. 콩나물죽이라도 제대로 먹이면 죽진 않을 텐데……."

육영수는 의아한 표정으로 뒤에 서 있던 동장을 쳐다보았다.

"이게 무슨 얘기예요?"

"이, 이 할머니가 무슨 소릴 하고 있는 거야? 노망이 났나? 쌀 배급권 나눠 준 게 언제인데 헛소리야?"

낯빛이 시퍼렇게 질린 동장이 할머니를 향해 호통쳤다.

"먼저 아이를 의료소로 옮기세요."

아직 영문을 파악하지 못한 육영수가 아이를 경호원에게 맡기고는 대기하고 있던 비서실 직원을 바라보았다. 비서실 직원은 기다렸다는 듯 들고 있던 구호품 상자를 육영수에게 건네주었다.

육영수는 아이를 따라가는 할머니를 불러 세웠다.

"할머니, 힘드시겠지만 열심히 생활하다 보면 좋은 일이 있을 거예요. 그리고 이거 받으세요."

육영수가 구호품을 전하려는 순간, 할머니 옆에 서 있던 여자가 갈퀴 같은 손으로 가로채 갔다.

할머니는 구호품을 빼앗기지 않으려고 안간힘을 쓰며 소리소리 질렀다.

“이년아, 이거 놔! 내 거야, 내 거!”

순식간에 할머니 주변으로 달려든 사람들이 구호품 하나를 놓고 서로 빼앗으려고 악다구니를 쳤다. 구호품 상자가 찢어지며 안에 들었던 치약 비누 등의 생필품이 바닥으로 흩어졌다.

난민들이 떨어진 구호품에 달려들며 순식간에 난민촌이 아수라장으로 변해 가고 있었다.

“이러지 마세요. 구호품은 저 차 안에 많이 있어요. 싸우지 마세요.”

육영수의 말에 사람들의 시선이 언덕 입구에 세워진 트럭 쪽으로 쏠렸다.

이어 난민촌 사람들이 트럭을 향해 내달리기 시작했다.

경호원들이 손쓸 시간도 없이 난민촌은 말 그대로 난장판이 되었다.

“여사님! 여사님!”

육영수가 사람들에게 떠밀려 휘청거렸다. 경호팀은 인파에 가려진 육영수를 미처 발견하지 못해 당황해했다. 그들은 육영수를 보호하기 위해 안간힘을 썼지만 그들 역시 인파에 떠밀리고 있었다. 단 한 사람 천웅만이 난민 틈에 휩쓸린 육영수를 발견하고 몸을 날려 달려들었다. 하지만 몰려드는 인파를 감당할 수 없었다. 육영수와 천웅 모두 진흙탕 바닥에 그대로 넘어지고 말았다. 곧이어 경호원과 수행원이 몰려들었고, 그들은 진흙투성이가 된 육영수를 서둘러 빼냈다. 경호원들은 당혹해하며 육영수를 의료소로 급히 데려갔다.

잠시 후, 다시 의료소를 나온 육영수의 차림은 헐렁한 작업복 바지로 바뀌어 있었다. 촌부의 모습 그대로였다.

육영수의 흙 묻은 옷을 들고 있던 최 비서가 미안쩍어하며 말했다.

"죄송합니다, 여사님. 당장 옷을 구할 만한 곳이 없어서요."

"왜 어때서요? 편안하고 좋은데."

육영수가 가볍게 웃고는 물었다.

"아까 식량 배급권은 무슨 얘기야?"

옆에 있던 천웅이 동장에게 알아온 사실을 알려 주었다.

"여사님에게 잘 보이려고 거짓말 시킨 거 같습니다."

육영수는 묵묵히 듣고만 있었다.

그런 육영수를 보고 있던 천웅이 출발을 재촉했다.

"이제 그만 떠나시죠."

그러나 육영수의 시선은 난장판이 된 주변에 머물러 있었다.

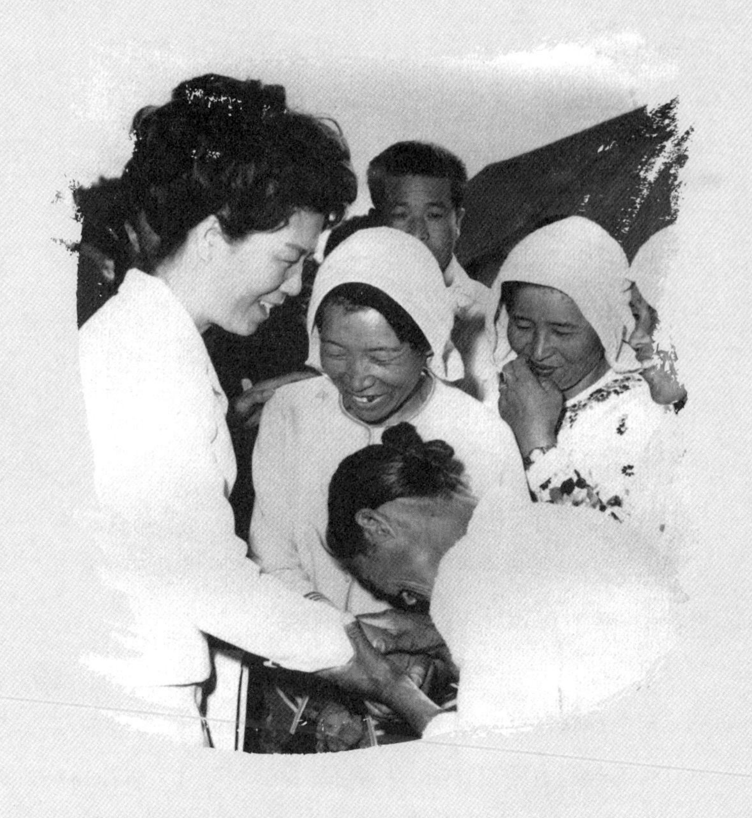

국민의 어려움을 자신의 일처럼 받아들였던 육영수는
고아원, 시장, 불우한 가정 등을 방문해 그들의 생활을 살피고
그들의 이야기에 귀를 기울였다.
사진은 잠실지구 개발 전 물난리 현장 방문 모습.

"여러분, 고생 많으시죠?"
"여사님. 이런 곳까지 다 찾아 주시고……."

모두가 들으라는 듯 육영수가 큰 소리로 천웅에게 말했다.

"저대로 두고 갈 수는 없잖아. 우리가 저질렀으니 우리가 치우고 가야지."

육영수의 말에 경호원과 수행원들은 난처한 표정이 되어 서로 바라보기만 했다. 그러자 육영수가 먼저 나서서 흩어져 있는 쓰레기를 한곳으로 모았다. 그런 육영수의 모습을 본 수행원들은 어쩔 수 없다는 듯 불만을 숨긴 채 하나둘씩 주변 정리에 동참하기 시작했다. 어느덧 육영수를 수행했던 모든 사람들이 주변 정리를 하고 있었다.

청소를 하던 육영수가 쓰레기 봉지 버릴 곳을 찾아 주위를 두리번거리다 의료소 뒤쪽으로 향했다.

그곳에는 또 다른 세상이 존재했다.

육영수가 방문한 도로 앞쪽의 난민촌보다도 훨씬 열악한, 그야말로 지옥 같은 곳이었다. '길 하나를 두고 이렇게 차이가 나다니…… 내가 조금 전에 본 곳도 이곳에 비하면 그야말로 천국이구나.' 육영수의 머릿속이 복잡해지며 기이한 두려움으로 가슴이 두근거리기 시작했다.

악취와 오물이 섞인 쓰레기 폐품들이 잔뜩 쌓인 그곳에서 육영수 또래의 천막촌 여자들이 둘러앉아 폐품 처리 작업을 하고 있었다. 여자들은 낯선 사람이 나타나자 잠시 주춤하다가, 차림새를 보고는 육영수를 전혀 알아차리지 못하고 하던 일을 계속하며 수다를 떨었다. 몇몇은 비료 포대를 새끼로 묶은 신발을 신었고, 몇몇은 그나마도 없는 맨발이었다. 한 여자가 거적때기를 치마처럼 두르고 기생 걸음으로 걸으며 떠들어대자 주위 여자들이 자지러지게 웃었다.

이런 곳에서 무슨 일로 저렇게들 즐겁게 웃고 있을까. 육영수는 호기심에 이끌려 그들을 지켜보게 되었다.

"하이고, 대통령 마누라가 됐다고 요래 치마를 살랑살랑 끌고 와서는……."

다 떨어진 구호품 옷을 입은 여자가 궁금하다는 듯 기생걸음에게 물었다.

"어떻게 생겼어?"

기생걸음이 시큰둥한 목소리로 대꾸했다.

"보긴 뭘 봐? 사람들이 개떼처럼 몰려서 물건 챙기느라 정신없는데 볼 새가 어딨어? 그건 왜?"

"우리 같은 것들한테 테레비가 있나, 신문 쪼가리가 있나? 그래도 기냥 궁금해서 그렇지 뭐."

구호품의 말에 기생걸음이 손사래 치며 얘기했다.

"그딴 거 신경 쓰지 말고 우리 먹거리나 챙기자고."

비교적 깨끗한 차림의 육영수를 유심히 보던 심통 맞게 생긴 여자가 육영수에게 물었다.

"그쪽은 뭣 좀 건졌소?"

육영수는 당황하며 머뭇거렸다.

"네? 아, 네……."

"하나도 못 건진 모양이구먼. 여편네가 동네 꼴만 사납게 해 놨어."

적대적인 투로 육영수를 욕하는 심통의 말에 구호품이 흐뭇한 얼굴로 대거리했다.

"그래도 구호품 몇 개는 던져 놓고 갔잖아. 시장에 내다 팔면 돈은 좀 되겠지?"

"비단 이불에 쌀밥 처먹던 년이 뭘 알겠어?"

"집이 그렇게 부자라며?"

"그러니 대통령 마누라 자리도 샀겠지."

여자들은 자기들끼리 육영수에 관한 온갖 험담을 늘어놓으며 낄낄거렸다.

그들의 말을 들은 육영수는 부끄럽고 창피한 마음에 어쩔 줄 몰랐다.

기생걸음이 다시 육영수에 대해 빈정거렸다.

"한 번 오면 다시 오지도 않을 거 생색은……."

"나는 매일 왔으면 좋겠네. 물건이나 가지고 말야."

"이년은 가랑이로 미제 깡통 받아 처먹던 게 아주 이골이 났구만."

구호품의 말에 기생걸음이 맞받아치자 다른 여자들이 웃어 댔다.

그러자 구호품이 벌떡 일어나며 화를 냈다.

"이런 육시럴 년이?"

낄낄대던 여자들이 '또 한판 벌어지겠구나.' 하는 표정으로 숨을 죽였다.

이때 간이 화장실에서 어떤 여자가 가마니로 만든 거적문을 열고 나와 몸을 툭툭 털어 냈다. 여자의 머리와 몸에서 구더기가 우두둑 떨어졌다. 뒤로 언뜻 보이는 화장실 벽은 구더기 천지였다. 여자가 쓰레기통을 뒤져 쓰레기 섞인 쉰밥 뭉텅이를 꺼내더니 들고 있던 깡통에 넣고는 손에 묻은 밥풀을 떼어 먹었다.

"아주머니! 그거 더러워요!"

육영수가 제지하려고 다가서자 쉰밥이 기분 나쁘다는 듯 말을 뱉었다.

"뭐라고?"

"그런 거 드시면 안 된다고요."

"그런 거? 이년이 썩은 밥 먹는다고 사람을 개똥으로 아나?"

쉰밥은 깡통에 들어 있던 밥 덩어리를 꺼내 육영수에게 던졌다.

밥 덩어리가 그대로 육영수의 얼굴을 철퍼덕 덮쳤다.

"이년아, 굶어 뒤지나 병 걸려 뒤지나 매한가지야."

육영수가 갑작스런 가격에 어쩔 줄 몰라 하며 쉰밥을 쳐다보았다.

"뭘 꼬나봐, 이년아!"

쉰밥이 기세등등하게 육영수를 쳐다보는데, 사납게 생긴 여자가 다가오며 한마디 거들었다.

"못 보던 년인데 어디서 왔어?"

쉰밥이 육영수에게 삿대질하며 소리쳤다.

"이년아, 한 달만 여기서 살아 봐. 먹고 싶어도 없어서 못 먹을 테니."

"아유, 내버려 둬요. 꼴을 보니까 여기 온 지 얼마 안 된 거 같은데."

"구호품도 못 건져 심통 나 죽겠는데 저게 긁잖아."

여자들이 중구난방으로 떠들어댔다.

여자들의 억지에 화가 난 육영수가 대응하려는데 옆의 기생걸음이 앞으로 나서며 독설을 퍼부었다.

"가만히 보니까 저년이 적십잔지 뭔지 하는 데서 온 년이 틀림없어. 낯짝도 허여멀끔한 게, 네 년, 배곯아 본 적 없지?"

기생걸음이 하는 말에 육영수가 할 말을 잃었다. 그리고 자신을 뜯어보는 여자들의 눈빛 속에서 원망과 증오를 발견했다.

순간, 나이가 좀 들어 보이는 한 아주머니가 여자들을 말리며 육영수에게 빨리 떠나라고 손짓했다.

"이봐요, 그렇게 서 있지 말고 어여 가! 어여 가라구!"

자리를 떠나는 육영수는 너무나 참담하고 냉혹한 현실 앞에 말문을 잃었다. 그리고 환대하던 난민들의 시선 속에 적대감 어린 비웃음이 감추어져 있었다는 것을 드디어 깨달았다. 과연 내가 그들을 위해 무엇을 할 수 있을까?

노을 지는 구로동 난민촌을 육영수 일행의 차량이 떠나고 있었다. 멀리로 아직까지도 구호품을 뒤적이는 난민들의 모습이 보였다.

육영수 일행을 태운 차량이 청와대로 들어오고 있었다.

정원에서는 육영수의 경호원들이 기합을 받고 있었다. 난민촌 행사에서의 경호 실패 때문이었다.

"앞으로 취침!"

정원 구석에 부동자세로 서 있던 경호원들이 경호실장의 구호에 맞춰 신속히 움직였다.

"뒤로 취침! 기상!"

경호실장이 갑자기 정면에 서 있는 경호원의 안면을 후려갈겼다.

한 대 맞은 경호원이 바닥에 쓰러졌다가 발딱 일어났다.

"경호의 일번 수칙은 요인의 위치 및 동선의 24시간 파악이다."

경호실장이 굳은 표정으로 서 있는 옆의 경호원을 다시 갈겼다. 경호원은 경호실장의 가격에 휘청했지만 꿋꿋하게 버텼다.

경호실장이 단호한 표정으로 강하게 말했다.

"너희들이 모시는 분은 국모란 말이다! 국모!"

경호실장의 말에 경호원들이 일제히 대답했다.

"시정하겠습니다!"

차에서 내리는 육영수 일행을 본 경호실장이 마지막 경고와 함께 경호원들을 해산시켰다.

"다시 한 번 이런 일이 발생할 시에는 용서하지 않겠다. 위치로!"

맥없는 표정의 육영수가 미안함이 담긴 눈길로 흩어져 가는 경호원들을 보다가 집무실로 발걸음을 옮겼다.

집무실에서 박정희가 근심에 찬 얼굴로 육영수를 맞이했다. 이미 보고를 받아 어느 정도 상황은 짐작하고 있었다. 힘없이 들어오는 육영수를 이리저리 살피던 박정희가 별 탈 없는 것을 확인하고 다소 안심된 얼굴로 물어보았다.

"큰일 날 뻔했어. 몸은 괜찮소?"

"괜찮아요."

"내가 가 보려 했는데 일정에 치여서 못 갔어. 미안해."

"너무 안타까워요. 구호품을 더 달라는데 방법도 없고……."

육영수의 안쓰러워하는 모습을 본 박정희의 표정도 어두워졌다.

"빨리 잘살아야 해. 지금은 모두가 빈털터리니……."

평소와는 달리 풀이 죽은 모습으로 육영수가 한탄했다.

"상한 음식을 뺏겠다며 서로 달려들어 싸우고…… 그 정돈 줄은 몰랐어요."

"대부분 그렇게들 살아가……. 당신이 국민들 사정 이해하기는 힘들 거야."

"무슨 말씀이세요? 내가 부잣집 딸이라서요?"

박정희의 말에 육영수가 신경을 날카롭게 곤두세우며 대들었다.

육영수의 예민한 반응에 당황한 박정희가 응대할 말을 못 찾고 더듬거렸다.

"어? 이 사람이……."

박정희의 표정을 본 육영수는 자신의 반응이 너무 민감했다는 것을 알고는 얼굴이 화끈거렸다.

"그만 들어갈게요."

무언가 위로를 하려던 박정희는 우울한 얼굴로 나가는 아내를 딱한 눈빛으로 바라보고만 있었다.

대통령의 집무실을 나온 육영수가 조용히 복도를 지나고 있었다. 불빛이 새어 나오는 비서실 앞을 지나는데 행정관들의 소리가 들려왔다. 순간적으로 육영수의 발걸음이 멈춰졌다.

"첫날부터 이러니 원……."

"차라리 잘됐어. 앞으로 빈민굴 가잔 소리는 안 할 거 아냐?"

"의전 팀과 상의해서 이제부턴 대충 접견으로 가자고."

"소양도 없는 양반이 뭘 하겠다고 나서시니……."

"철없는 영부인이 더 무섭네. 걱정이다, 걱정."

두서없는 그들의 대화가 육영수의 귓전을 때리고 머리를 텅비게 만들었다. 끝없이 이어지는 행정관들의 소리가 어느 순간, 총소리처럼 크게 들렸다. 온몸에 힘이 빠진 육영수는 허탈한 심경으로 집무실을 향해 발걸음을 옮겼다. 복도를 걷는 동안 육영수의 귓전에는 계속해서 여러 소리들이 겹쳐졌다.

'비단 이불에 쌀밥 처먹던 여자가 뭘 알겠어?'

'집이 그렇게 부자라면서? 그러니 대통령 마누라 자리도 샀겠지.'

'철없는 영부인이 더 무섭네. 걱정이다, 걱정.'

집무실에 앉아 착잡한 마음으로 어둠이 깃들어 가는 창밖을 바라보던 육영수는 아직도 귓가에 맴도는 사람들의 목소리를 지워 버리지 못하고 있었다. 마음은 한없이 무겁기만 했다. 하염없이 앉아 있던 육영수의 마음에 얼마 전 대통령 취임 직후 경주 불국사 호텔에서 가졌던 기자와의 인터뷰가 떠올랐다.

잠시 휴식을 취하고 있을 때였다.

기자들이 몰려들었다. 기자는 육영수에게 대통령의 아내가 된 소감을 물었다.

"앞으로 가정 안에서 야당인의 자세로, 진정한 민의를 살피고 사회의 형편을 폭넓게 받아들여 대통령에게 올바로 알려 드리겠습니다."

당시 그녀의 인터뷰는 국민들의 좋은 호응을 얻었다. 하지만 그것은 미리 짜인 질문에 맞춰 만들어 놓은 것이었다.

갑자기 그녀는 부끄러워졌다. 그리고 그녀의 가슴속에 아비규환이었던 난민촌과 쓰레기 처리장이 떠올랐다. 순간, 육영수의 마음 깊은 곳에서 어떤 뜨거운 무언가가 솟아올랐다. 늘 밝고 활기찬 그녀에게 수심 어린 얼굴은 육영수답지 않은 것이었다. 그래! 하며 마음을 다잡았다. 창밖을 보던 육영수의 얼굴에서 수심이 사라지고 다시 환한 미소가 떠올랐다. 드디어 그녀는 자신이 해야 할 일이 무엇인지 깨달았다.

새벽 무렵, 육영수가 책상에 앉아 편지를 쓰고 있었다. 편지를 다 쓴 육영수가 내용을 훑어보고 흡족한 얼굴로 편지지를 접었다. 그러고는 시집 올 때 가져온 자개함을 열고 연애 시절의 사진첩들과 함께 편지를 챙겨 넣었다.

그때 문이 열리며 박정희가 들어왔다. 난민촌의 일도 있고 해서 침실로 오지 않는 육영수가 걱정되어 찾아온 것이다.

"아니, 이 시간까지 뭐하는 거요?"

지갑에서 열쇠를 꺼내 자개함을 채우던 육영수가 웃으며 남편에게 말했다.

"당신 퇴임할 때 같이 읽을 편지를 썼어요. 오늘은 내게 아주 중요한 날이거든요."

박정희가 열쇠를 넣는 육영수를 보고는 빙긋이 웃었다.

"결혼하면 그놈을 안 볼 줄 알았는데……."

육영수는 시집 올 때 육종관에게 받았던 광 열쇠로 자개함 열쇠를 만들었는데, 남편은 열쇠를 볼 때마다 열쇠가 사랑의 경쟁자였다고 우스갯소리를 하곤 했다.

박정희의 말을 육영수가 농담으로 받았다.

"언제든 힘들면 말해요. 지금도 이 열쇠로 광을 열면 우리 식구 먹고사는 걱정은 없으니까."

박정희가 육영수의 밝은 얼굴을 보고 마음이 놓였는지 하품을 했다.

"내일 일도 있으니 이제 그만 잡시다."

육영수가 박정희의 팔짱을 끼고 나가며 말했다.

"그래요. 오늘은 푹 자요. 내일부터는 새로운 날이 시작될 거니까요."

어느새 여명이 밝아 오고 있었다.

충청도 제일 갑부의 딸로 태어나 빈곤을 모르고 자랐던 그녀가 모든 국민의 어머니로, 딸로, 그리고 그들을 진심으로 이해하고 사랑하는 사람으로 변신하는 첫걸음을 뗀 것이다.

7
내겐 너무나 바쁜 당신

영부인 육영수의 집무실에 긴장감이 돌고 있었다. 난민촌 의료소를 다녀온 뒤 육영수는 새로운 각오로 마음을 다졌다. 육영수는 비서와 행정관들을 모아 놓고 그녀의 생각을 전달했다.

"여러분도 느끼고 계시겠지만 저는 전임 영부인들보다 많이 부족합니다. 다시 학창 시절로 돌아가야 할 것 같아요. 이제부터 많은 것을 배우겠습니다. 그러기 위해 여러분에게 부탁드릴 말씀이 있습니다. 먼저 안살림을 제대로 할 수 있도록 학습 계획을 올려 주세요. 그리고 앞으로의 일정은 제가 결정하겠습니다. 그리고 또 하나, 철없는 영부인은 무섭다고 합니다. 여러분이 많이 도와주세요. 저는 결코 철없는 영부인은 되지 않을 겁니다. 이상입니다."

육영수의 뼈 있는 말에 비서나 행정관들은 바싹 긴장된 표정으로 서로의 얼굴을 힐끗힐끗 봤다. 특히 행정관들은 서로의 얼굴을 훔쳐보며 서로를 의심했다. 누군가 영부인에게 아부하기 위해 어제 얘기한 것을 고자질한 것이 아닐까?

육영수는 아침 다섯 시 삼십 분에 일어나 조간신문을 읽는 것으로 일과를 시작했다. 정치, 경제, 사회, 문화면 등을 샅샅이 훑어보며 유의할 기사를 체크했다. 아침 여덟 시에 아이들을 학교에 보낸 뒤 남편과 아침식사를 했다. 식사가 끝나면 교양, 영어, 국사, 시사 등 퍼스트레이디 과외 수업을 받았다.

퍼스트레이디로서의 공식 스케줄은 대개 오후 두 시부터 시작되었다. 대부분의 업무는 국내외 여성들과 만나 대화를 나누고, 각종 구호사업이나 육영사업에 대한 근황, 정보, 조언 등을 보고받는 일이었다. 기타 행사의 경우에는 최 비서에게서 사전에 일정을 받아 성격을 점검하고 사안에 따라 참석할지, 축전을 보낼지 혹은 대리인을 참석시킬 것인지 등으로 분류해 실행했다.

이것이 육영수의 청와대 일상이었는데, 육영수는 무슨 일이든 웬만하면 직접 해치우는 성격이었기에 이 모든 사항들을 차

질 없이 처리하기 위해서 엄청나게 바빠졌다.

오늘의 주요 일정은 대학생들과의 대화였다.

점심 때는 기숙사 정영사에서 기거하는 대학생들과 점심 식사를 함께 하고, 오후에는 강당에서 대학생들과 대담을 하는 날이었다.

식당에 학생들이 얌전히 앉아 있었다. 당시 기숙사 학생들은 대부분 시골에서 올라왔거나 가난한 집 출신으로 제대로 먹지도 못하고 공부하는 상황이었다.

앞치마를 두른 육영수가 삼계탕을 퍼서 건네고, 정영사의 책임자인 여자 사감은 학생들 앞에 닭 사분의 한 마리가 들어 있는 삼계탕과 사과 반쪽을 차례대로 놓았다.

남학생들은 배가 고픈지 연신 눈이 음식 쪽으로 쏠렸다.

마지막 그릇이 놓이고 식사 준비가 끝났다.

육영수가 학생들을 보며 웃으며 얘기했다.

"식기 전에 어서들 들어요."

여자 사감이 한마디 덧붙였다.

"여사님이 여러분을 위해 정성 들여 만들어 오신 음식입니다. 감사한 마음으로 맛있게 드세요."

육영수가 장황한 부연 설명을 했다.

"밥에 잡곡이 많아서 먹기 좀 불편할지 모르겠지만, 혼식은 건강과 피부 미용에도 좋으니 집에 가면 어머니 누나에게도 권하세요."

짓궂게 보이는 여학생이 옆의 여드름이 많은 남자 친구에게 농을 했다.

"그럼 넌 두 그릇씩 먹어야겠다."

학생들이 왁자지껄하게 웃는데, 한 남학생이 배를 움켜쥐며 말했다.

"여사님, 아사 직전인데 말씀은 그만하시고 빨리 먹으면 안 될까요?"

당황한 육영수가 겸연쩍어하며 변명했다.

"여러분에게 식사를 대접하려 했는데, 혼식 설교가 되어 버렸네요."

그러고는 얼른 숟가락을 밥에 꽂았다.

육영수의 신호와 동시에 모두들 열심히 먹기 시작했다.

육영수는 자신과 똑같은 머리와 의상으로 강당을 꽉 메운 여학생들과 그 사이에 끼인 몇몇 남학생들을 앞에 두고 자유 토론을 벌였다. 육영수의 의상은 주로 한복이었지만 필요한 경우에

당시 육영수는 퍼스트레이디로도 인기가 높았지만
솔직담백한 강연으로 당대 최고의 초청강사이기도 했다.

남학생이 손을 번쩍 들고는 물었다.
"대통령은 공처가라는 소문이 있던데요?"
"애처가라고 정정해 주세요."

는 양장을 입기도 했다. 가끔씩 입는 육영수의 양장과 헤어스타일을 여자들은 즐겨 모방했고, 그 결과 육영수 스타일이 크게 유행했다. 특히 국제복장학원 1기생 출신의 야심찬 젊은 디자이너 김봉남이 디자인한 땡땡이 원피스는 선풍적인 인기를 끌었다.

"사진에서 뵙기보다 훨씬 미인이십니다."

질문한 남학생에게 육영수가 웃으며 대답했다.

"실물이 낫다는 소리를 많이 들어요."

"모두들 여사님의 스타일을 따라 하고 여기 참석한 많은 여학생들도 비슷하게 꾸몄는데, 이런 현상을 어떻게 생각하십니까?"

"아름다워지는 것은 모든 여성의 욕망입니다. 저보다 괜찮은 스타일이 나온다면 저도 그걸 따라 하겠지만 아직까지는 찾지 못했습니다."

학생들은 육영수의 농담에 환호성과 박수를 치며 호응했다.

책을 든 천웅이 강당 뒤편에서 육영수의 토론 장면을 넋을 잃고 보는데 갑자기 누군가가 책을 낚아채 갔다. 깜짝 놀라 돌아보니 어느새 들어온 헨리 김이 책 표지를 보고 있다. 일종의 교양서적이었다. 천웅은 매일 같이 헨리 김에게 무식하다고 겪는 수모를 극복하기 위해서 몰래 노력하는 중이었다.

헨리 김이 한심하다는 얼굴로 천웅을 보았다.

천웅이 속내를 들켜 창피한 듯 얼른 책을 도로 뺏고는 뒤로 숨겼다.

"대학교에 왔다고 대학생 기분이라도 내고 싶은 거야? 노력은 가상하다만, 능력 안 되면 그만 포기해라."

천웅은 기분은 나쁘지만 딱히 할 말도 없어서 엉뚱한 이유로 항변했다.

"근데 왜 자꾸 반말하십니까?"

헨리 김이 같잖다는 눈길로 보고는 무시하는 투로 말했다.

"동생 같아 하는 말이야. 남이면 이런 말도 안 해."

화난 천웅이 무어라 말하려는데 강연이 끝났는지 강당에서 우레와 같은 박수 소리가 나며 육영수가 작별 인사를 하고 있었다.

천웅은 자신의 분노는 일단 미루고 육영수의 보좌를 위해 헨리 김과 함께 서둘러 육영수에게로 걸음을 옮겼다.

교내 행사가 끝나고 오늘의 행사를 주관했던 동양학 교수가 육영수를 따라 나왔다. 개량 한복에 꽁지머리를 하고 있는 근엄한 선비풍의 학자였다.

"오늘 대단했습니다, 여사님. 이렇게 국모를 모시고 행사를 하다니 정말 무한한 영광입니다."

"모범생들만 모아 놓은 것 같아요. 요즘 젊은이들은 다방이나 고고장엘 잘 간다는데, 노는 모습도 보고 싶네요."

육영수의 말을 들은 교수가 간곡한 목소리로 점잖게 만류했다.

"아니 되옵니다. 아무리 국민을 두루 살피셔야 할 분이라지만 크라운이니 에로스니 하는 퇴폐스러운 곳까지 직접 살피실 필요는 없다고 사료되옵니다."

"크라운, 에로스요?"

크라운, 에로스는 당대 최고의 고고장으로 젊은이의 명소였다. 늘 청와대에서 바쁘게 생활하는 육영수에게는 낯선 이름이었다. 복장이나 말투와 어울리지 않게 고고장의 이름을 대단히 능숙하게 읊어대는 교수를 신기하게 보던 육영수가 부탁했다.

"교수님께서는 그런 곳을 잘 아시는 것 같은데 안내 좀 해주시죠."

육영수의 부탁을 받은 교수가 왠지 뜨끔한 표정이다가 곧 앞장섰다.

고고장은 예상 외로 조용했다.

어두운 실내조명 속에서 젊은 남녀들이 삼삼오오 어울려 있었다.

육영수 일행은 비교적 구석진 곳에 자리를 잡았다.

"춤추는 곳 치고는 의외로 조용하네요."

어느 정도 분위기에 익숙해지자 육영수는 실내를 다시 살피며 교수에게 말했다.

이번에도 역시 교수가 막힘없이 설명해 주었다.

"지금은 휴식 시간이라 조용한 편입니다. 곧 기다리시던 시간이 될 것입니다."

재미있어하며 자신을 보는 육영수의 눈길과 마주친 교수가 아차 하는 얼굴로 슬며시 고개를 돌렸다.

가슴에 '박정희' 명찰을 단 웨이터가 주문을 받으러 테이블로 왔다.

웨이터를 본 교수가 화들짝 놀라며 슬쩍 메뉴판을 들어 얼굴을 가렸다.

웨이터는 구석에 있는 육영수는 미처 보지 못하고, 양복 차림의 아저씨와 양장 차림의 아줌마들 부대만 보고는 당황하며 조심스럽게 권했다.

"옆 건물 삼 층이 캬바렙니다. 여기는 고고장이구요."

육영수 일행은 대부분 고고장 초행길이었기에 웨이터의 말에 눈만 멀뚱거리고 있었다.

웨이터 역시 답답해하는데, 육영수가 무슨 생각에서인지 교수를 바라보았다. 그러자 일제히 교수를 따라 보았다. 웨이터 역시 사람들의 눈길을 따라 얼결에 고개를 돌리다가 꽁지머리와 개량 한복을 알아보고는 반가워했다.

"교수님, 오셨습니까?"

교수는 너무나 반가워하는 웨이터의 모습에 이제는 어쩔 수 없다는 듯 체념하며 메뉴판을 치우고는 숙련된 솜씨로 주문했다. 그리고 어차피 이렇게 된 거 최선을 다하는 모습을 보여 주겠다는 듯 팁까지 찔러 넣어 주었다.

"이래야 서비스가 좋습니다."

교수가 멋쩍게 웃자, 모두들 따라 웃었다.

이윽고 광란의 시간이 되었다.

갑자기 실내가 사이키 조명으로 바뀌며 젊은 남녀들이 무대로 몰려들었다.

육영수가 음악에 몸을 흔들어 대는 청춘들을 호기심 어린 표정으로 바라보았다.

이미 정체는 드러났지만 그래도 교수의 본분을 지켜야 한다는 사명감으로, 교수는 육영수가 들으라는 듯 한탄조로 말했다.

"남녀가 유별한데 허연 다리통을 다 내놓고 부벼 대다니, 말세로다 말세!"

육영수가 슬그머니 일어나 무대 가까운 쪽 테이블로 자리를 옮겨 앉았다. 젊은이들의 모습을 좀 더 가까이서 보고 싶었기 때문이었다.

조바심이 난 경호원이 바싹 따라붙었다.

춤을 추던 젊은 남녀 한 쌍이 육영수를 알아보고는 기겁해서 자리를 피했다.

순간, 음악이 잠시 멈추면서 실내조명이 얌전해졌다.

춤을 추던 젊은이들도 슬그머니 각자 제자리로 돌아갔다.

아무도 없는 무대에 장발의 청년만이 아직도 춤에 취해 혼자 블루스 스탭을 밟고 있었다. 눈을 지그시 감고 빙빙 돌다가 육영수 앞에 와서 멈추고는 눈을 떴다. 장발은 바로 코앞에 있는 육영수를 발견하고는 경악했다.

재미있다는 얼굴로 보고 있던 육영수가 따뜻한 미소를 지으며 말했다.

"이발 좀 하세요."

잠시 당황하던 장발이 울상이 되어 머리를 움켜쥐며 절규했다.

"여사님, 이것만은 안 됩니다."

육영수가 크게 웃었다.

육영수에게 하루 중 제일 즐거운 시간은 저녁이었다. 다른 주부들처럼 간편한 옷차림으로 주방에서 저녁 준비를 할 때가 그렇게 즐거울 수가 없었다. 저녁 식탁은 한 집에 살면서도 제대로 볼 수 없는 남편을 가까이에서 볼 수 있고 아이들도 다 모이는 시간이었기에 제일 기다려졌다.

고고장을 갔다 온 다음날이었다.

육영수가 여느 때와 마찬가지로 목에 라디오를 걸고 뉴스를 들으며 즐거운 마음으로 저녁을 준비하는데 남편이 주방으로 들어왔다.

"당신 어제 저녁에 고고장 갔었다며?"

"네, 같이 갔으면 더 재미있었을 거예요."

"나하고 말이오?"

"재미난 구경 혼자 하기 정말 아까웠어요."

"재미난 구경 한다고 괜한 젊은 친구 기절시킬 뻔했다면서?"

육영수는 장발 청년을 떠올리기만 해도 웃음이 났다. 그러다 고고장 웨이터가 달고 있었던 '박정희' 명찰이 그 위에 겹쳐졌다. 문득 육영수의 상상 속에 장발에 명찰을 단 남편이 떠오르며 웃음보가 터졌다.

박정희가 육영수의 웃음에 어리둥절한 표정이 되었다.

계속 웃던 육영수가 단정한 머리의 박정희에게 말했다.

"당신, 머리 한 번 길러 보면 어떻겠어요?"

박정희가 느닷없는 제안에 짐짓 나무라는 말투로 타박했다.

"벌써 나한테 싫증 난 게요? 수상해. 그리고 요즘 말이야, 당신이 나보다 더 바빠. 이러다가 마누라 얼굴 잊어버리겠어."

육영수가 억지로 웃음을 참으며 대답했다.

"그래서 이렇게 맛있는 전 부쳐 드리잖아요."

"어디 하나 맛 좀 볼까?"

쟁반에 부쳐 놓은 생선전을 하나 집어 맛을 음미하던 박정희가 '역시' 하며 손가락을 딱 튀겼다.

"역시 제 솜씨가 일품이죠?"

손바닥으로 입을 쓰윽 닦은 박정희가 아내를 보았다.

전을 부치던 육영수가 뉴스가 끝나자 곧바로 다른 뉴스 방송으로 라디오 채널을 돌리고는 하던 일을 계속하고 있었다.

그 모습을 보던 박정희가 생각하는 척하며 한마디 했다.

"똑같은 뉴스를 또 듣는 거요? 집안일 할 때만이라도 편하게 있지."

"라디오가 없으면 심심해요. 언제 새 소식이 생길지도 모르고요."

"할 수 없구먼."

박정희는 전을 부치고 있는 아내의 뒤로 다가가 슬며시 껴안았다.

"왜 이러세요……?"

육영수가 돌아보며 가볍게 눈을 흘겼다.

박정희가 말없이 육영수의 목에 걸린 라디오 채널을 돌렸다. 채널이 돌아가며 직직대던 잡음이 조용한 경음악으로 바뀌어 흘러나왔다. 박정희는 아내를 뒤에서 안은 채 리듬을 탔다. 그러다가 그녀를 자기 앞으로 돌려세워 놓고 정식으로 춤을 추기 시작했다. 주방은 로맨틱한 분위기로 바뀌었다.

"이제 곧 뉴스 논평 시간이에요."

육영수는 남편의 품에 안겨 속삭이듯 말했다.

"이미 아는 내용일 거요."

"절 필요로 하는 사람들 소식이 있을지 몰라요."

"당신이 제일 필요한 건 나요."

그윽한 눈길의 박정희가 육영수에게 입맞춤을 하려고 할 때였다.

"엄마!"

막내가 주방으로 뛰어들었다.

육영수는 화들짝 놀라 남편 품에서 떨어지며 라디오부터 껐다.

수상쩍은 노래와 분위기에 막내가 의심스러운 눈길로 엄마 아빠를 보았다.

사태를 수습하려는 의도로 육영수는 무슨 일이냐는 듯 아들의 얼굴을 쓰다듬고, 박정희는 막내를 원망스럽게 보며 쟁반 위의 전을 집어 먹었다.

"누룽지 튀겨 주세요."

"누룽지?"

"누룽지 먹으며 영화 보려구요. 장 비서 아저씨가 영화 보여주신대요."

천웅이 영화를 보여 준다는 말과 함께 육영수의 눈앞에 옥천의 아버지 얼굴이 크게 떠올랐다.

봄기운이 완연한 옥천 교동집은 각가지 봄꽃들로 화창하게 둘러싸여 있었다.

육영수가 교사 생활을 그만두고 아버지의 일을 돕기 시작할 때였다.

그날도 집안일을 마친 육영수가 대청마루에서 자수를 놓고 있는데 아버지가 부른다는 하인의 전갈을 받고는 자리에서 일어났다. 하인들의 인사를 받으며 행랑채를 지난 육영수는 연못이 있는 사당과 정자를 통과해 안채로 들어섰지만 아버지 모습이 보이지 않았다. 별당에 계신가?

그러나 육종관은 사랑채 마루에서 천웅의 시중을 받아가며 영사기를 매만지고 있었다.

"아버지, 부르셨어요?"

육영수는 마루에 어지럽게 흩어져 있는 영사기 부품을 챙기고 있는 아버지 앞으로 다가섰다.

"잘 왔다. 이게 뭔지 알겠니? 활동사진 돌리는 영사기다."

육종관의 자랑은 계속됐다.

"잡화상에서 헌 영사기가 들어왔다는 얘기를 듣고 천웅이가 가져 왔단다. 이게 지금 이렇게 헐하게 보여도 보통 물건이 아닌 거야."

신기한 표정으로 영사기를 보던 육영수가 궁금한 목소리로 물었다.

"이게 정말 작동될까요?"

육종관은 고개를 끄덕이며 말했다.

"천웅이 말로는 모터만 손보면 작동된다고 했다."

육종관의 말에 천웅이 자신 있다는 듯 대답했다.

"맡겨만 주세요. 제가 새것처럼 조립해 놓을테니까요."

"천웅이는 이제 못 다루는 물건이 없구나."

제대로 잘 자란 천웅이 대견하다는 듯 육영수가 말했다.

"어르신 옆에서 보고 배운 덕분이죠."

"그럼 저도 부품을 닦아 드릴게요."

"역시 내가 조수들은 잘 뒀단 말이야."

마냥 흡족해하는 육종관을 이경령이 못마땅한 눈길로 보며 다가섰다.

"여태 모아들인 물건으로도 광이 가득 찼는데 또 가져오셨구려."

"아버지 취미가 그러신데 너무 뭐라 마세요, 어머니."

"역시 나를 알아주는 사람은 내 딸밖에 없다!"

육영수는 아버지가 그리웠다. 지금은 어떻게 지내고 계실까. 아버지를 못 본 지도 꽤 많은 세월이 흘렀다.

회의실로 들어선 육영수가 영사기에 필름을 걸고 있는 천웅에게 궁금해하며 물었다.

"이게 오늘 막내한테 보여 준다는 영화 필름이야?"

"네. 방학이라 심심하다길래 극장에서 옛날 필름을 좀 빌려 왔습니다."

"무슨 영화야?"

"벤허입니다."

"보고 싶었던 영화네. 헌데 이 영사기는?"

영사기를 보는 육영수의 얼굴에 혹시나 하는 표정이 떠올랐다.

"아, 참! 이 영사기 생각 안 나세요? 예전 옥천 교동 집에 있던 겁니다. 헌 것 사다가 어르신과 함께 갈고 닦고 기름칠 하고 새로 조립한 것입니다. 저희 집 창고에서 찾았습니다."

"정말 오랜만에 보네, 이 영사기."

영화 상영을 준비하느라 부산을 떠는 소리에 두 딸이 영화를 보러 내려왔다.

"영화 같이 봐요."

육영수가 부드러운 목소리로 아이들을 타일렀다.

"시험이 얼마 안 남았는데 영화 볼 시간이 있어? 너희들 하고 싶은 데로 하는 건 좋은데 내 의견을 묻는다면 난 반대야."

육영수가 아이들의 의사를 들어보지도 않고 자기만의 의지를 미리 표명하자, 딸들의 얼굴이 부어올랐다. 큰딸은 내심 불만이었지만 아무 말 없이 참고 있는데, 작은딸이 지지 않고 막내를 가리키며 항의했다.

"애도 시험이 얼마 안 남았어요."

화기애애하던 육영수의 목소리가 갑자기 높이 튀며 말투가 매서워졌다.

"국민학생하고 중학생하고 똑같아?"

티격태격하는 모녀를 보다가 박정희가 딸들의 편을 들었다.

"여보, 웬만하면 영화 같이 좀 봐요."

육영수가 은근하게 아이들의 역성을 드는 남편을 뾰쪽하게 보았다.

"대통령 선거가 얼마 안 남았다고 그러시는데 그래봐야 아무 소용없어요."

뜬금없는 육영수의 말에 박정희가 어리둥절한 얼굴이 되었다.

"애들 편 들어 봐야 별 수 없을 걸요. 아직 애들은 투표권이 없어요. 제 편 드는 게 한 표라도 득표에 도움될 걸요?"

박정희가 웃음을 터트리고는 딸들을 달랬다.

"아무래도 오늘은 엄마 말 듣는 게 낫겠는데? 이러다 나까지 엄마한테 혼나겠다."

"알았어요!"

딸들이 볼멘소리로 합창하고 각자의 방으로 갔다.

툴툴거리며 사라지는 딸들을 사랑스럽게 보고 있던 육영수가 아이들이 눈앞에서 완전히 사라지자, 서둘러 천웅에게 영사기를 돌리라고 손짓했다.

천웅이 실내의 불을 끄고 영사기를 돌리자 영화사 상표와 함께 사자의 포효가 들리며 영화가 시작되었다.

그날 저녁 그런 사연을 안고 부부는 막내와 함께 영화를 보게 됐다.

다들 육영수가 튀겨 준 누룽지를 팝콘처럼 먹으며 영화를 감상했다. 박정희는 어느새 잠이 들어 가볍게 코를 골고 있었다. 그러나 육영수는 영화에 심취되어 있었다. 특히 벤허의 나환자 장면이 나오자 육영수는 더욱더 깊숙이 화면에 빠져들었다.

8
세상에서 가장 아름다운 그녀의 손

그날 저녁 영화 감상은 늦은 시간에 끝났다.

어느덧 시간은 밤 열 시를 지나고 있었다.

육영수는 막내의 뒤치다꺼리를 끝내고 시험 공부하는 딸들까지도 잠자리에 보냈다. 비로소 아내의 자리로 돌아온 육영수는 남편이 잠자리에 들기를 기다렸다. 서류를 검토하는 박정희에게 육영수가 재촉했다.

"안 주무실 거예요?"

육영수의 말에 박정희가 시계를 보는데 아직 새벽 한 시도 넘지 않았다.

"벌써 자? 아직 한 시도 안 됐는데……."

"꼭 한 시가 넘어야 잠이 오나요?"

오늘따라 유난히 채근하는 육영수가 이상했던지 박정희가 고개를 갸웃했다.

"허허, 오늘은 왜 이렇게 서두르오? 당신, 몹시 피곤한 모양이구려."

"네, 조금 피곤해요."

"조금이 아니라 상당히 피곤한 것 같은데?"

"아직 익숙하지 못해서 그런가 봐요."

무슨 소리냐는 듯 보는 박정희에게 육영수가 오랜만에 자신의 심정을 토로했다.

"틀에 박힌 생활이랄까, 자유롭지 못한 생활에 자신을 맞춰 간다는 게 얼마나 고된 일인지 몰라요."

박정희는 육영수의 그런 심정을 충분히 이해할 수 있었다. 자신도 가끔은 너무 얽매인 현재의 생활에 답답함을 느낄 때가 있었기 때문이다.

"나도 당신 심정은 이해가 가. 너무 무리하지 말아요."

"제가 알아서 할 일이에요. 괜한 말 했네요."

약간 침울한 육영수를 위로해 준답시고 박정희가 갑자기 엉뚱한 소리를 했다.

"무슨 소릴……, 오늘은 그래도 골치 아픈 소리를 안 해서 다행이오."

난데없는 박정희의 말에 육영수는 어느 순간 피곤함도 잊고 따져 물었다.

"제가 그렇게 머리를 아프게 해드렸나요?"

당황한 박정희가 머뭇거리다 '에라 모르겠다'라는 표정을 지으며 대답했다.

"……당신이 청와대 안에 지독한 야당이라고 소문이 자자해요. 그래서 당신 앞에선 모두 입조심하라는 경고문까지 나붙을 모양이던데."

"그게 다 그쪽이 낸 소문 아녜요?"

박정희는 긍정도 부정도 아닌 표정으로 육영수를 바라보며 빙긋 웃었다. 박정희에게 육영수는 어느 누구도 하지 못하는 조언을 서슴없이 해주는 잔소리꾼이자 청와대 야당이었지만, 그런 잔소리 때문에 어느 순간에는 둘 사이에 다툼이 생기기도 했다.

육영수가 정색을 하며 말을 꺼냈다.

"그런데 오늘 말예요."

"지금부터 시작인가?"

박정희도 정색을 하며 육영수의 말을 경청할 자세로 다가앉았다.

웃음 띤 육영수가 그런 말이 아니라는 듯 손을 저으며 말했다.

"그게 아니고요. 오늘 본 영화 말이에요, 나환자들이 나오는 장면을 보는데 가슴이 참 뭉클했어요."

"그래, 나도 그랬어. 나도 그 장면 참 감명 깊게 봤소."

"당신은 주무셨잖아요?"

박정희가 막 웃다가 겸연쩍어하며 말했다.

"하지만 옛날에 다 본 거라고. 그게 언제 적 영환데."

"아무튼 당신도 감명 깊게 봤다니까 제 말에 공감이 가시겠네요."

대체 무슨 말을 하려고 이리 뜸을 들이나 하는 눈길로 박정희가 육영수를 보며 물었다.

"무슨 공감?"

"며칠 안으로 양주군에 있는 나환자촌을 다녀오려고요."

"나환자촌을?"

박정희의 얼굴에 약간 놀란 빛이 떠올랐다.

"걱정 마세요. 그냥 몸이 불편한 사람들인 걸요, 뭐."

육영수가 박정희 앞에 '한빛'이라는 제목의 얇은 잡지 한 권을 내밀며 안심시키듯 말했다.

"이 책을 보면 나환자들에 대한 오해가 많이 풀릴 거예요."

박정희가 받아서 보면 나환자들에 관한 다양한 정보가 실린

한센병 관련 전문 잡지였다.

"당신, 오래전부터 준비했구려."

"바쁘기도 하고 또 주변 반대도 있고 해서 간다 간다 하다가 계속 미뤘는데 이제는 정말 가 봐야겠어요. 전에 제가 꽃씨를 보내 줬는데 꽃이 활짝 폈다고 나환자촌에서 연락이 왔네요."

박정희는 육영수의 결심을 도저히 꺾을 수 없다는 것을 알고는 조금은 무거운 심정으로 말했다.

"알았소. 잘 다녀와요."

박정희가 허락하긴 했지만, 나환자에 대한 편견으로 인해 육영수의 나환자촌 방문에 대해 청와대 사람들 사이에서는 갑론을박이 벌어졌다. 그리고 비서실을 비롯한 경호실에서는 굳이 나환자촌까지 영부인이 직접 찾아갈 필요가 있느냐는 말들이 솔솔 흘러나오기 시작했다.

이런 와중에도 육영수는 자신의 뜻을 굽히지 않고 끈기 있게 준비했고, 드디어 나환자촌 방문 일정이 코앞으로 다가왔다.

육영수가 최 비서와 함께 나환자촌 방문을 앞두고 동참할 부녀 단체의 명단을 검토하고 있었다.

그때 심각한 얼굴로 천웅이 집무실에 들어왔다.

육영수가 천웅은 보지도 않고 참여자 명단을 훑어 보며 빠르게 말했다.

"한센촌 방문 후에 리셉션 있지? 시간에 맞추려면 서둘러야겠어."

머뭇거리던 천웅이 망설이다 육영수에게 보고했다.

"헌데 비서실에서는 오늘 일정을 취소한다고 통보한다는데요."

얼굴을 파묻고 서류만 보던 육영수가 고개를 들고 날카로운 목소리로 물었다.

"뭐야? 일정을 취소해? 누구 결정이래?"

"저……, 그게……."

천웅이 난처한 듯 말을 제대로 못하고 더듬자 육영수가 뭔가를 직감했다.

"회의실에 오늘 참가할 부녀회원들은 다 모였어?"

육영수는 말을 하면서 다시 천웅의 표정을 살폈다.

"사실……."

천웅이 말을 못하고 어물대자 육영수는 그대로 집무실을 빠져나와 부녀회원들이 기다리고 있을 회의실로 단걸음에 갔다. 그러나 회의실은 텅 비어 있었고 부녀회장 혼자 육영수를 기다리고 있었다.

"다른 분들은요?"

부녀회장은 잠시 침묵을 지키고 있더니 작심한 듯 말했다.

"오늘 한센촌 방문은 회원들 설득이 도저히 불가능합니다."

육영수가 납득이 가지 않는다는 얼굴로 부녀회장을 바라보았다.

"더운 날씨에 전염병도 도는데 나환자촌은 매우 위험하다고들 생각하고 있습니다."

"남편께서는 의료협회장으로 알고 있는데 한센병은 전염 안 된다는 의사 말을 들으셨잖아요."

어떻게든 부녀회장을 설득하려고 육영수가 시도했지만, 부녀회장은 눈을 질끈 감고 계속 자기 생각만을 얘기했다.

"만에 하나라는 것도 있습니다. 남편과 자식들이 전염되면 여사님이 책임지시겠습니까? 그동안 여사님 체면 봐서 봉사활동에 동참해 왔습니다. 하지만 문둥이한테는 같이 가기 싫습니다."

늘 평정심을 유지했던 육영수로서는 드물게 화가 난 순간이었다. 육영수가 부녀회장을 날카롭게 쏘아보며 격앙된 음성으로 말했다.

"문둥이라고요? 어떻게 그런 말을 할 수 있죠? 그리고 제 체면이 아니라 제 남편이 대통령이기 때문이겠죠?"

"아니라곤 못 하겠습니다. 하지만 목숨까지 걸며 비위 맞추고 싶진 않습니다. 그리고 감히 말씀드리면 여사님도 안 가시는 게 좋을 겁니다. 그깟 문둥이들 때문에 대통령께도 누를 끼치면 어쩌려고요?!"

두 사람의 대화를 듣고 있던 천웅이 해도 해도 너무 한다는 듯 부녀회장을 향해 큰소리를 쳤다.

"지금 무슨 말씀을 하는 겁니까?"

육영수가 천웅을 만류하고는 부녀회장에게 매몰차게 내뱉었다.

"같이 가자는 소리 안 할테니 그만두세요. 대신 한 가지, 의료협회장 부인이 의료 상식이 없다는 건 분명 남편에게 문제가 있는 겁니다. 이 부분은 대통령에게 직언하겠어요."

부녀회장을 쏘아보던 육영수는 더 이상 말하지 않고 돌아서서 회의실을 나가 버렸다.

천웅과 최 비서가 황급히 쫓아 나갔다.

팽팽하게 맞서던 부녀회장의 표정이 창백하게 얼어붙고 있었다.

육영수의 차량이 한적한 도로를 달리고 있었다.

청와대를 떠날 때, 최 비서가 걱정스럽게 물었다.

"여사님, 이렇게 말없이 떠나도 괜찮겠습니까?"

천웅도 경호원들과 비서진들에게 통보도 없이 출발한 것이 걱정스러웠다.

“경호원도 한 명 대동하지 않고 떠나시는 건 조금…….”

육영수가 천웅의 말을 끊으며 단호하게 말했다.

“오늘 내 일정을 다들 알고 있으니까, 내가 안 보이면 떠난 줄 알겠지.”

육영수의 음성은 냉정했다. 육영수는 몰상식하고 무지한 부녀회장 같은 여자를 믿고 일을 하고 있다는 자신이 밉기까지 했다. 처음 느끼는 감정이었다. 다 집어치우고 편하게 살고 싶었다. 그러나 육영수는 곧 후회했다. 부녀회장 같은 여자 한 사람을 보고 그런 생각을 했다는 자신이 부끄러웠다.

아마도 육영수가 부녀회장에게 그렇게 화를 낸 것은 세월이 흘러도 변하지 않는 사람들의 행태 때문인지도 몰랐다. 힘세고 가진 자들에게는 약하고, 힘없고 가난한 자들에게는 군림하려 드는 사람들의 그 모습이 싫었던 것일 수 있다. 더욱이 천형이라고 부르는 나병에 걸린 환자들은 사회에서 가장 천대받는 사람들이 아닌가? 묵묵히 차창 밖을 보고 있던 육영수의 뇌리에 해방 전 마을에서 본 광경이 떠올랐다.

옥천 강변을 걷고 있는 육영수의 옆으로 M37 닷지 차량과 구급차량이 흙먼지를 날리며 지나가고 있었다. 달리던 차량들이 멀리 강변 둑 위를 무리 지어 걸어가고 있는 나환자들의 앞을 막아 세웠다. 갑작스럽게 출몰한 차량에 놀란 나환자들이 주춤거리며 뒤로 물러서는데, 구급차에서 곤봉을 든 일본 경찰과 등에 소독기를 멘 의료진들이 내렸다. 그들은 마스크와 장갑으로 노출 부위를 최대한 감싼 모습이었다. 순식간에 경찰들이 나환자 무리를 에워싸고는 그중 간부로 보이는 경찰 한 명이 위압적인 목소리로 소리쳤다.

"너희들은 나환자 격리법에 의거, 용호동 수용소로 배치된다. 신속히 트럭에 올라타라."

나환자들이 두려움에 떨다가 미친 듯이 산으로 도망가기 시작했다. 경찰들이 앞을 가로막고 곤봉으로 마구 갈기자 나환자들이 비명을 지르며 쓰러졌다. 간부 경찰이 갓난아기를 안고 있는 여자 환자를 지목하자 다른 경찰들이 다가가 울부짖는 여인의 품에서 아이를 강제로 빼앗았다. 아이가 경찰의 품에 안겨 악을 쓰고 울며 엄마를 찾았고 여인도 필사적으로 저항했지만, 무자비한 경찰의 곤봉에 어찌할 수가 없었다. 단종법으로 나환자들은 아이를 낳지도 키우지도 못하게 되어 있었기 때문이었다. 나머지 경찰들이 마구잡이로 소독약을 분무하고는 환자들을 트럭에 짐승처럼 싣고 다시 출발했다.

육영수가 슬픈 눈으로 먼지를 날리며 멀어지는 트럭의 뒤를 한없이 바라보며 서 있었다.

얼마나 지났을까, 차가 멈추자 육영수도 회상에서 깨어나 밖을 살폈다.

철조망으로 얼기설기 막혀 있는 좁은 길로 들어서는 나환자촌 입구에 '나병은 낫는다!'라는 표어가 붙어 있었다.

천웅이 차에서 내려 나환자촌으로 들어가는 길 상태를 살폈다. 그러고는 경호실에서 사전에 준비해 놓았던 지도를 꺼내보았다.

"여기서부턴 차가 못 들어갈 것 같습니다."

천웅이 설명하자 육영수는 고개를 끄덕였다. 천웅이 지도를 보고는 길을 잡아 앞장서서 걷기 시작했다.

"따라 오시죠."

육영수와 최 비서도 천웅의 뒤를 좇아 걸었다.

인적이 드문 너른 밭길에서는 무더운 바람이 뿜어져 나오고 있었다. 한참을 그렇게 더운 바람을 맞으며 걸어도 좁다란 산길은 끝이 보이지 않았다.

앞장서서 걷던 천웅이 혼잣말했다.

"이상하다, 거의 다 온 거 같은데……."

잠시 걸음을 멈춘 천웅이 주변을 다시 살피다가 산모퉁이 비탈진 밭에서 일하고 있는 여자를 발견하고는 다가갔다.

육영수와 최 비서도 그 뒤를 열심히 따라갔다.

천웅은 고개를 푹 숙인 채 일하고 있는 여자에게 말을 걸었다.

"말 좀 여쭤 보겠습니다."

여자가 흠칫 놀라 고개를 들었다 바로 외면했다.

"정착촌이 어딘가요?"

여자는 외면한 채 밭일만 계속할 뿐 대답이 없다.

"어느 쪽인지 좀 가리켜 주시겠어요?"

육영수의 부드러운 말씨에 여자가 그제야 손으로 한쪽 방향을 가리키며 일을 계속했다.

육영수는 여자에게 정중히 고맙다는 인사를 하고 발길을 재촉했다.

정착촌으로 가는 좁다란 숲길은 나무 그늘 때문에 한낮인데도 해지는 저녁 길처럼 어두웠다. 어디서 날아오는 냄새인지 숲속 길은 속을 뒤집어 놓을 듯한 역한 악취로 메워져 있었다.

"어디서 이렇게 돼지기름 타는 냄새가 나죠? 연기까지 뿌옇게 끼어들고 말입니다."

한 걸음 앞서 가던 천웅이 메스껍다는 듯 헛구역질까지 했다. 옆에서 좇아가는 최 비서의 표정은 죽을 지경이었다.

"마을이 가까워졌다는 증거일 거야. 나병약이 워낙 독해 돼지비계를 먹어야 중화가 된다고 들었어."

육영수는 상지원, 성나자로원, 동진원 등
전국 87여 곳의 나환자촌을 방문하여 골고루 보살피며
때로는 꽃씨, 돼지종자를 보내 주었고,
때로는 주택, 목욕탕, 이발소를 세워 주었다.

아이가 다가오자 육영수가 아이를 안아 올리며 말했다.
"이리리, 우리 귀여운 아기가 코를 흘리네. 내가 닦아줄까?"
육영수가 손수건을 꺼내 아이의 코에 대자 자동으로 홍- 하고 불었다.
그 모습을 보던 환자들은 모두 환하게 웃었다.

육영수도 사실은 속이 좋지 않았다.

"헌데 말예요. 아까 밭에서 만났던 여자, 왜 우릴 한 번도 쳐다보지 않았죠? 대답도 않고요."

"아마 나병 때문에 얼굴이 상해서 그랬을 거야."

"그렇군요……."

천웅이 이제야 이해가 간다는 듯 고개를 끄덕이며 육영수를 따라갔다.

숲길을 벗어나자 하늘은 다시 훤해졌고 정착촌이 한눈에 들어왔다.

세 사람이 정착촌에 들어섰을 때 입구에서는 나환자들이 대형 드럼통에 돼지비계를 삶고 있었다. 한편에서는 각가지 폐품을 태우며 긴 막대로 불길을 휘젓고 있었다. 불길을 휘저을 때마다 시커먼 연기와 악취가 진동했다.

육영수를 발견한 나환자들이 놀랍고도 의아한 표정으로 여기저기서 수군댔다.

손가락 마디마디가 떨어져 나갔거나 비틀어진 손, 그리고 흉측하게 일그러진 나환자들의 얼굴을 천웅은 정면으로 바라보지 못하고 곁눈질로 슬금슬금 훔쳐보았다. 옆의 최 비서를 보니 얼굴이 거의 납빛이었다. 사실 겁이 났다. 그러면서도 천웅은 육영수 곁에 바싹 붙어 서서 만일의 사태에 대비했다.

폐품을 태우던 환자 한 사람이 천웅의 태도를 아니꼽게 바라보고 있었다.

정착촌 자치회 회장이 놀란 얼굴로 허겁지겁 달려왔다.

“수고가 많으십니다.”

육영수가 반갑게 다가가 인사했다.

회장은 고개를 갸웃대며 세 사람을 번갈아 바라보았다.

“비서실에서 듣기론 사정상 못 오신다고 연락이 왔었는데 어떻게……?”

육영수가 밝게 웃으며 회장에게 대답했다.

“약속을 어길 수가 있나요.”

길옆을 따라 아름답게 피어 있는 꽃들을 가리키며 회장이 말했다.

“여사님이 주신 꽃씨로 피운 꽃들입니다. 삭막했던 마을이 많이 좋아졌습니다.”

육영수가 따뜻하게 꽃들을 보는데 주위로 일그러진 모습의 나환자들이 몰려들었다. 육영수가 거리낌 없이 일일이 그들을 보듬어 안아 주었다. 그중에 눈의 형체가 뭉개져 앞을 못 보는 할머니에게 다가갔다. 그러고는 할머니의 일그러진 조막손을 두 손으로 부여잡고 위로했다.

"할머니, 많이 힘드시죠?"

할머니는 목소리를 듣고 육영수임을 알아차리고는 감격에 겨워 육영수의 손을 쓰다듬으며 울먹였다.

"아이구, 이게 누구셔? 대통령님 사모님이 오셨다는데 참말여? 아이고, 황송해라."

할머니가 어쩔 줄 몰라 했다.

그때였다. 카메라 플래시가 여기저기서 터졌다.

천웅이 플래시가 터지는 곳으로 시선을 돌렸다. 청와대 출입 사진기자들이었다. 어떻게 알고 달려왔는지 출입 기자들은 열심히 촬영을 하고 있었다.

육영수의 얼굴이 불쾌하게 변했다.

"지금 뭐하는 겁니까?"

평소와 다르게 날카로워진 육영수의 목소리에 플래시 세례가 순간적으로 멈췄다.

"아무리 기자 분들이라도 허락도 받지 않고 사진 찍는 것이 괜찮은 일인지 모르겠네요. 이분들은 모습을 감추고 싶다고 들었습니다. 그렇다면 최소한의 허락은 받아야 하는 거 아닙니까?"

갑자기 조용해진 와중에 쇠락해 보이는 노인이 앞으로 나와 말했다.

"아이고 여사님, 괜찮습니다. 이렇게 사람들이 찾아오니 그냥 기쁘네요. 여사님이 아니면 누가 우리에게 이런 관심이나마 갖겠습니까?"

조용히 듣고 있던 육영수가 이해의 눈길로 따뜻하게 노인을 보았다.

순간, 다시 카메라 플래시가 터지기 시작했다.

나환자들의 육영수 환영이 계속되었다.

치맛자락을 잡고 매달리는 어린아이를 번쩍 안아 올리고, 손수건을 꺼내 아이의 코를 풀어 주는 육영수의 모습을 바라보며 나환자들이 박수를 치고 있었다.

뒤늦게 달려온 비서진과 경호팀들의 경호 눈길도 바쁘게 움직였다.

환영의 인사가 끝나고 회장은 육영수를 자치회 사무실로 안내했다.

슬레이트로 대강 지어진 사무실 벽 칠판에는 돼지고기, 계란 등 외지로 출하될 생필품 목록 일정이 적혀 있었다.

육영수는 일정표를 보고 나서 회장에게 물었다.

"이번 장마 때 피해는 없으셨어요?"

"사실 축사가 허물어져서 돼지들이 많이 쓸려갔습니다. 그놈들이 우리 밥줄인데 말입니다."

회장의 말을 들은 육영수가 안타까운 얼굴로 사과했다.

"제가 미리 왔어야 했는데……, 편지로만 접하는 건 한계가 있었네요. 죄송해요."

육영수의 사과에 회장이 몸 둘 바를 몰라 하며 답했다.

"그동안 도와주신 것만으로도 충분합니다."

그때였다. 문이 벌컥 열리며 천웅을 떫게 노려보던 환자가 들어섰다. 그의 손에는 누런 봉투가 들려 있었다.

노크도 없이 불쑥 들이닥친 환자를 보고 당황한 사람은 육영수보다 회장이었다.

"방 씨, 무슨 일입니까? 지금 한창 중요한 말씀을 나누고 있는 중인데 이게 무슨 불손한 짓입니까?"

회장이 나무라는 투로 말하며 못마땅한 표정을 지었다.

"헤헤, 귀한 손님이 오셨다 해서 왔습니다. 대접할 것도 없고 해서 이거라도 좀 드셔 보라고 가져왔습니다."

방 씨라는 환자는 회장은 아예 안중에도 없다는 듯 봉투 속에서 삶은 달걀 하나를 꺼내 탁자 위에 탁 내려놓고는 육영수를 비웃는 얼굴로 바라보았다.

"우리 양계장에서 기른 씨암탉이 낳은 겨란입니다. 대통령님 사모님이 오신다길래 일부러 삶아 왔습니다."

"고마워요. 이리 와서 앉으세요."

육영수는 침착하게 말하며 옆에 빈자리를 가리켰다.

육영수 옆에 앉은 방 씨는 보란 듯이 일그러진 손으로 계란을 깠다. 그러고는 두 조막손으로 계란을 받쳐 들고 육영수 앞에 내밀며 씩 웃었다. 그러자 옆자리에 있던 최 비서가 거의 기절할 것처럼 놀라 눈을 감아버렸다.

"여보쇼! 이게 뭐하는 짓이야?"

보다 못한 천웅이 자리에서 벌떡 일어나 방 씨의 팔을 움켜잡았다.

방 씨는 씩 웃고 있었다. 그러면 그렇지. 이건 못 먹겠지? 너희들의 위선적인 행동을 우리가 모를 줄 아냐? 방 씨의 묘한 웃음은 그렇게 말하고 있었다.

회장을 비롯해 방안 사람들 모두가 긴장된 얼굴로 사태를 주시했다.

"왜요? 문둥이는 높으신 분들한테 겨란 하나도 대접 못 한답니까? 이 팔 놔요. 대통령 사모님께 겨란 드려야 할 게 아뇨?"

육영수는 비웃는 듯한 방 씨의 묘한 웃음 속에서, 오랜 시간 세상의 학대와 멸시 속에 살아온 나환자들의 비애를 대변한 듯 도전해오는 그의 날카로운 마음을 느꼈다. 그리고 방 씨가 지금 자신을 시험하고 있다는 것을 알 수 있었다. 말로만 나환자들을 돕겠다고 떠들고 다니기 전에 나환자들의 마음을 진정으로 받아

들일 수 있는지, 방 씨는 알고 싶었던 것이다. 세상 사람들이 꺼리는 문둥이의 흉측하게 일그러진 손을 어떻게 받아들이는지 그는 보고 싶었던 것이다.

육영수는 미소를 지으며 방 씨에게서 계란을 받아들었다.

"맛있겠네요, 고마워요."

육영수가 서슴없이 계란을 한입 베어 물고 다시 말했다.

"그런데 하나밖에 없어요? 여기 사람이 몇인데요?"

같이 온 일행을 둘러보며 친근하게 말했다.

순간, 방 씨의 눈에 당황해하는 빛이 역력했다. 처음에는 세상 사람들에 대한 분노로 원망으로 그리고 미움으로 가득 찬 얼굴이었다. 그러나 지금 이 순간만큼은 무언가 설명할 수 없는 뜨거운 것으로 가슴을 적시고 있는 그런 표정이었다.

"뭐하고 있어요? 어서 몇 개 더 주세요."

복잡한 눈으로 육영수를 보던 방 씨가 당황하여 얼결에 대답했다.

"네? 아, 네……. 알겠습니다."

봉투에서 계란을 꺼내는 방 씨의 손이 바르르 떨리고 있었다.

"장 비서!"

육영수가 환한 웃음을 지으며 천웅을 불렀다.

"네?"

"장 비서도 배고프다 그랬지? 하나 까서 먹어."

"네? 아, 네! 알겠습니다."

천웅도 얼떨결에 탁자에 있는 계란을 들어 껍데기를 까기 시작했다.

육영수는 나환자촌 방문 일정을 마치고 사무실을 나섰다.

육영수가 떠나려고 인사를 나누는데 눈먼 할머니가 앞으로 나와 조금만 더 있어 주기를 청했다.

"여사님, 좀 더 있다 가시면 안 될까요?"

난감해하는 육영수의 표정을 보고 천웅이 대신 나서서 만류했다.

"일정이 있으셔서 곤란한데요."

할머니의 얼굴에 슬픈 빛이 감돌며 육영수를 바라보았다.

"바쁘신 줄 알지만 살날 며칠 안 남은 늙은이가 언제 또 뵙겠습니까?"

육영수가 주변을 둘러보자 사람들이 애절한 눈빛으로 자신을 보고 있었다. 주저하던 육영수가 마음을 정한 듯 밝은 얼굴로 유쾌하게 말했다.

"감사해요. 이렇게 생각들 해주셔서. 우리 같이 즐겁게 놀아요."

빙 둘러선 환자들 가운데로 거적을 펼쳐 무대를 만들어 놓고 나환자 남녀 둘이 노래를 불렀다.

한 남자 환자가 변사처럼 말했다.

"그 사기에 적혀 있는 것은 아니되 지금으로부터 한 육십 년 전, 경기도 여주 땅에는 박돌이란 총각과 갑순이란 처녀가 있었답니다."

남자 환자와 여자 환자가 이중창을 불렀다.

박돌이와 갑순이는 한마을에 살았오
두 사람은 서로서로 사랑을 하였대요
그러나 그것은 마음속 뿐이요
겉으로는 음~ 서로서로
모르는 척 하였오

이어지는 노랫가락에 환자들의 흥이 더욱 났다. 할머니들도 흥이 돋자 앞으로 나와서 어깨춤을 덩실덩실 추었다. 춤을 추던 할머니가 육영수의 손을 잡아끌어 마당 가운데로 데리고 나갔다. 춤에 동참한 육영수가 거리낌 없이 어울리며 흥겨운 시간을 보냈다. 망설이던 천웅과 최 비서도 어느 순간 환자들과 어울렸다. 마당에서 노는 환자들의 얼굴이 정말 즐거워 보였다.

행복한 축제의 시간이었다.

나환자들의 환송을 받으며 마을을 나서는 육영수 앞에 방 씨가 쭈뼛쭈뼛 나타났다.

어색해하는 방 씨에게 육영수가 먼저 아는 체를 했다.

"잘 있어요."

"죄송합니다……, 제가 오늘 정신이 나갔었나 봅니다. 용서하세요."

갑자기 방 씨가 바닥에 엎드려 육영수에게 큰절을 했다.

당황한 육영수는 얼른 그를 잡아 일으켜 세우며 다정하게 말했다.

"난 오늘 세상에서 가장 아름다운 손을 봤어요."

육영수는 그의 손을 두 손으로 꼭 잡아 줬다.

방 씨의 눈에 눈물이 글썽거렸다.

육영수가 방 씨의 울음을 멈추게 하려는 듯 말을 이었다.

"날 봐요. 우리 또 만나요."

울먹이던 방 씨가 고개를 들어 육영수를 보았다.

"예……, 안녕히 가세요……."

웃으며 작별 인사를 하는 방 씨의 뺨에 한 가닥 눈물이 주르르 흘러내리고 있었다. 곱고 고운 눈물이었다.

청와대로 돌아오니 박정희가 초조하게 육영수를 기다리고 있었다. 아침에 부녀회장과의 사단도 보고받았고, 약간의 소동이 있었다는 것도 알고 있어서 많은 걱정을 하고 있었다. 사실 본인도 약간의 껄끄러운 점이 있었기에 사랑하는 아내를 나환자촌에 보내는 걸 망설였던 게 아닌가 반성도 했던 것이다.

차량이 들어오고 육영수가 내렸다.

박정희를 본 육영수가 환하게 웃으며 손을 흔들고 잰걸음으로 왔다.

다가오는 육영수를 가만히 쳐다보던 박정희가 가까이 갔다. 그러다 갑자기 아내의 손을 부드럽게 잡았다.

육영수가 무슨 일인가 의아한 마음으로 남편을 보았다.

박정희는 나환자촌을 망설임 없이 방문해 준 아내가 무척 사랑스러웠다.

"잘했어. 당신이 정말 자랑스러워. 이 손으로 나환자들의 상처를 어루만져 줬다니."

육영수가 남편의 말에 미소 지었다.

박정희가 계속해서 말을 이어갔다.

"농장에서 전화를 받았소. 그들이 당신의 방문을 얼마나 반가워하고 고마워했는지 전부 들었어. 그 얘길 듣고 오늘 방문이 얼마나 중요한 건지 깨닫기도 하고. 당신 참 괜찮은 여자야."

부부가 다정한 눈으로 서로를 바라보았다.

잠시 차분한 분위기가 조성되었다.

순간, 장난기가 발동한 육영수가 손을 빼고는 갑자기 박정희의 얼굴에 손을 덮쳐 놀래켰다. 깜짝 놀라는 박정희를 보고 육영수가 까르르 웃었다. 에이 하는 표정을 지으며 남편이 안으로 들어가려 하자, 육영수가 손을 잡으며 능청스럽게 한마디 했다.

"놀랐어요?"

9
우리 부부의 최고 야참, 라면

늦은 밤, 아무도 없는 청와대 주방의 문이 열리고 어두운 그림자가 나타났다. 박정희였다.

박정희가 늦은 밤 청와대 주방에 나타난 이유는 두 가지였다.

하루 종일 바빴던 아내가 야참을 준비해 놓지 않아서 무척이나 배가 고픈 것이 하나이고, 다른 하나는 삼양 사장 전중윤이 보낸 라면 맛이 궁금해서였다.

전중윤은 먹고살기 어려운 국민들은 물론 불침번 서는 군인에게도 유용할 것이라며 값싼 영양식인 라면을 만들었다. 그런데 라면이 잘 팔리지 않자 장작과 가마솥을 트럭에 싣고 전국의 새벽장을 쫓아다니며 손수 라면을 끓여 공짜로 나눠 주고 있었는데, 청와대에도 홍보해 달라는 뜻으로 라면 한 상자를 보낸 것이었다.

라면을 끓이며 막걸리를 준비하는 박정희의 얼굴에 설렘의 빛이 떠올랐다.

'궁합만 맞으면 새로운 안주가 개발될 것이다.'

시계를 보며 겉봉에 적힌 조리법에 맞춰 라면을 끓인 박정희가 자리에 앉아 막걸리 안주로 라면을 시식하려는 순간, 뒷목이 서늘해왔다. 고개를 돌리자 측은한 얼굴로 자신을 바라보며 서 있는 육영수를 발견했다.

"이 밤에 뭐해요, 야식은 안 좋다고 말씀드렸잖아요."

"아니, 그게 아니고……."

평소에도 늦은 밤 야식이 건강을 해친다는 잔소리를 들어 왔던 박정희가 식은땀을 흘리며 변명하다가 번뜩 드는 생각에 얼른 말을 돌렸다.

"당신도 이거 먹어 보구려. 밀가루로 만든 거야."

육영수는 쌀이 부족한 나라 사정으로 보리와 밀로 만든 음식에 관심이 많았다. 그래서 비록 실패로 끝났지만 보리떡국을 개발하기도 했었다.

남편을 추궁하려던 육영수는 그 말에 혹해 라면 봉지를 살펴

보았다. 라면 겉봉에 밀가루 99%라고 쓰인 것을 보고는 호기심이 동해 박정희 맞은편에 앉았다.

그제야 박정희의 얼굴이 밝아졌다.

한밤 청와대 주방에서 박정희와 육영수가 라면을 놓고 열띤 토론을 벌이기 시작했다.

"이거 한 봉에 얼마예요?"

"십 원이라고 들었어."

"국민 영양식으로 가격은 저렴한 거 같네요."

다시 봉투를 살펴보고는 육영수가 말했다.

"게다가 열량도 높은데요."

"우리 음식이 열량이 낮아 일하는 사람들이 항상 배고픔을 느끼는데, 우리 사정에는 안성맞춤이야. 그리고 군인들 비상식량으로 먹기에도 최고라고 하네."

"하기는 군인들은 항상 허기지잖아요. 당신도 그랬고."

"내가 배가 고프다고 당신이 장인어른 몰래 도시락 싸오고 그랬잖소."

그 말과 함께 박정희의 얼굴에 웃음꽃이 피었다. 육영수가 처음으로 도시락을 싸왔던 그날이 생각났기 때문이다.

6.25전쟁 당시, 군대 세탁 봉사라는 이름으로 군복을 빠는 일에 동네 아줌마들과 처녀들이 동원되는 일이 종종 있었다.

육영수도 단짝 친구 덕순과 함께 세탁 봉사를 위해 박정희 부대의 관사 옆 빨래터에서 빨래를 하고 있었다.

한창 군복을 빨던 덕순이가 육영수를 보는데, 육영수가 빨래를 하는 둥 마는 둥 하며 주위를 두리번거리고 있었다.

"뭐해? 뭐 찾아?"

"아니야. 아무것도."

이때 지프 소리가 들리고 박정희와 송재천, 그리고 장교 두 명이 지프에서 내렸다.

육영수가 반짝거리는 눈으로 박정희를 보았다.

박정희는 육영수를 알은척하려다 주변 장교를 의식하고는 그냥 관사로 쏙 들어가 버렸다.

박정희에게 무시당했다고 느낀 육영수는 박정희가 사라진 관사를 샐쭉해진 얼굴로 쏘아보았다.

뒤따라가던 송재천이 손 인사 하는데 기분이 상한 육영수가 고개를 홱 돌렸다. 육영수의 태도에 송재천이 영문을 몰라 어리둥절한 표정을 짓다가 얼른 박정희를 따라 관사로 들어갔다.

짓궂은 표정으로 지켜보던 덕순이 육영수가 숨겨 놓은 도시락 가방을 찾아 들고는 놀리듯 말했다. 그 도시락은 '군인은 매일 배가 고프다'는 박정희의 하소연에 육영수가 아버지 몰래 아침부터 준비해 온 것이었다.

"이 도시락 내가 먹으면 안 될까?

화들짝 놀란 육영수가 도시락을 빼앗아 세탁한 옷가지가 담겨 있는 대야에 던지고는 자리에서 벌떡 일어났다.

"넌 좀 쉬어. 내가 널게."

그런 육영수를 웃으며 보던 덕순이 감사 인사를 했다.

"고맙다, 친구야. 나는 그만 집에 가볼란다, 할 일이 많거든."

덕순은 자기의 세탁물도 육영수의 대야에 얹어 놓고는 자리에서 일어나 돌아서 가 버렸다.

육영수가 덕순의 뒷모습과 잔뜩 쌓인 세탁물을 황망한 표정으로 번갈아 보다가, 결심한 듯 대야를 들고 박정희가 사라진 관사로 들어갔다.

대야를 안고 낑낑대며 이 층 계단을 오르던 육영수가 잠시 망설이다가 주머니에서 손거울을 꺼내 얼굴을 살폈다. 그 와중에 곳간 열쇠가 빠져 떨어졌지만 눈치 채지 못하고는 다시 대야를 들고 계단을 올라갔다.

이 층 회의실에서는 박정희 일행이 회의 중이었다.

송재천이 상황을 설명하고 있다.

"영산강 전선에 흩어진 아군 부대 규모는 대략 두 개 대대 병력으로, 현재 고산리 지점에서 황진도 방면으로 이동 중인 것으로 파악되었습니다. 현재 지원 병력 현황은……."

갑자기 천장에서 쿵! 소리가 들리자 회의가 중단되었다.

북한군의 공격이 시작된 줄 알고 모두들 놀라 창가로 달려가 살펴보는데, 연병장 풍경은 너무나 평온했다.

박정희는 고개를 갸웃하다가 다시 자리로 돌아왔다.

방안이 잠잠해지자 송재천이 다시 발표를 계속했다.

"포항의 814부대……."

하는데 다시 쿵! 소리가 들리자 이번에는 간부들이 천장을 올려다보았다.

간부들이 고개를 갸웃하는데, 잠시 조용하다 다시 쿵쿵 소리가 울렸다.

"잠시 쉬죠."

박정희는 휴회를 선언하고는 무슨 일인지 확인하려고 문을 열고 나갔다.

원인을 찾아 옥상으로 향하던 박정희가 계단에 떨어져 있는 열쇠를 발견했다. 주워 보니 육영수의 광 열쇠였다. 박정희는 육영수가 옥상에 있다는 사실을 알고는 반색하며 서둘러 올라갔다.

옥상에서는 육영수가 씩씩거리며 대야를 바닥에 철퍼덕 떨구고 있었다. 괜히 발로 바닥을 몇 번 쿵쿵거렸다. 연이어 빨랫줄

고정대 지탱용 시멘트 덩어리를 들고 바닥에 냅다 떨어트리려는 순간이었다.

"그냥 내려놓으시죠."

목소리에 화들짝 놀란 육영수가 시멘트 덩어리를 들고 어쩔 줄 몰라 하다 딴소리했다.

"어머, 부대에 계셨군요."

"아까 제가 들어오는 거 봤잖아요. 일하시기에 모르는 척했습니다."

"괜찮아요, 어차피 빨래하느라 바빴어요."

박정희가 보기에 시멘트 덩어리가 육영수가 감당하기에는 아슬아슬했다.

"안 무겁습니까?"

한계에 도달한 육영수가 그 말에 자기도 모르게 시멘트 덩어리를 놓쳐 버렸다.

옥상을 울리는 쿵! 소리에 아래층에서 대화하던 송재천과 간부들이 거의 쓰러질 뻔했다.

박정희가 민망해하는 육영수를 보며 웃음 띤 얼굴을 하고 손가락 사이에서 열쇠를 돌리고 있었다. 육영수가 놀라 주머니를 뒤져 보지만 열쇠가 없다.

"아무래도 뉘 집 광 열쇠 같아서 파출소에 갖다 주려고요."

"주세요."

육영수가 손을 내밀자 박정희는 얼른 손을 뒤로 빼고는 놀렸다.

"이게 영수 씨 건지 어떻게 증명하죠."

새침해진 육영수가 아무 말 없이 세탁물을 널고는 대야를 챙겨가지고 내려가려 했다.

박정희는 육영수가 진짜 화가 난 것을 보고 당황해서 팔을 붙잡았는데 대야가 기울어지며 도시락이 떨어졌다.

육영수는 더욱 화가 나서 도시락을 집어 대야에 던지듯 넣었다.

도시락을 본 박정희의 입에서 자신도 모르게 말이 헛나왔다.

"열쇠와 도시락을 바꾸시겠어요? 군인은 항상 배고픕니다."

박정희가 그 시절을 이야기하자 육영수가 핀잔주었다.

"그때 당신은 정말 눈치가 없었어요. 이제는 많이 늘었지만."

"당신, 그때 나 먹이려고 간식 많이 싸다 줬지. 나 때문에 장인어른 곳간이 꽤나 비었어. 내가 배고프다고 하니까 불쌍하다고 했잖아."

그러고는 은근한 목소리로 물었다.

"그때 나를 정말 많이 사랑했지?"

육영수가 어림없다는 투로 말했다.

"그건 당신이 나라를 지키는 군인이었기 때문이에요."

그러면서 육영수는 라면을 들어 자세히 살펴보며 혼잣말했다.

"이런 게 있었으면 도시락 싸느라 그렇게 힘들지 않았을 거야."

막걸리 잔을 기울이며 빙글거리는 박정희를 보고는 육영수가 다시 라면 탐사 심문을 시작했다.

"맛은 어때요?"

"이것도 맛은 있는데, 내 입에는 조금 느끼하네."

"그래요? 안주로는요?"

박정희가 고개를 흔들었다.

"막걸리 맛도 순한데 이건 약간 밍밍해."

"저도 그렇게 생각해요. 우리나라 사람들은 얼큰한 걸 좋아하는데, 그러기에는 자극적인 맛이 덜하네요."

"고춧가루를 더 넣으면 어떨까?"

두 사람의 눈이 마주쳤다. 그리고 얼굴이 환해졌다.

"그런 의미에서 당신도 한 잔 하구려."

"저는 술 잘 못하잖아요."

"뭐 어때, 일도 다 끝났는데."

슬그머니 같이 술판에 끼워 넣어 늦게까지 술을 마셔 보겠다는 박정희의 속셈을 알아차린 육영수가 말을 꺼냈다.

"제가 당신 말동무 해주는 대신, 내일부터 좀 더 바쁠 테니 이해해 주셔요."

"무슨 일 있어?"

"오늘 나환자촌을 직접 방문해 보고 정말 할 일이 많다는 걸 알았어요."

알았다는 듯 박정희가 고개를 끄덕이며 말했다.

"일단 한 잔 먹으며 천천히 이야기해 봅시다."

우편물이 쌓여 있는 집무실에서 육영수가 나환자촌 회장과 접견 중이었다. 주변에는 부녀회장과 부녀회원 몇몇이 앉아 있었다. 나환자촌 방문 소동이 있고 얼마 후, 육영수는 부녀회원들을 만나 화를 낸 것에 대해 먼저 사과했고 부녀회원들도 육영수의 마음을 이해하고 자신들의 잘못을 뉘우쳤다. 회원들은 아직도 어느 정도 거리낌이 남아 있었지만 그래도 열심히 봉사활동에 녹아들려 노력했다.

육영수는 나환자촌을 방문한 이후에 그들을 위해 할 수 있는 실질적인 일을 찾아보았는데, 한 가지는 숙소가 부족한 나환자들을 위한 기숙사 건립 예산 확보였고 다른 하나는 나환자들 대상의 단종법을 폐지하는 일이었다. 단종법은 유전병을 가진 사람들을 대상으로 불임수술이나 정관수술을 강제하는 법인데, 나병은 유전병이 아님에도 불구하고 사람들의 편견 때문에 나환자들이 단종법으로 희생당하고 있었기 때문이었다.

"단종법에 대해서는 계속 해결책을 찾아볼 겁니다. 그리고 숙소를 지어야 하는데 대책은 있으세요?"

육영수의 질문에 회장이 조금은 암담한 얼굴로 대답했다.

"예산이 없어서 고민이지만 어쨌든 해내야죠."

"저도 최선을 다해 돕겠습니다. 세부적으로는 바자회나 기타 활동을 통해 나환자들이 외부의 영향에서 자유롭고 편하게 생활할 수 있는 기숙사 건립 기금을 마련할 생각입니다. 정부 예산만으로는 부족할 거 같아서요."

육영수의 말에 회장의 얼굴이 환해지며 고마움의 빛이 돌았다.

육영수가 옆자리의 부녀회원들에게 의견을 물어보았다.

"여러분 의견은 어떤가요?"

부녀회장과 회원 한 명이 얼른 육영수의 말을 번갈아 받았다.

"여사님, 남편이 회장으로 있는 보건협회에서도 적극 동참하고 있습니다."

"지도층이 어려운 사람들을 이해하고 돕는 건 당연한 일이죠."

육영수가 흡족한 얼굴로 맞장구쳐 주었다.

"기숙사가 완공되면 그때 방문해요. 환자 분들도 무척 좋아할 겁니다."

부녀회장과 회원들은 이구동성으로 합창했다.

"네, 꼭 같이 가야죠."

육영수의 얼굴에 미소가 감돌았다.

며칠 후, 청와대에서 바자회가 열릴 계획이었다. 각계 저명인사들 부부를 초청해 기숙사 건립 기금을 한 푼이라도 모아 보자는 생각이었다.

육영수가 부녀회원들과 함께 바자회에 내놓을 물품에 대해 이런저런 방안들을 내며 고민하는데, 부녀회장이 심각한 얼굴로 말했다.

"아무래도 사람들에게 좀 더 많은 기부를 받으려면 특단의 조치가 필요해요."

육영수가 무슨 좋은 생각이 있냐는 얼굴로 부녀회장을 바라보았다.

"여사님은 팔찌나 귀걸이, 반지 같은 장신구는 없으시죠?"

육영수가 곤란한 얼굴로 더듬거렸다.

"제가 별로 좋아하지 않고, 그래도 외국 손님들 만날 때는 필요한 거 같아서 팔찌는 있는데, 그런데 그게 도금한 거라……."

부녀회장이 말을 흐리는 육영수를 보고는 웃으며 말했다.

"그거면 됐습니다. 여사님, 바자회 날 꼭 팔찌 하고 나오셔요.

그날 기숙사 자금 왕창 모아 보죠. 요새 기업가 사모님들이 돈을 너무 많이 벌어서 쓸 데가 없다는데 좋은 일에 동참시키자고요."

그러면서 호호 웃고는 회원들과 상의를 시작했다.

"최대한 멋있게 차려입고 오라고 얘기하자고."

"껍질까지 홀랑 벗기지, 뭐."

"그러다 결혼반지 끼고 오면 어떡해?"

"나중에 경매할 때 자기들이 도로 사가겠지. 그런 것까지 신경 쓰면 일하기 힘들어. 우리의 목표는 불우한 환자들에게 겨울을 따뜻하게 날 수 있는 기숙사를 마련해 주는 거라는 걸 잊지 말자고."

육영수가 그런 부녀회장과 회원들을 불안하게 바라보았다.

바자회 날이었다. 전기 절약한다고 제대로 불도 안 켰던 청와대 정원이 오랜만에 휘황찬란하게 밝혀졌다.

청와대 현관에서 육영수가 손님을 맞이하고 있었다. 평소와는 달리 화려한 차림에 손에는 금팔찌까지 찼다. 게다가 무슨 일인지 보좌하는 최 비서도 최대한 멋스럽게 옷을 입고 서 있었다.

초청된 손님들이 육영수에게 인사를 하며 들어왔다. 그중에 온몸에 장신구로 도배를 한 부인이 남편과 함께 들어서며 육영수에게 엎어질 듯이 인사했다.

"여사님, 여사님 지시대로 오늘 복장은 최대한 멋있고 최대한 화려하게 꾸몄습니다. '아름다워지는 것은 모든 여성의 욕망이다'라는 여사님 말씀을 감명 깊게 들었었는데, 평소에는 여사님이 매일 근검절약만 강조하셔서 그 방침에 따르려고 노력했지요. 그런데 우리나라도 발전했고, 여사님도 드디어 우리 여성들의 마음을 이해해 주신다 생각하니 정말 기뻤어요."

육영수는 떨떠름했지만 내색 않고 대답해 주었다.

"아무래도 여성분들은 아름다워야지요. 그래야 남편분들도 부인을 더욱 사랑하지 않겠어요?"

그 말에 부인이 간드러지게 웃었다. 남편도 호탕하게 웃고는 인사하고 들어갔다.

육영수가 연이어 들어오는 사람들을 일일이 환대하며 환하게 웃어 주었다. 초청된 사람들의 입장이 모두 끝나자 육영수와 부녀회원들이 단상에 올라갔다.

"오늘은 뜻 깊은 날입니다. 불우이웃을 돕기 위해 이렇게 많은 분들이 참석해 주셔서 정말 감사합니다. 여러분의 좋은 뜻이 꼭 이루어질 것입니다."

육영수의 인사가 끝나자 옆에 있던 부녀회장이 순식간에 육영수의 손목에 채워진 금팔찌를 풀어 앞에 놓여 있는 함에 집어넣었다.

육영수가 어리둥절한 표정으로 부녀회장을 쳐다보자, 부녀회장도 자신의 목에 걸린 금목걸이를 벗어 넣었다. 다른 회원들도 일제히 각자의 장신구를 바자함에 넣었다.

자리에 모인 사람들은 저마다 황당한 표정을 지어 보였다.

"여러분, 여사님께서 십 년을 간직해 오시던 팔찌도 불우이웃 돕기를 위해 내놓으셨습니다. 우리도 여사님의 뜻에 동참하기로 했습니다. 여러분의 진정한 성의를 기대합니다."

부녀회장이 눈물을 글썽이며 말했다. 황당한 얼굴이던 사람들도 각자 지니고 있는 물건이나 봉투를 울며 겨자 먹기로 함에 넣기 시작했다.

육영수와 대화를 나누었던 부인이 울상을 지으며 금목걸이를 풀어 함에 넣으며 부녀회장에게 물어보았다.

"이거 되찾을 수는 있어?"

"경매하니까 그때 찾아가."

육영수가 능수능란하게 사람들에게서 기금을 빼앗아 내는 부녀회장을 경탄스럽게 보았다. 열심히 영업하던 부녀회장이 육영수와 눈이 맞자 한쪽 눈을 찡긋거렸다. 육영수도 얼떨결에 눈을 찡긋해 주었다. 조금은 꺼림칙했지만 부족한 기숙사 기금을 채울 수 있다는 생각에 기분이 좋아지며 자기도 모르게 입가에 살짝 미소까지 지어졌다.

바자회를 통해 부족한 기숙사 건립 자금을 마련한 육영수에겐 중요한 과제가 한 가지 더 남아 있었다. 단종법을 폐지하는 일이었다.

육영수는 청와대 간이 회의실에서 학자들과 연구 발표회를 열었다.

'제1차 단종법 폐지 및 존속에 관한 연구 발표회'라는 현수막이 붙어 있는 회의실에서 법학 교수가 원탁에 앉아 발표 자료를 보며 설명하고 있었다. 뒤로는 부녀회원들을 비롯한 참석자들이 의자에 앉아 수첩에 무언가를 수시로 적으며 경청하고 있었다.

"1937년 일제 강점기 때 시작했던 단종법은 해방 이후 폐지되었다가 1948년부터 다시 시행했습니다."

뒷문이 열리는 소리와 함께 교수가 허둥대며 일어났다.

육영수가 무슨 일인가 돌아보니 박정희가 비서 몇 명과 함께 슬쩍 들어오고 있었다.

사람들이 웅성대며 자리에서 일어나자 박정희가 약간 미안한 표정으로 인사를 받고는 육영수 옆에 와서 앉았다.

육영수가 의외라는 얼굴로 박정희를 보며 작게 물었다.

"어쩐 일이셔요. 계속 바쁘시다더니."

"날씨 때문에 포항 제철소 가는 일이 취소돼서."

육영수가 '그럼 그렇지' 하는 얼굴로 보다가, 미소를 지으며 교수에게 말했다.

“각하께서도 관심 갖는 일입니다. 계속하세요.”

육영수가 아무렇지도 않은 얼굴로 엉뚱한 말을 하자 박정희가 슬쩍 웃었다.

교수가 박정희에게 인사하고는 앉아서 계속 설명을 했다.

“현재 문제가 되는 부분은 신체에 대한 권리, 태아의 생명권, 행복 추구권, 사생활 침해에 대한 내용이고요, 법 개정을 위해서는 이에 대한 연구 및 사례 검토가 충분히 이뤄져야 한다고 생각합니다.”

고개를 끄덕이던 육영수가 말을 이었다.

“한센병 환자들 문제는 환자만의 문제가 아니고, 사회 약자 전체의 인권 문제와 직결되는 부분입니다. 각하께서 마침 이 자리에 오셨으니 소외 계층 지원에 대해 한 말씀 들어 보는 게 어떻겠어요?”

생각지도 않은 제의에 박정희는 계면쩍은 얼굴로 운을 뗐다.

“여기 교수님들도 잘 아시겠지만, 얼마 전 우리나라가 십억 불 수출에 성공했잖소. 지금은 백억 불 수출까지 달려가야 할 때고 사정이 나아지면 어려운 사람들의 생활도 그만큼 나아질 거요. 그때까지는 좀 더 노력합시다.”

박정희의 말이 끝나자 참석자들이 화기애애한 표정을 연출하며 박수를 쳤다.

박정희의 말에 육영수가 웃으며 농담처럼 말했다.

"백억 불 달성하면 이백억까지 기다리라고 할 거잖아요? 저는 그때까지 못 참으니 일단 사람부터 살리고 볼래요."

육영수의 말에 웃음이 터져 나왔다.

박정희도 웃으며 자리에서 일어났다.

"말이 길어지면 내가 점점 불리해지니 이만 가 봐야겠어."

박정희가 자리를 뜨자, 육영수는 교수들과 회의를 계속했다.

그날 저녁이었다.

부부가 주방에 앉아 국물 색깔이 짙어진 라면을 놓고 막걸리를 대작하고 있었다.

"라면 맛이 좋아졌어."

"고춧가루 더 넣은 것이 효과가 있는 것 같네요."

막걸리를 마시던 박정희가 뜬금없이 노래를 불렀다.

> 라면 없인 못살아,
> 정말 못살아~

갑작스러운 박정희의 노래에 놀라 육영수가 멍한 얼굴이 되었다.

박정희가 씨익 웃으며 말했다.

"이게 요즘 시중에서 유행하는 구전 가요야. 라면의 인기를 반영하고 있지."

육영수가 크게 웃자 박정희는 기분 좋게 막걸리를 한 사발 들이켰다.

라면을 안주 삼아 막걸리를 마시는 박정희를 흐뭇한 얼굴로 보던 육영수가 말을 꺼냈다.

"오늘 낮에 공청회 어떠셨어요?"

"뭐? 단종법?"

"네."

곰곰이 생각하던 박정희가 심각한 표정을 지으며 잔을 내려놓았다.

"사실, 법 개정은 쉽지 않을 거야. 사람들이 나병에 대한 거부감이 워낙 심해서 말이지."

"하기는 가족들조차도 만나기 싫어하고, 환자들도 가족에게 불이익이 갈까 봐 신분을 숨기는 경우가 많아서 가족들 간 왕래도 거의 없을 정도니까 보통 사람들은 오죽하겠어요."

씁쓸한 표정을 짓던 육영수는 얼마 전 나환자촌을 방문했을 때 보았던 일을 이야기해 주었다.

육영수와 부녀회원들이 나환자촌을 방문하는 길이었다.

나환자촌 정문 밖에서 젊은 군인이 나환자촌을 향해 큰절을 하고 있었다. 결혼을 앞둔 나환자의 아들이 앞으로는 영원히 찾아오지 말라는 어머니의 말을 듣고 마지막 인사를 하러 온 것이었다. 군인의 어머니는 나환자 부모가 있다는 것이 알려지면 아들의 결혼이 망쳐질까 두려워 절대 찾아오지 말라는 말을 아들에게 한 것이다. 게다가 혹시라도 아들에게 병이 전염될까 봐 정문에서 나가지도 않고 먼 거리에서 눈물만 흘리고 있었다.

죄송하다는 아들의 울먹이는 말에 나환자 어머니가 큰 소리로 외쳤다.

"문둥이 에미 옆에 있으면 평생 문둥이로밖에 못 살아. 절대로 찾지 마."

그들을 보는 육영수와 회원들 모두 많은 눈물을 흘렸다.

육영수의 말을 듣던 박정희의 얼굴이 무거워졌다.

"참 슬픈 일이야. 그런데 사람들이 천형이라고 하니……. 법은 폐지를 못해도 내가 대통령으로 있는 한 절대 나환자들에게 단종법은 적용시키지 않을 거요."

박정희의 내심을 알고는 육영수가 과감하게 말했다.

"기숙사 건립 기금이 약간 모자라요. 당신이 힘 좀 써 주셔요."

한참을 생각하던 박정희가 고개를 끄덕이며 말했다.

"관계 부처에 어떻게든 예산을 확보하라고 요청하겠소."

박정희의 말에 육영수의 얼굴이 한결 밝아지며 술을 따라 주고는 자신의 잔을 내밀었다.

"저도 시원하게 한 잔 마시고 싶네요."

술을 따르며 박정희가 구시렁거렸다.

"역시 돈이 좋군. 그렇게 안 마신다고 하더니……."

벌판에 기공 기념 현수막이 세워져 있다. 기공식을 기념하려는 듯 테이프 커팅식도 준비되어 있고 사람들도 분주하게 움직이고 있었다. 주변에는 삼양 사장이 고춧가루 아이디어 값으로 보낸 라면 상자가 축하 선물로 쌓여 있었다.

여러 사람들의 힘으로 나환자 기숙사촌 건립이 드디어 시작된 것이다.

공사 담당자의 설명을 들으며 부지를 둘러보던 육영수의 얼굴이 오늘따라 더 밝아 보였다. 육영수가 담당자에게 격려의 말을 건넸다.

"튼튼하게 잘 지어 주세요."

"걱정 마십시오. 환자들이 최대한 편히 쉬도록 만들겠습니다."

담당자의 말을 들은 육영수가 기분 좋은 얼굴로 옆에 놓인 삽을 들어 구덩이에 흙을 퍼 넣고 시멘트를 손으로 한 줌 집어 빈 틈에 채워 넣었다.

부녀회장이 놀라서 말렸다.

"여사님, 그렇게 하시면 피부 거칠어져요."

육영수가 웃으며 별일 아니라는 듯 손을 털어 냈다.

옆에서 사진을 찍던 공보 담당 사진사와 기자가 한마디 했다.

"다시 한 번 자세 취해 주실 수 있겠습니까? 그림이 좋아서요."

육영수가 웃음으로 대답하자 사진사가 얼른 사진기를 들었다.

육영수가 시멘트 한 줌을 집어 들자 얼른 부녀회장이 나섰다.

"잠깐만요."

육영수 옆으로 모인 부녀회원들이 다들 시멘트 한 줌씩 집어 들고 자세를 잡았다.

사진사가 소리쳤다.

"찍겠습니다."

10
귀여운 여인 이리리~

정신없이 바쁜 육영수에게 확인해 봐야 할 사건이 터졌다. 육영수의 구호사업이 부질없는 일로 전락되고 만 사건이었다.

육영수가 적극 나서서 세워 준 마을 회관이 있었다. 건평 삼백여 평 되는 삼 층 건물이었다. 그런데 그 마을 회관을 누군가 팔아먹고 달아났다는 것이다.

그 정보를 접한 다음날 아침, 육영수는 식사를 하면서 남편에게 그런 사실을 알렸다.

박정희가 혀를 끌끌 차며 위로해 주었다.

"그거 참! 당신 꿈이 허물어지고 있구먼 그래."

"가 봐야겠어요."

"당신이 직접?"

놀란 얼굴로 묻는 박정희에게 결의에 찬 목소리로 육영수가 선언했다.

"네, 가서 확인해 봐야겠어요."

"확인해서 어떻게 하려고? 이미 날아간 건물 아닌가? 그건 그렇고, 그 마을에 마을 공동관리 토끼 농장도 당신이 만들어 줬다고 했지?"

"네, 거기도 가서 현장을 둘러보고 와야겠어요."

떨떠름한 표정으로 박정희가 조언했다.

"바쁘게 생겼구먼. 허지만 너무 소란은 피우지 말아요."

"소란을 피우지 말라뇨. 무슨 말씀하시는 거예요?"

소란이라는 말에 육영수가 발끈하자, 박정희가 딴청부리며 말을 돌렸다.

"……조용히 다녀오시라, 그 말이오."

느티나무 그늘 밑 평상에서는 아까부터 석유 버너 위에 올려놓은 매운탕 냄비가 보글보글 끓고 있었다. 토끼 농장 관리 사무소가 저 아래쯤 보이는 산 중턱이었다.

농장의 관리인들로 보이는 세 남자가 매운탕 냄비를 가운데

놓고 둘러앉아 대낮부터 소주를 마시고 있었다. 이미 거나해진 상태였다.

코가 큰 남자가 매운탕 냄비 뚜껑을 열어 보며 입맛을 크게 다셨다.

"이제 몇 마리 안 남은 것 같아. 혹시 이게 마지막 아냐?"

"그래도 몇 마리는 남아 있어. 이 냄비 속에 들어가 있는 이놈을 잡을 때 두서너 마리가 튀는 걸 이 두 눈으로 똑똑히 봤거든."

우락부락하게 생긴 남자가 자신 있게 말했다.

"그러나저러나 천 부장 그놈은 요새 꼴을 못 보겠던데 어떻게 된 거야?"

깐깐하게 생긴 남자가 소주잔을 단숨에 비우며 말했다.

"그 자식 그거, 대폿집 한 마담한테 빠져 헤어나질 못하고 있다구."

"돈깨나 잡아먹겠군. 그놈 그거, 여기 토끼 다 잡아다가 그년 주머니에 집어쳐 넣은 거 아냐?"

"암, 그러고도 백 번은 더할 놈이지."

중구난방으로 떠드는 남자들 중에서 코 큰 남자가 눈을 가늘게 뜨고 멀리 그 아래 관리 사무소 쪽을 내려다보며 고개를 갸웃댔다. 여러 사람이 올라오는 모습이 보였던 것이다.

"헌데 저기 올라오는 사람들이 누구지? 여자도 있는데? 저거

한 마담 아냐?”

“한 마담이 이 대낮에 여긴 뭘 찾아 먹으러 와? 옳거니, 그놈 잡으러 온 거 아냐?”

“그놈이라니? 천가 놈? 아, 그놈은 한 마담한테 푹 빠져 있다면서?”

“누가 알아? 이젠 지겨워져서 튀었는지.”

개중에 깐깐하게 생긴 남자가 유심히 아래쪽을 보고는 눈을 똥그랗게 뜨며 허둥대며 말했다.

“저, 저, 저 여자…….”

육영수 일행이 가까이 다가오고 있었다.

“아니, 저 여자……, 야, 야! 육영수! 여, 여, 여사님이다!”

“육영수는 니미……. 취했나? 한 마담이 여, 여사님으로 보인데, 미친넘!”

세 남자가 술이 취해 오락가락하고 있을 때 육영수가 가까이 다가왔다.

깐깐하게 생긴 남자가 코 큰 남자의 뒤통수를 후려갈기며 일러 주었다.

“이 미친놈아. 진짜 여사님이라고, 육영수 여사님! 빨랑 일어나!”

깐깐하게 생긴 남자가 비칠거리며 먼저 일어나자 두 남자도 정신없이 따라 일어나 매운탕 냄비부터 몸으로 가렸다.

"수고들 하십니다."

육영수가 세 남자의 표정을 살피며 상냥하게 인사를 했다.

"아이고, 여사님! 여긴 어인 일이십니까……?"

깐깐하게 생긴 남자가 절절매며 말했다.

"여기 농장에서 일하시는 분들인가요?"

"예, 예! 헌데 요즘은 놀다시피 하고 있습니다."

"그게 무슨 말씀이죠? 여기 책임자는 어디 가셨나요?"

우락부락하게 생긴 남자가 말을 맞추려는 듯 두 남자에게 눈짓을 하며 떠듬대며 말했다.

"천 부장 그놈아 본지도 꽤 오래 됐습니다요. 관리 사무소도 행편없이 만들어 놓고 엉망진창입니다."

다른 남자들도 우왕좌왕하며 말을 맞추려는 듯 육영수의 눈치를 보며 고개를 끄덕였다.

"왜 그렇게 됐죠?"

세 남자는 모든 책임을 이 자리에 없는 천 부장에게 덮어씌우기로 작정하고는 말을 이어갔다.

"천 부장 그놈아가 공동 수익금을 마구 써 버리는 바람에 다들 일손을 놓게 된 거 아닙니까. 그나마 사육한 토끼를 팔아야 할텐데 판로를 못 찾아서 사람들이 하나둘 떠나고 농장도 놀리게 된 거 아닙니까?"

"팔 토끼들은 많이 있나요?"

"팔 토끼가 어디 있습니까? 없습니다. 보시다시피 찾아볼 수가 없습니다."

그 순간, 끓고 있는 냄비 안의 토끼 고기가 육영수의 눈에 들어왔다. 육영수는 매서운 눈길로 남자들을 쏘아보며 추궁하듯 물었다.

"다 어디 갔는데요?"

"동네 개들이랑 삵들이 많아서……, 그것들에게 많이들 잡아먹히고, 도망가고……, 그리고 또……."

"지금처럼 냄비 속에서 끓고 있기도 하고, 그렇단 말씀이죠?"

"……."

얼굴이 백지장처럼 허예진 남자들은 대답을 못하고 바들바들 떨고만 있었다.

그날 저녁, 박정희는 식탁에서 육영수의 보고를 들으며 껄껄 웃었다.

"그래, 그 토끼탕 맛이 어떻데? 괜찮다고 안 합디까?"

"그만해요. 저는 심각해요."

육영수가 정색하며 엄숙하게 말했다.

박정희는 웃다가 육영수의 못마땅한 시선과 마주치자 웃음을 딱 멈췄다. 그리고 정색을 하려는데 다시 웃음이 터졌다.

"미안해. 근데 당신 앞에서 절절매는 그 사람들 모습이 떠올라서 웃음이 나는군."

"이리리~."

육영수는 박정희가 자신의 말을 자꾸 농담처럼 받자 불만의 신호를 흘려보냈다.

오랜만에 듣는 아내의 '이리리'에 박정희가 다시 껄껄거리고 웃었다.

"연애할 때, 이리리란 말에 얼마나 놀랐는지."

"내 말에 놀란 것이 아니라 뻥튀기 소리에 놀랐던 거죠."

그랬다. 초여름이었다.

그날 육영수는 외출을 나온 박정희와 데이트를 즐기고 있었다. 데이트를 즐긴다고 했지만 두 사람은 별로 말이 없었다. 그저 만나서 같이 있는 것만으로도 즐거웠던 것이다.

그날도 두 사람은 강가를 거닐다가 근처 놀이공원으로 자리를 옮겼다. 시골 장터 같은 놀이공원에서는 관객을 모으려는 유랑 악극단의 나팔소리와 북소리가 한창이었다. 동네 아이들은 "딴따라 왔어요. 딴따라 왔어요."라고 소리를 지르며 악극단의 뒤를 따라다니고 있었다.

악극단의 행렬을 잠시 구경하던 두 사람은 사람들의 발길이 뜸한 벤치에 앉아 휴식을 취하고 있었다. 박정희가 헛기침을 하며 육영수 옆으로 가까이 다가앉았다. 육영수는 부끄러운 듯 가방에서 양산을 꺼내 박정희와 함께 썼다. 주위의 시선을 가리려 양산을 펴든 두 사람은 서로 바라보며 웃는 것으로 어색한 분위기를 달래고 있었다.

그때였다. 갑자기 뻥 하며 터지는 뻥튀기 소리에 소스라치게 놀란 육영수는 양산을 내던지며, '이리리~' 하고 쓰러지듯 박정희의 품에 안겼다.

얼떨결에 육영수를 품에 안은 박정희는 어리둥절한 표정으로 한참 있다가 궁금한 듯 물었다.

"이리리가 뭡니까?"

"네?"

"좀 전에 이리리라고 했잖아요?"

"아, 네……."

육영수는 쑥스럽게 대답했다.

"저는요, 너무 좋거나 슬프거나 놀랄 때 저도 모르게 이리리 소리가 나와요."

"아, 그래요?"

고개를 끄덕이던 박정희는 육영수의 흉내를 내었다.

“이리리!”

박정희가 재미있다는 듯 혼자 껄껄 웃어댔다.

박정희는 결혼한 지 십 년도 넘었지만 상황에 따라 달리 해석되는 ‘이리리’의 정체를 아직도 잘 몰랐다.

“지금 이리리는 좋을 때요, 슬플 때요, 놀랄 때요?”

“지금은 당신이 제 말을 귀담아 듣지 않고 놀릴 때예요.”

육영수의 말에 박정희가 다시 껄껄 웃었다.

남편의 웃음을 따라 육영수는 자기도 모르게 피식 웃었다. 그리고 옛날 그 시절 모습이 그림처럼 떠올랐다.

육영수가 은행 일을 보고 나올 때였다. 갑자기 웬 남자가 옆으로 바짝 다가오자 질겁해서 쳐다봤다. 박정희였다.

“어머, 깜짝 놀랐잖아요?”

“그렇게 둔해서 지갑을 지키겠어요?”

박정희가 자기를 놀려대자 육영수가 핀잔을 주었다.

“무슨 군인이 맨날 나와 있어요?”

박정희가 군인 수첩의 ‘군인의 본분’ 난을 보여 주며 말했다.

“대민지원도 군인의 본분입니다.”

"어디 지원가세요?"

"영수 씨 호위 중입니다."

"네?"

박정희가 더 이상 말이 필요 없다는 듯 얼른 육영수의 손목을 잡고 앞장서서 걸었다.

"얼른 가요. 사람들이 많이 모이기 전에."

"어딜 가는데요?"

"물가에 발 담그러 갑시다."

육영수가 박정희에게 끌려가다시피 한 곳은 낙동강 기슭이었다. 생각보다 많은 사람들이 북적대고 있었다.

강가에서 아이들이 물장구치는 모습을 내려다보며 박정희가 말했다.

"어때요? 애들 노는 모습만 봐도 시원하지 않습니까?"

"네, 그래요……. 그런데 손목이 아파요……."

"손목이 아프다뇨……?"

박정희는 자기가 움켜잡고 있는 육영수의 손목을 바라보며 물었다.

"계속 그렇게 꽉 잡고 계시잖아요."

"아, 그랬나……?"

박정희는 급히 손목을 놓아 주며 미안해했다. 육영수의 손목에 그의 손자국이 선명히 배어 있었기 때문이다.

"아, 이거 어쩌지……. 난 이렇게 된 줄도 모르고 마냥 좋아했네요."

"괜찮아요. 원래 피부가 약해서 그래요."

"다음부턴 피부약을 바르고 나와요. 내가 피부약은 사다 줄 테니까."

모처럼 농담을 해놓고 박정희는 멋쩍게 웃었다.

강기슭을 따라 한동안 올라가던 박정희가 발걸음을 멈추었다.

"아, 하……. 저것 보게. 아이가 아이를 업고 힘들게 빨랫방망이를 두들기고 있네."

육영수는 박정희가 가리키는 쪽을 바라보았다. 강변 빨래터에서 어린 소녀가 아이를 업고 빨래를 하고 있었다.

박정희가 팔을 걷어붙이고 나섰다.

"내가 좀 도와줘야겠군."

"빨래 할 줄 아세요?"

육영수의 물음에는 대답 없이 박정희가 강가로 내려가 빨래하고 있는 어린 소녀에게 다가갔다.

육영수도 그 뒤를 따라 내려갔다.

"얘야, 내가 좀 도와줄까?"

소녀가 박정희를 빤히 바라보았다. 이상한 군인 아저씨다 싶은 모양이었다.

"방망이 이리 줘봐!"

박정희가 소녀의 손에서 빼앗듯이 방망이를 받아들고는 자리에 앉았다. 방망이를 든 박정희가 소녀 대신에 방망이질을 하기 시작했다.

육영수는 그 옆에 쪼그리고 앉아 방망이질 하는 박정희를 재미있게 바라보았다. 그러나 그것도 잠시 박정희의 서툰 방망이질로 사방으로 물이 튀기 시작했다. 육영수가 '이리리'를 외치며 자리에서 벌떡 일어났다. 물세례를 흠뻑 받은 육영수가 손으로 바쁘게 물기를 털어냈다.

소녀가 그 광경을 보며 깔깔댔다.

박정희는 평소의 얌전함과는 달리 물을 피해 호들갑스럽게 이리 피하고 저리 피하는 육영수의 모습이 너무나 귀여웠다. 박정희는 사방으로 물이 튀든 말든 힘차게 방망이질하며 눈으로는 육영수를 보고 입으로는 계속 '이리리'를 외쳤다.

11
아내와 함께 달린 경부 고속도로

육영수와 아이들이 청와대 거실 청소와 선물 준비를 하는 중이었다. 청소는 아이들 몫으로, 선물 준비는 육영수의 몫으로 역할 분담을 했기에 경쟁하듯 서로들 부산하게 움직이고 있었다. 내일 맞이할 손님들은 멀리 서독에서 수년 만에 고국으로 돌아오는 광부와 간호사들이었다. 수년 전, 육영수가 서독을 방문했을 때, 그들의 고생을 눈으로 보고 느꼈기에 더욱더 정성을 기울여 포장지를 고르고 선물을 준비했다. 문득 서독 방문 전날이 떠오르며 입가에 잔잔한 미소가 감돌았다.

"정말 포장지가 없어요."

육영수의 한탄에 박정희가 답답하다는 듯 한마디 했다.

"아무 걸로나 싸면 되지. 뭐 그게 그거 아닌가?"

박정희의 눈에는 바닥에 너부러져 있는 여러 종류의 포장지를 보며 이해가 안 간다는 표정을 지었다.

"당신처럼 연애편지도 이면지로 쓰는 사람은 모르겠지만 서독 대통령 영부인도 여자예요. 예쁜 포장지에 담긴 선물을 받길 원할 거예요. 전해 줄 선물에는 세심한 배려와 성의를 담아야 해요. 이건 단순한 선물이 아니라 우리나라의 얼굴이거든요."

"당신이 얼굴이지, 무슨 선물이 얼굴이야."

박정희의 농을 무시하고 육영수가 걱정스런 얼굴로 말을 이었다.

"재료도 거칠고 색상도 안 예쁘고……. 외국 내빈들이 가져오는 걸 보면 예쁘고 괜찮은 게 많거든요. 이런 사소한 것들도 외국과 차이가 너무 많아요."

그 말에 박정희도 공감하듯 자기도 모르게 담배 한 개비를 꺼내 물고는 답답하다는 얼굴로 말을 꺼냈다.

"아직 기술력이 차이가 많이 나서 그래요. 그래서 내가 예전에 미제 포장지로 편지 봉투 만들어서 당신에게 편지 썼잖아."

육영수가 어이없다는 얼굴로 말했다.

"돈 아끼려고 그랬으면서 뭘."

박정희가 머쓱한 얼굴로 다시 담배 한 개비를 입에 물었다.

순간, 육영수는 박정희 입에서 담배를 낚아채 가지고 담배에 쓰여 있는 번호를 확인했다. 육영수는 골초인 박정희가 하루에 담배를 두 갑 세 갑씩 피우자 담배에 일련번호를 20번까지 적어 놓고 10번 이상을 피우지 못하게 했다. 게다가 어느 시골 국민학교 어린이 회장이 '대통령 아저씨, 아리랑 담배 한 가치 아껴 피시고 우리들에게 책 한 권 보내주세요.'라고 편지를 보내온 이후부터는 대한민국 어린이들까지도 대통령의 줄담배를 알고 있다고 핀잔주며 담배에 대한 감시를 더욱 심하게 했다.

"20번? 아니 저녁도 안 됐는데 벌써 한 갑을 몽땅 다 피우신 거예요?"

박정희의 얼굴이 어두워지며 변명했다.

"아니 아니, 반 갑째인데 번호가 잘못 적힌 거 아니요?"

박정희가 얼른 빈 담뱃갑을 구겨 버리려 하자, 육영수의 눈빛이 반짝이더니 재빨리 낚아챘다.

"당신도 담배 피려고?"

육영수는 쓸데없는 소리 하지 말라는 표정을 지어 보이고는 담뱃갑 안의 은박지를 유심히 살펴보고 만져 보았다. 육영수의 입가에 회심의 미소가 돌았다.

"대통령이 담배를 좋아하니 은박지도 좋게 만드네."

육영수가 채근했다.

"전매청에 전화 걸어서 은박지 좀 가져오라고 해요. 은박지로 선물 포장 해야겠어요."

황당한 얼굴로 바라보던 박정희가 아내의 재촉에 수화기를 들었다.

대통령 부부가 처음으로 서독 방문을 했던 시절, 우리나라에는 민간 비행기가 없었고 외국으로 가는 직항로도 거의 없었다. 결국 두 사람은 서독에서 보내 준 비행기를 외국 승객들과 섞여 타고 일곱 곳을 돌아 스물여덟 시간 만에 목적지에 도착했다. 세계 최빈국 대통령의 비애였다.

돌고 돌아 도착한 서독에서 육영수의 할 일은 매우 많았다. 주로 한복을 입고 행사에 참석한 육영수는 대한민국의 우수한 외교관 역할을 했다. 간혹 양장도 입었는데 한국에서 신고 간 구두의 품질이 좋지 않아 양장을 입은 날에는 발이 퉁퉁 부은 채로 숙소로 돌아왔다. 수행원들이 현지에서 구두를 구해 신으라고 많이들 말했지만 육영수는 한국 신발만 고집했다.

6.25 해외 참전용사 방문 행사를 끝내고 들어온 육영수는 신

발을 벗어 던져 버리고는 소파에 털썩 주저앉았다. 육영수의 입에서 자신도 모르게 '이리리' 소리가 흘러나왔다.

옆에서 수행하던 박정희가 안타까운 눈으로 발갛게 부어오른 육영수의 발을 보다가 한마디 했다.

"이건 신음의 이리리군……. 웬만하면 신발을 구해서 신지 그래요."

"나도 그러고 싶지만, 우리나라 사람이 우리 신발을 안 신으면 누가 신겠어요? 결심했어요. 이번 경험을 구두 공장에 말해서 꼭 좋은 신발 만들도록 도움 줄 거예요."

그러고는 육영수는 부어오른 발을 풀어 주려고 양손으로 조몰락거렸다.

그 모습을 조용히 지켜보던 박정희가 말없이 나가 세숫대야에 물을 받아 왔다. 그리고 육영수 앞에 앉아 발을 씻겨 준 뒤, 주머니에서 빨간약을 꺼내 상처 있는 곳에 발라 주었다.

육영수가 빨간약을 보고는 고마운 마음에 물었다.

"대체 그건 언제 준비하셨어요?"

"내가 군인 출신 아니요. 이건 군인에게 상비약이지."

육영수는 박정희를 다정하게 내려다보며 말했다.

"내일 광부와 간호사분들 만나는데, 가슴이 떨려요. 그분들이 얼마나 고생했는지 얘기 들었어요."

"나도 보고받았어. 제발 다들 건강한 모습이었으면 좋겠소."

"게다가 변변한 선물도 준비 못한 게 가슴 아파요."

가난한 나라의 대통령 부부 대화는 밤늦게까지 이어졌다.

박정희와 육영수가 긴장한 얼굴로 광부들이 기다리는 서독 광산의 강당으로 들어갔다. 조국을 위해 지하 천 미터 갱도에서 하루 열두 시간씩 쉬지도 않고 석탄을 캐는 열성에 감동한 광산 측에서 대한민국 광부들에게 특별 시간을 내준 것이다.

육영수가 강당 문을 열고 들어가자 제일 먼저 눈에 들어온 것은 강당을 가득 메운 검은 얼굴에 반짝거리는 눈들이었다. 오랜 채굴 작업으로 인해 작업복 입은 광부들의 얼굴은 시커멓게 그을려 있었다. 육영수의 가슴이 먹먹해졌다. 그들의 신산한 고통이 온몸으로 느껴졌기 때문이었다.

잠시 침묵이 흐르던 강당 안에 갑자기 함성이 가득히 울려 퍼졌다.

"대통령 만세! 영부인 만세!"

광부들이 태극기를 힘껏 흔들며 함성을 질렀다. 이러한 그들의 기쁨은 의지할 곳 없는 이역만리 타국에서 자신들과 같은 피가 흐르고 같은 말을 하는 그들의 대통령을 만났다는 순수한 기쁨이었다.

대통령 내외가 단상에 올라 자리를 잡자 애국가의 취주악이 울려 퍼졌다. 그리고 그 소리에 맞춰 광부와 간호사들이 목이 메도록 애국가를 합창했다.

순간, 육영수가 감정을 억제하지 못하고 눈물을 터뜨렸다.

장내는 흐느낌으로 가득 찼다.

박정희는 목이 메인 소리로 연설을 시작했다.

"우리 열심히 일합시다. 후손들을 위해서 열심히 일합시다. 열심히 합시다!"

그것은 연설이 아니라 눈물이었다.

박정희의 연설이 끝나자 단상으로 올라온 광부 한 명이 박정희에게 탄석으로 만든 흑색 접시를 건네주었다.

"각하, 땅속에서 캔 석탄으로 만든 접시입니다. 이걸 보며 저희를 기억해 주세요."

박정희가 감격 어린 눈으로 접시를 받아들었다. 바닥에 대한민국 지도가 새겨져 있었다. 눈시울이 붉어진 박정희가 광부를 꽉 안아 주었다.

순간, 광부와 간호사들이 모두 울면서 단상으로 몰려와 육영수의 옷자락이 찢어질 정도로 붙잡고 흐느꼈다.

육영수는 그들을 한 명 한 명 껴안아 주며 울먹이며 말했다.

"미안해요. 미안해요."

육영수는 미안하다는 소리 외에는 다른 할 말이 없었다. 가슴이 쓰리고 아파왔다.

광부들이 울먹이며 말했다.

"고향에 가고 싶어요. 부모님이 보고 싶어요."

육영수의 눈에서 하염없는 눈물이 흘렀다.

육영수를 현실로 불러오는 막내의 소리가 들렸다.

"까망 접시 아저씨 오는 거예요?"

육영수가 고개를 돌려보니 접시를 닦던 막내가 접시를 들고 흔들고 있었다.

깜짝 놀란 육영수가 소리 질렀다.

"조심해!"

청와대 정원에서 대통령 내외가 서독에서 온 손님들과 인사를 나누고 있었다. 그들의 얼굴에는 오랜 고생의 흔적이 있었다.

육영수가 그들 중에 어린아이와 함께 있는 일가족을 보았다. 육영수의 얼굴에 웃음꽃이 피었다. 아이의 손에는 흑색 컵이 들려 있었다. 아빠로 보이는 남자는 예전에 탄석으로 만든 접시를 준 광부였다.

"각하, 저를 기억하십니까?"

감격에 찬 얼굴로 인사하는 남자에게 박정희가 웃으며 대답했다.

"어떻게 잊을 수 있겠습니까."

광부가 옆에 서 있는 여자를 소개했다.

"제 아내인데 서독에서 간호사로 일하고 있습니다. 얘는 제 아들이고요."

육영수가 환하게 미소 지으며 환대의 말을 건넸다.

"반가워요. 먼 길 오느라 힘드셨죠?"

여자가 수줍어하며 몸을 뒤로 빼는 아이의 손을 잡아끌었다.

"아이가 드릴 선물이 있답니다. 어서 드려."

주뼛거리던 아이가 컵을 건네며 말했다.

"아빠가 도와줘서 만든 석탄 컵이에요. 영부인 엄마한테 드리려고 갖고 왔어요."

표면에 대한민국 지도가 서툴게 그려져 있는 컵을 받아든 육영수는 눈시울이 뜨거워짐을 느꼈다. 육영수가 기특한 표정으로 아이의 엉덩이를 다독였다.

다음날, 육영수의 주관 아래 서독에서 온 손님들을 태운 대형 버스가 경부 고속도로를 달리는 중이었다. 마이크를 잡고 차창 밖으로 지나가는 동네를 소개하던 육영수가 빙그레 웃으며 질문을 던졌다. 옆자리에는 석탄 컵을 준 아이가 앉아 있었다.

"여러분, 이 고속도로가 어떻게 만들어진 줄 아세요?"

갑작스러운 질문에 사람들이 웅성거리자 육영수가 말했다.

"힌트를 드릴게요. 이 도로는 여러분과 아주 관계가 깊답니다."

사람들이 머뭇거리며 서로의 표정을 살피고 있는데 아이가 답했다.

"아우토반."

육영수가 환하게 웃으며 아이의 머리를 쓰다듬었다.

"잘 맞혔네. 어떻게 알았어?"

"제 꿈이 자동차 운전사거든요. 그래서 막 달리고 싶었거든요. 아우토반처럼 여기도 신나게 달릴 수 있을 것 같아요."

육영수가 대견하다는 눈으로 아이를 보다가 설명했다.

"대통령이 서독 탄광에서 여러분을 만나고 오는 길에 아우토반의 아스팔트를 보고 그 길에 흐르는 여러분의 땀과 영혼을 모국에 꼭 전달하겠다는 각오로 만든 도로입니다. 여러분이 아니었으면 이 고속도로는 없었을 것입니다."

육영수의 설명을 들은 사람들이 가슴 뿌듯해하며 박수를 쳤다. 그들의 박수 소리는 고속도로를 달리는 차 안에 끝없이 울려 퍼졌다.

고속도로 일일 여행을 마치고 돌아온 육영수가 거실에 나란히 놓인 석탄 접시와 석탄 컵을 흐뭇한 얼굴로 보고 있었다.

들어오던 박정희가 놀리듯 말했다.

"그렇게 맨날 들여다보다 그 컵 뚫어지겠어."

"오늘 고속도로 달리고 왔어요."

박정희가 약간의 자랑스러움이 섞인 목소리로 은근히 물었다.

"그 양반들은 뭐랍디까? 고속도로가 맘에 든답디까?"

육영수가 빙긋 웃으며 대답했다.

"당신이 참 잘했대요. 무척 좋다네요."

박정희가 어깨를 으쓱하다가 예전 생각이 나서 말했다.

"고속도로 만드는 데 반대도 심했어."

그랬다. 지금은 다들 좋다고 하지만 건설 당시에는 돈도 없고 기술도 없는데 쓸데없는 도로를 만든다고 말들도 많았었다.

서독에서 돌아와 밀린 일정을 정신없이 소화하고 난 어느 날 저녁이었다.

오랜만에 한가한 시간을 가진 육영수가 거실에서 자수를 놓고 있었다. 육영수는 여유가 나면 처녀 시절부터 해오던 자수를 놓았는데, 이번 작품의 주제는 '아름다운 대한민국'으로 우리나라 지도 위에 무궁화를 놓는 작업이었다.

옆에서 육영수를 보던 박정희가 불쑥 말을 꺼냈다.

"아우토반을 보며 느낀 건데 우리나라도 서울 부산을 잇는 고속도로가 있어야겠어."

박정희의 말에 육영수가 바늘을 놓고 의아한 얼굴로 물었다.

"고속도로요?"

박정희가 미리 준비했는지 의자 옆에 놓인 세부 지도를 펼쳐서 보여 주었다.

지도를 들여다보던 육영수가 걱정스러운 얼굴로 말했다.

"공사비가 어마어마하겠네요. 총 공사비는 얼마나 드는데요?"

"역시 당신은 장인어른 밑에서 사업 교육을 잘 받았어. 일단 사업을 시작하면 예산이 얼마나 드는지 궁금해 하잖아. 보통 여자들은 그런 생각 안 할 거야."

여성을 무시하는 박정희의 말에 육영수가 항의했다.

"여자들이 가계부 꾸리는 데 얼마나 선수인 줄 알아요? 기회가 없어서 그렇지, 기회만 주어지면 경제도 남자보다 여자가 훨씬 잘할 수 있다고요."

괜히 쓸데없는 말을 했다는 후회의 표정을 지으며 박정희가 얼른 말을 돌렸다.

"당신, 앞으로 건설될 고속도로 길을 따라서 무궁화 꽃을 수

놓으면 멋질 거 같은데."

육영수가 핀잔주듯 말했다.

"서울에서 부산까지는 일렬로 한 줄이면 되겠네요. 그게 무슨 작품이 되겠어요?"

"무슨 소리야, 내가 부산까지만 고속도로를 낼 줄 알아? 광주, 인천, 대구, 전국을 다 만들 거요."

"그럼 완전 대작이네. 고속도로도 작품도 빨리 완성하기는 힘들겠는 걸요?"

"그래도 언젠간 되겠지."

"부지런히 자수를 놓아야겠네요."

박정희가 빙긋 웃으며 본론을 말했다.

"그런데 고민이 있어. 서울시에서는 예산이 이백억 정도 든다고 하고, 건설업체는 사백억, 그리고 군에서는 측정할 수도 없다고 하네."

박정희의 상세한 설명을 듣고 있던 육영수의 얼굴이 근심스럽게 변했다.

"이렇게 공사비를 많이 들인다고 야당이 반대하지 않을까요?"

박정희가 육영수를 돌아보며 씩 웃으며 대답했다.

"청와대 야당인 당신이 반대를 하지 않는다면 야당 사람들도 반대하지 않겠지."

"그럼 곰곰이 따져 봐야겠는데요. 반대를 해야 할지 말아야 할지를요."

육영수가 박정희를 쳐다보며 농담했다.

박정희도 웃으며 육영수의 농담을 받았다.

"자료가 필요하면 내가 얼마든지 브리핑을 해줄 테니 따져 볼 게 있으면 따져 보구려."

그 후 정말로 많은 반대가 있었다. 말도 많고 탈도 많았던 고속도로 공사였다. 그리고 완성의 과정에는 그 많은 반대보다 더 많은 사람들의 희생이 있었다.

고속도로를 건설하는 동안 박정희는 수시로 공사 현장을 방문했고, 육영수도 사람들을 위로하기 위해 남편을 따라 현장에 가곤 했다. 특히 고향인 옥천 당재터널 공사장에서는 눈물도 많이 흘렸다. 무려 열한 명이나 되는 사람들의 목숨을 앗아간 공사였기 때문이다. 사람들의 희생이 안타까웠고 그곳이 자신의 고향이었기에 육영수는 왠지 더욱 미안했다.

당재터널은 워낙 힘들고 수지타산도 안 맞아 누구도 맡으려 하지 않았던 공사였다. 모두가 주저할 때 현대 정주영 사장이 주판을 덮고 나라를 위해 뚝심을 발휘해 보자는 결심으로 나섰다. 출발부터 이런저런 어려움을 안고 있었는데, 고난의 시작은 터널 앞을 가로막은 커다란 느티나무를 뽑아낸 공사 감독관이 교통사고를 당한 것부터였다. 계속해서 바위가 떨어지고 비가 쏟아지고 공사장이 무너졌다. 사람들이 다치고 죽어 가며 마을 수호신이었던 느티나무와 관련된 해괴한 소문에 인부들이 줄행랑까지 치며 공사가 끝없이 늦어졌다.

공사가 계속 늦어지자 초조해진 박정희가 현장을 살피러 내려왔고 육영수도 함께 따라왔다. 한밤중임에도 횃불을 켜고 많은 사람들이 곡괭이를 들고 암반을 쳐 내리고 있었다. 대통령이 왔다는 소식에 곡괭이질 하던 사람들 속에서 누군가 뛰어나와 맞이했다. 흙먼지 가득한 얼굴의 정주영이었다. 정주영의 보고를 들은 박정희가 다른 관계자들과 이야기하는데 어디선가 코고는 소리가 들렸다. 박정희에게 보고를 마친 정주영이 졸음을 못 견디고 그 짧은 사이에 선 채로 잠이 든 것이다. 그는 몇 달 동안 현장을 떠나지 않고 새우잠을 자며 공사 진행을 독려했었다. 얼마나 피곤했으면 대통령 앞에서 순식간에 잠이 들었을까? 정주영을 바라보던 육영수는 박정희와 정주영이 만났을 때 나눴던 대화가 생각났다.

중동의 건설 현장으로 진출하느냐 마느냐로 갑론을박이 한창 일 때였다.

중동 출장을 다녀온 공무원들은 중동 지방이 너무 더워서 낮에는 일할 수 없고, 건설에 절대적으로 필요한 물이 없어 공사를 할 수 없는 나라라고 보고했다.

그때 정주영이 보고를 막아섰다.

"중동 건설 해봤습니까?"

그러고는 박정희에게 자신의 견해를 말했다.

"각하, 중동은 일 년 열두 달 비가 오지 않아 일 년 내내 공사를 할 수 있고, 건설에 필요한 모래 · 자갈이 현장에 있으니 자재 조달이 쉽고, 물은 아무 데서나 끌어올 수 있습니다. 오십 도가 넘는 낮에는 천막을 치고 자고 밤에는 일할 수 있는, 세상에서 건설하기 제일 좋은 곳입니다. 그곳에서 조국을 위한 달러를 벌 수 있습니다."

정주영의 말에 모두들 입을 벌리고 그를 보았다.

그리고 정주영의 말대로 중동의 한국 근로자들은 낮에는 자고, 밤에는 횃불을 들고 일했다고 한다.

육영수가 눈길을 돌려 횃불 아래서 곡괭이질 하는 인부들을 보았다. 그들에 대한 고마운 마음에 육영수의 눈에 촉촉한 물기

박정희는 근대화의 상징인 고속도로의 건설에 무한한 열정을 쏟아
'고속도로 대통령'이라는 별명을 얻기도 했다.
사진은 경인·경수 고속도로 개통식에 참석한 박정희가
도로에 샴페인을 뿌리며 감격하는 모습.

고속도로를 만들기 위해 희생했던 사람들을 생각하자
박정희의 가슴이 뭉클해졌다. 그리고 다짐했다.
"반드시 대한민국의 대동맥인 전국 고속도로를 완성하겠다."

가 어렸다.

완성된 고속도로를 대한민국의 많은 사람들이 달렸다. 심지어는 반대를 한 사람들도 그 도로를 이용했다. 그리고 오늘은 그 길을 만드는 데 정말 중요한 역할을 했던 서독 광부들과 간호사들도 달린 것이다.

12
그녀의 첫 번째 가출

육영수가 비밀 정보원을 따로 두고 있다는 소문이 돌았다. 그리고 그 개인 비밀 정보원을 경호실도 모르게 출입시키면서 따로 관리하고 있다는 구체적인 말까지 떠돌았다.

육영수는 생각했다. 그런 사실이 없었다. 그런데 왜 그런 헛소문이 나돌고 있단 말인가?

조카가 민원 편지를 잔뜩 들고 들어와 책상에 놓았다. 정신없이 서류를 검토하고 있는 육영수의 턱밑으로 조카가 바싹 다가앉으며 애교를 떨었다. 대학생인 조카는 임시로 육영수의 업무를 도와주고 있었다.

“이모, 아니 영부인님! 오늘이 무슨 날인지 잊으셨나요?”

육영수가 조카를 밀어내며 말했다.

“얘, 얘! 징그럽다, 떨어져 앉아. 어서!”

“아이, 너무하신다. 어떻든 좋습니다. 제 용건만 말씀드리고 나가겠습니다.”

새쭉해진 조카가 육영수에게 당당한 태도로 말했다.

그제야 육영수가 고개를 들고 조카를 보았다.

“무슨 용건?”

“오늘이 무슨 날인지 잊지는 않으셨겠죠?”

조카가 손을 내밀었다.

육영수는 깜빡했다는 듯 웃으며 말했다.

“아참! 벌써 그렇게 됐나?”

정말 너무하다는 얼굴로 조카가 말했다.

“벌써라뇨? 저는 오늘이 오기를 얼마나 기다렸는데요. 이번 달은 월급 좀 올려 주시는 거죠?”

“아직 멀었어. 그대로야.”

조카가 울상을 지으며 불쌍한 표정으로 다시 한 번 손을 내밀었다.

“이모! 저도 가련한 불우이웃이에요. 이달부턴 좀 올려 줘요.”

“안 돼. 너한테 주는 건 월급이 아니라 이모가 주는 용돈이야.

알겠니?"

"교통비도 될까 말까잖아요."

"됐어, 그만하면. 자꾸 이러면 딴 사람 구한다."

육영수의 협박에 조카가 도저히 말이 안 통한다는 얼굴로 구시렁댔다.

"용돈은 쥐꼬리만큼 주면서 잔소리는 말꼬리만큼 길게 하시더니. 이제는 협박까지."

육영수가 웃으며 그만 나가라고 손사래 치고는 편지를 뜯어보기 시작했다. 실의에 빠진 조카가 인사하고 나가려는데, 육영수가 갑자기 궁금한 마음에 물어보았다.

"얘, 내가 비밀 정보원을 두고 있다는 소문 들은 적 있니?"

"네, 저더러 이모 비밀 정보원이냐고 묻던데요? 그래서 그렇다 그랬어요."

황당한 대답과 함께 조카가 문을 닫고 나갔다.

혼자 남은 육영수가 갑자기 큰 소리로 웃었다. 그러고는 계속 민원 편지를 검토해 나갔다.

날씨가 쌀쌀해지기 시작하던 어느 날이었다.

김숙자라는 여인이 애절한 사연을 진정해 왔다. 어떤 정보부 직원이 재산을 탐내 남편을 정보부 지하실로 끌고 가 마구 구타

하여 성불구자가 됐다는 것이었다. 그리고 그 남편은 지금도 병원에 입원해 있다고 했다.

육영수는 고민에 빠졌다. 정보부와 연결된 사건은 사건 자체도 해결하기 힘들었지만, 문제의 정보부 직원이 박정희가 신뢰하는 사람이었기에 더욱 고민이 생겼던 것이다. 하지만 육영수는 박정희에게 진정서를 주고 진상 조사를 요청했다.

며칠 후, 육영수는 전혀 엉뚱한 보고를 받았다.

김숙자의 남편이 비상등이 달린 차를 몰고 다니며 정보부원을 사칭하고 다녔기 때문에 정보부에서 조사했다는 것이다. 증거까지 첨부된 완벽한 보고서였다.

화가 난 육영수는 천웅을 불러 김숙자에게 단단히 주의를 주라고 일렀다.

그 얼마 후, 천웅이 난처한 얼굴로 돌아왔다.

"얘기는 전달하고 왔어?"

"예. 헌데 좀……."

"어떻다는 거야?"

"말씀드리기가 좀……."

육영수는 뭔가 좋지 않은 예감이 불현듯 들었다.

"숨기지 말고 말해 봐."

천웅이 주저하다가 털어놓았다.

"그럼 말씀드리겠습니다. 김숙자 씨 남편이 비상등을 달고 다닌 것은 사실이지만 정보부원 행세를 한 적은 결코 없다고 합니다. 그동안 김숙자 씨가 경찰이나 검찰, 정보부에 민원을 넣었다가 아무런 답변이 없어 마지막으로 여사님한테 진정을 했다며 매우 실망스러워했습니다."

육영수가 묵묵히 생각에 잠겼다가 천웅에게 다시 물었다.

"장 비서가 보기에는 누가 진실 같아?"

"……조사해 볼 만한 일이라는 생각은 듭니다."

망설이던 천웅이 조심스럽게 건의했다.

"정보부가 연관된 일이야. 조심해서 다뤄. 별일은 없겠지만 이 사건과 관련해서는 남들 눈에 띄지 않도록 하는 게 좋겠어."

육영수는 조사 과정에서 정보부와 마찰이 생겨 천웅의 신변에 혹시 해가 되는 일이 발생할까 걱정되어 주의를 당부하며 말했다.

천웅이 집무실에서 나오자마자 어떻게 알았는지 정보부에서 은밀히 미행했다. 하지만 천웅은 감시의 눈길을 피해 사건을 조사하기 시작했다.

먼저 천웅은 다시 한 번 병원으로 김숙자를 찾아가 이야기를 들으려 했다. 그러나 병원 어디서도 김숙자 부부의 흔적을 찾을 수 없었다. 기록에는 퇴원으로 적혀 있었지만 간호사의 말로 미루어 강제로 쫓겨난 것이 틀림없어 보였다. 천웅이 김숙자 부부가 가해자라고 주장하는 정보부 직원의 사진을 병원 측에 보여주니 간호사가 무언가를 숨기는 듯한 태도를 보였다. 결국 간호사의 입을 통해 정보부원의 압력이 있었다는 사실이 밝혀졌다.

김숙자 남편의 재산 변동 사항과 기타 주변 인물을 탐색하는 등 철저한 조사 끝에 결정적 증거를 잡은 천웅이 육영수에게 사건의 전말을 보고했다.

보고서를 작성한 육영수가 정원에서 사람들과 대화하고 있는 박정희에게 갔다.

"저기요."

육영수의 말에 박정희가 움찔했다.

"뭐요, 또? 난 당신이 '저기요' 하면 겁부터 나요."

박정희가 손짓하자 주변 사람들이 잠깐 자리를 비켜 주었다.

"심기를 또 불편하게 해드려야겠네요."

"이 맑은 공기를 또 흐려 놓을 거요?"

육영수가 새침해져서 돌아섰다.

"그럼 그만두겠어요. 그냥 조용히 산책이나 해요."

"그게 그렇게 마음대로 돼요? 뭔가 얘길 꺼내 놨으면 끝을 봐야 할 것 아뇨?"

박정희가 육영수의 조용한 협박에 얼른 말을 꺼냈다. 자신도 궁금하기도 했기 때문이다.

육영수는 정보부 직원의 사건 진상을 남편에게 얘기했다.

"그 사건은 이미 끝난 거 아니요?"

"제가 새로 시작했어요."

그리고 그 자리에서 자신이 수집한 정보를 앞으로 내밀었다.

자료를 검토하며 점점 굳어져 가던 박정희의 얼굴빛이 마지막 장을 덮고 난 후에는 매우 어두워졌다.

박정희의 얼굴을 지켜보던 육영수도 표정이 침울해졌다.

잠시 동안 두 사람 사이에 깊은 침묵이 흘렀다. 박정희는 자신이 믿었던 부하 직원에게 속았다는 사실을 믿기 싫었고, 육영수는 남편에게 사적인 사랑의 감정을 흐트러뜨리는 공적 사안을 얘기했던 것이 싫었다.

심각하게 고민하던 박정희가 저만치 뒤를 따르고 있는 경호원을 불렀다.

"정보부장 대 줘!"

경호원이 휴대용 무전기로 정보부장을 찾아 박정희에게 건네줬다.

"정보부장인가? 지난번 민 과장이 민간인 재산을 빼앗았다는 사건 알고 있나? 알고 있다고? 자네가 내게 보고한 것이 사실이라고 확신하나? 만약 다른 사실이 있다면 자네에게 책임을 묻겠네. 이 사람아! 조사는 무슨 조사야? 자네가 확신했기 때문에 그 사건은 접었네. 하지만 다른 증거가 나왔어. 더 이상 자네를 신뢰할 수 없어! 알겠나?"

육영수는 남편이 그렇게 무섭게 호통치는 소리를 처음 들어봤다. 가슴이 떨렸다. 하지만 해야 할 일은 해야 했다.

집무실로 돌아온 육영수는 영 마음이 개운치 않았다. 마음 같아선 어디론가 훌쩍 여행이라도 떠나고 싶은 심정이었다. 그러나 어디로도 자유롭게 움직일 수 없는 자신의 처지가 공연히 슬퍼지기도 했다. 마음 터놓고 얘기할 사람도 없었다. 그렇다고 함부로 사람을 불러들여 수다를 떨 수도 없었다. 언젠가 남편에게 자유롭지 못한 생활 속에 자신을 맞춰간다는 게 얼마나 힘들고 고달픈 일인지 모르겠다고 말하지 않았던가.

"오늘따라 내가 왜 이러지? 날씨 탓인가?"

창밖의 하늘은 잔뜩 찌푸렸다. 곧 억수 같은 빗줄기라도 쏟아낼 것처럼 먹구름이 몰려오고 있었다.

이때, 언짢은 얼굴을 하고 박정희가 들어왔다.

안 그래도 노심초사하고 있던 육영수가 박정희를 반색하며 맞았다.

"어쩐 일이세요. 일과 시간에 제 집무실에 다 오시고요."

박정희가 무뚝뚝한 표정으로 말했다.

"일이 해결됐다는 걸 알리러 왔지. 아무튼 앞으로 이 일을 더 이상 거론하지 맙시다."

육영수가 미안한 마음에 박정희의 기분을 풀어 주고 싶었다.

"이왕 오셨으니까 오랜만에 우리끼리 산책 나갈래요?"

박정희가 계속 뚱한 얼굴이자 육영수는 은근한 말로 한결 나은 제안을 했다.

"그럼 시간은 이르긴 하지만 날씨도 끄물끄물한데 막걸리 한 잔 어때요? 제가 상 차릴게요."

일과 시간에 낮술은 무척 이례적인 일이지만 육영수는 정말 남편에게 미안한 마음이 컸던 것이다. 하지만 박정희는 마음을 안 풀겠다는 듯 굳센 얼굴로 대답했다.

"이 일 때문에 다른 사안이 밀렸어. 오늘은 힘들 거 같아."

그러면서 괜히 인상을 쓰며 뒤도 안 돌아보고 나가 버렸다.

남편에게 두 번이나 성의를 무시당한 육영수는 무안한 마음과 함께 진짜 혼자서라도 어디론가 가고 싶었다.

삼청동 공원으로 올라가는 길옆에 자리 잡은 충청옥은 손님이 다 빠져나간 늦은 오후여서 그런지 한가롭기만 했다. 열댓 평짜리 작은 음식점이었지만 토속적으로 꾸며진 실내는 그대로 시골집 안마당으로, 한가운데 놓인 평상 위에 앉아 한눈에 안방, 대청마루, 건넌방, 부엌을 둘러볼 수 있는 분위기를 자아냈다. 널찍한 평상 위로 뻥 뚫린 하늘에는 먹구름이 잔뜩 끼어 있었다.

"비가 오려나?"

음식점 여주인 덕순은 시커먼 하늘을 바라보며 비를 걱정하고 있었다. 대문이 열리며 등산복 차림에 등산모를 깊숙이 눌러쓴 여자 손님이 마당 안으로 들어섰다.

"점심은 끝났는데요."

덕순은 마당으로 들어오자마자 평상 위에 앉는 여자 손님에게 말했다.

"그냥 좀 쉬었다 가려고요. 그래도 괜찮겠죠?"

여자 손님은 깊숙이 눌러썼던 등산모를 반쯤 올려 보였다.

"어머머? 이게 누구야? 영수 아냐?"

덕순은 놀라움과 반가움이 동시에 어우러진 목소리로 손바닥을 쳐 가며 육영수를 맞이했다.

"어떻게 된 거야?"

육영수는 씁쓸하게 웃었다.

"월담했어……, 갑자기 네가 보고 싶어서……."

"무슨 소릴 하고 있는 거야, 대통령 어부인께서."

덕순은 아직도 이해가 안 된다는 듯 육영수의 행색을 다시 살펴봤다.

"정말야, 덕순아. 널 만나 옛날처럼 수다 떨고 싶어 왔어."

"어떻게 온 거야? 이렇게 혼자 온 거야?"

육영수는 고개를 끄떡였다.

"미쳤니?"

육영수는 또 고개를 끄떡이며 미소를 지었다. 밖에서 기다리고 있는 천웅도 한 시간만 청와대를 탈출하자고 했을 때 내심 지금 덕순이처럼 생각했을 것이다. 그러나 육영수는 지극히 정상이라고 대답해 주고 싶었다.

"여기 이렇게 앉아 있으니까 꼭 옥천 우리 집 안마당에 와 있는 것 같아."

덕순이 그렇다는 얼굴로 수선스럽게 대답했다.

"고향 집을 생각하고 만들었어, 괜찮아?"

순간, 밖에서 차의 엔진 시동 소리와 함께 인기척이 들리자, 덕순이 고개를 내밀고는 육영수에게 물었다.

"헌데 밖에서 기다리는 사람은 누구야?"

"천웅이……."

덕순의 얼굴에 반가운 기색이 돌며 감탄하듯 말했다.

"천웅이? 야, 정말 오래도 붙어서 충성한다. 들어오라고 하지 그래?"

"같이 들어가자 그랬더니 그냥 차에서 기다린대. 그러나저러나 장사는 잘돼?"

"토속 음식을 전문으로 하니까, 그런대로 괜찮아. 참, 뭣 좀 마셔야지. 수정과를 줄까, 식혜를 줄까?"

"수정과가 좋겠다."

육영수는 집안을 다시 둘러봤다. 아무리 봐도 정겨운 옥천 집이었다. 덕순이 수정과를 내왔다. 육영수가 한 모금 음미해 보았다. 역시 고향 맛이었다.

"음식점이 잘 된다니까 다행이다. 그런데 일하는 사람은 없니? 너 혼자는 힘들잖아."

"일하는 아주머니 두 분이 계셔. 한 명은 주방 보고 한 명은 나랑 같이 나머지 일 하고, 지금 한가한 시간이라서 저 안에서 쉬고 있어."

"힘들겠다."

"사람 사는 게 다 그런 거지 뭐."

"어떤 건데?"

"몰라서 묻니? 지지고 볶고, 아웅다웅…… 그런 거 아냐?"

"요즘은 어떠니? 이제 애들도 다 컸을 테고."

"말 마. 식당 일은 해도 해도 끝이 없고, 말만 한 것들이 설쳐

대니 조용할 날이 없어. 하루하루가 전쟁이야. 암튼 나날이 매출이 올라 내년엔 집도 좀 늘려 가려고 해. 애들도 쑥쑥 자라고 있으니까 말야. 애 아빠 담배도 끊었어. 하루 세 갑 때던 골초였잖아. 담배 안 끊으면 각방 쓰겠다고 했거든. 나이가 오십 넘더니 찍소리 못하는 거 있지? 늙어서 구박받을까 봐 겁나는 거야. 흐흐……."

덕순의 수다를 듣던 육영수가 불쑥 말했다.

"네가 부럽다."

"뭐라고?"

덕순이 착잡한 표정의 육영수를 보고는 뭔가 짐작이 간 듯 고개를 끄덕였다.

"싸웠구나."

육영수가 팩해서 되받았다.

"싸우긴 뭘 싸워?!"

육영수의 반응을 본 덕순이 고개를 끄덕이며 침착하게 대응했다.

"확실히 싸웠구먼."

그런 덕순을 보다가 한숨을 푹 내쉬며 육영수가 속상하다는 듯 말했다.

"전쟁 때, 나랑 그 사람하고 싸운 거 기억나지? 그이가 좀 고

지식한 데가 있잖아."

덕순이 호탕하게 웃으며 탁자 위의 메뉴판을 보여 주었다.

"그때 너랑 만들었던 돼지죽을 발전시킨 게 영양만점 돼지찌개 정식이야."

메뉴를 펼쳐 보던 육영수가 옛날 일을 생각하며 얼굴이 밝아졌다.

6.25 당시 북쪽에서 물밀듯이 내려오는 피난민들이 제대로 먹지도 못하고, 아파도 치료받지 못하자 육씨 종친회에서는 그들을 돕기로 결정하고 관리인으로 육영수를 임명했다.

육씨 종가 창고 마당에 환자들이 줄줄이 누워 민간 의사들의 치료를 받고 있고, 한쪽에는 육씨 일가와 하인들이 피난민들에게 식사를 제공하고 있었다. 창고 앞 장작불 위에 걸려 있는 가마솥에서는 돼지죽이 부글부글 끓고 있다.

주걱으로 돼지죽을 휘저으며 대화를 나누고 있는 육영수와 덕순을 박정희가 쭈그리고 앉아 보고 있었다. 옆에 서 있는 송재천은 어째 좀 불안한 표정이었다.

"영수야, 돼지죽 냄새가 정말 좋다. 계피와 소주로 냄새를 잡았더니 돼지 특유의 누린내도 없어진 거 같아."

"환자들 영양식인데 간을 잘 맞춰야지."

"돼지고기가 많이 들어간 것 같은데 어르신이 알면 화내시지 않을까?"

"그래서 돼지는 아버지 몰래 잡았어."

계속 시계를 보던 박정희가 더 이상 못 참겠다는 듯 두 여자의 수다 중간에 끼어들었다. 알고 보니 박정희는 전시 물자 징발을 위해 육씨 종친 창고를 방문한 것이었다.

"영수 씨, 전시엔 필요에 따라 민간 물자 징발이 가능합니다. 협조하시죠."

"기름은 가져갈 수 없어요. 그리고 정보장교면 정보나 뽑아가지, 왜 남의 기름까지 뺏어 가려는 거예요?"

곤혹스러운 얼굴로 박정희가 다시 한 번 말했다.

"상부 명령입니다."

"명령이건 뭐건 안 돼요. 창고의 기름은 의약품 구입에 꼭 필요합니다. 야전병원은 네 시간 거리에 있어요. 다친 사람들은 치료가 필요하고."

"하지만 부대에는 기름이 필요합니다. 기름이 없으면 전쟁도 할 수 없어요. 나라를 위한 일인데 협조하시죠."

"사람 죽이는 데는 돈이 필요하고 살리는 데는 필요 없단 말인가요? 지난번엔 차량을 가져가고 그 다음엔 쌀을 가져갔어요. 그래도 되는지 물어보지도 않았죠. 이번엔 기름을 가져간다고 왔고요!"

육영수의 고집에 박정희도 언성이 높아졌다.

"전시 물자는 개인 것이 아닙니다!"

"여긴 내가 관리하는 창고예요!"

육영수가 전혀 양보할 기미도 안 보이자 박정희가 으름장을 놓았다.

"영수 씨, 자꾸 이러면 병력을 동원하겠습니다."

육영수가 기가 막힌다는 얼굴로 쏘아보자, 박정희가 순간적으로 움찔했다. 그래도 명령받은 군인의 신분이기에 당당하게 허리를 펴며 맞섰다.

그러자 옆에 있던 덕순이 주걱을 팽개치며 응징하러 나섰다.

"정희 씨, 지금 우리 협박하는 거예요? 공갈치는 거냐고요. 영수를 좋아한다면서 이럴 수 있어요? 해도 너무 하네 정말."

괄괄한 덕순의 말에 박정희가 할 말을 못 찾다가 뻘쭘하게 있는 송재천에게 구원의 눈길을 돌렸다.

송재천이 마지못해 나서서 거들었다.

"덕순아, 중령님께 너무 심하다."

송재천의 말이 끝나기도 전에 덕순이 맞받아쳤다.

"오빠는 좀 가만있어. 지금 한판 하겠다는 거야?"

두 남자와 두 여자의 대결이 일촉즉발의 순간이었다.

순간, 문 쪽이 어수선해지며 기세등등하게 들어오는 육종관과 뒤따라오는 이경령이 보였다.

육종관을 본 육영수가 죽이 보이지 않게 슬쩍 가마솥을 가로막고 섰다.

"어떤 놈이야! 내 재산을 훔쳐 간다는 놈이!"

따라오던 이경령이 갑작스러운 육종관의 호통에 움찔하다가 웅얼거렸다.

"이게 왜 당신 재산이우, 종친 재산이지."

"여기 누구 재물이 제일 많이 들어갔는데! 다들 쌀 한 가마니 할 때 내 논 한 마지기가 들어갔어!"

"밤골 어르신한테도 그렇게 얘기해 보시우."

"에이, 형님은 괜히 쓸데없는 일을 벌여가지고."

이경령이 혀를 끌끌 차며 남편을 타박했다.

"어차피 뺏길 거 사람들 인심이나 얻는 게 낫지, 욕심은……."

이경령의 말에 반응을 보이려던 육종관이 박정희를 발견하고는 벽력같이 고함질렀다.

"또, 네놈이냐!"

박정희가 육종관에게 정중하게 인사하고 말했다.

"어르신, 나라를 위해서 따님의 고집을 꺾어 주십시오."

육종관이 박정희의 대답에 어이없어하며 호통쳤다.

"처음엔 차를, 그 다음엔 쌀을 가져갔어. 그러더니 딸을 달라 했고, 이번엔 기름을 빼어 가겠다고 와?! 죽어도 안 돼!"

박정희는 육종관과 육영수를 번갈아 보며 중얼거렸다.

"딸하고 아버지하고 똑같은 말을 하는군."

그 말에 부녀가 동시에 박정희를 노려보며 말했다.

"뭐가 똑같아!"

"뭐가 같아요!"

고개를 절레절레 흔드는 박정희를 보고 이경령이 진지하게 말했다.

"박 중령님, 딸애를 봐서라도 한 번 눈감아 줘요."

"공과 사를 구분해야 하는 군인으론 참 곤란한 말씀입니다. 이번에는 어머님 얼굴을 봐서 그냥 가겠습니다. 다시 올 때는 꼭 협조하셔야 합니다."

육씨 가족들의 파상공세가 사나워지자 박정희가 얼른 퇴각할 명분을 찾더니 서둘러 나갔다. 옆의 송재천도 눈치를 보며 슬금슬금 따라서 도망갔다.

나가는 박정희를 보고 육종관이 소리쳤다.

"이놈, 다시는 발도 들이지 마!"

그러고는 하인들에게 명령했다.

"소금 뿌려!"

씩씩대던 육종관이 고깃국 냄새에 코를 킁킁대며 눈을 찌푸렸다.

"이게 뭔 냄새야? 돼지 삶는 냄새 아니야?"

육영수가 천연덕스럽게 대답했다.

"전시에 돼지가 얼마나 귀한데 고기가 있겠어요."

육종관이 열불이 나는지 못마땅한 얼굴로 부채질하며 나가버렸다.

"이놈의 전쟁, 빨리 끝나야지."

육종관이 나간 것을 확인한 덕순이 주걱으로 건더기를 건져 올리며 말했다.

"어르신이 이걸 보셨으면 으이그."

이경령이 웃으며 맞장구쳐 주었다.

"아직도 저놈의 영감이 돼지 막사 갈 때마다 조마조마해."

육영수가 웃으며 마무리지었다.

"마음 같아선 돼지 몇 마리 더 잡고 싶었지만, 그러면 아버지가 뒷목 잡고 쓰러지셨을 거예요."

세 여자가 깔깔거리며 웃었다.

비가 쏟아지기 시작했다.

육영수와 덕순이 개운한 마음으로 하늘을 보고 있었다.

이때 빗소리와 함께 문이 드르륵 열리며 풀 죽은 얼굴의 천웅이 들어왔다.

문소리에 정면을 보던 덕순은 벌어진 입을 다물 수가 없었다.

덕순의 놀란 표정에 고개를 돌린 육영수의 시야에 잔뜩 화난 박정희가 보였다. 육영수도 깜짝 놀랐다.

박정희를 따라 들어온 천웅은 두 사람의 눈치를 살피다 얼른 도망쳤다.

"말도 없이 사라지면 사람들이 얼마나 걱정하는 줄 알아요?!"

벽력 같은 박정희의 고함에 육영수의 얼굴이 새파랗게 질렸다. 친구 앞에서 너무나 창피했던 것이다.

덕순은 대통령을 보고 한 번 놀랐고, 그 고함 소리에 한 번 더 놀랐다.

다시 한 번 박정희가 육영수를 야단쳤다.

"당신이 십대 소녀인 줄 아시오. 말없이 사라지게?!"

친구 앞에서 면박을 당한 육영수가 화가 나서 일어났다.

나가려던 육영수의 손을 박정희가 얼른 잡았다.

"가긴 어딜 가요. 찾으러 다니느라 엄청 힘들었구먼."

엄포 놓는 척하며 빌고 있는 박정희의 이중적 태도에 육영수의 화가 살짝 풀렸다. 그러고는 갑자기 궁금해져 박정희에게 물었다.

"근데 여기 있는 줄은 어떻게 아셨어요?"

"육군 수사대 이십만 명을 동원했어. 그래도 못 찾으면 신문 광고를 내려 했소. '집 나간 육영수를 찾습니다. 내가 잘못했소, 박정희'라고."

육영수가 박정희의 농담에 피식 웃었다.

아내의 마음이 풀어진 것을 본 박정희가 등 뒤에서 꽃다발을 꺼내 건넸다.

육영수가 꽃을 보고 좋아했다. 그녀가 좋아하는 목련꽃과 무궁화가 섞여 있었다.

박정희가 덕순과 반갑게 인사했다.

"덕순 씨, 오랜만입니다. 장사는 잘 되시죠?"

"정희 씨, 아니 각하, 그냥저냥 괜찮아요. 저야 늘 테레비에서 보니까 오랜만에 만나는 것 같지도 않네요."

그러면서 덕순이 어느새 막걸리와 반찬을 차려 내왔다.

"음식점 오셔서 안 드시고 가시면 제가 너무 섭하죠. 나랏님도 한잔하시고 너도 한잔해."

덕순이 넉살 좋게 박정희에게 막걸리 한 사발을 따라 주었다.

어느 순간부터 덕순이 막걸리에 취해 수다를 떨기 시작했다.

난감한 얼굴의 육영수가 남편을 보는데 남편은 재미있게 경청하고 있었다.

덕순의 수다가 계속되며 육영수가 학교 다닐 때 사모했던 남자 선생의 이야기까지 나오기 시작했다.

육영수의 안색이 변하며 얼른 덕순의 입을 막았다.

박정희는 아내의 비밀을 더 듣고 싶은 듯 덕순을 재촉했다.

다급해진 육영수가 덕순의 코앞에 시계를 들이대며 말했다.

"통금 시간이라 가 봐야겠어."

횡설수설하던 덕순이 아쉬워하다가 무슨 생각이 났는지 종이와 펜을 갖고 나왔다.

"여기에 싸인 좀 해주셔요. 가게 선전 좀 하게."

박정희가 당황하다가 종이에 축사와 함께 싸인을 해주었다.

육영수도 웃으며 박정희의 이름 옆에 자신의 이름을 적었다.

"맛있게 먹었습니다. 충청옥의 번창을 기원합니다. 박정희 육영수."

대통령 부부가 덕순과 인사를 나누고 나오니 잠시 잦아졌던 비가 굵어지기 시작했다.

밖에서 경호원들과 천웅이 기다리고 있었다. 천웅은 안절부절못했다.

천웅이 차 문을 열어 주는데 박정희가 손바닥을 내밀었다. 천웅이 영문을 모르겠다는 얼굴로 박정희를 보았다.

"차 키."

이제 드디어 잘리는 건가 싶어 울상이 된 천웅이 마지못해 차 열쇠를 건넸다.

옆에 있던 육영수도 깜짝 놀라며 박정희와 천웅을 번갈아 보았다.

"오랜만에 임자를 직접 모시고 싶어서. 자네는 뒤에 내 차 타고 와."

그제야 육영수와 천웅의 얼굴에 안도의 빛이 감돌았다.

박정희가 육영수를 차에 태우고는 운전석에 가서 앉았다.

기분이 좋아진 육영수가 꽃다발 중에서 무궁화 한 송이를 빼내 박정희의 점퍼 가슴 주머니에 꽂아 주었다.

"영부인을 잘 찾아냈으니 무궁화 훈장을 수여합니다."

껄껄 웃던 박정희가 차창을 내리고는 밝은 모습으로 천웅에게 한마디 툭 내던졌다.

"자네는 너무 나를 불안하게 만들었어. 감봉 삼 개월."

두 사람의 화기애애한 모습에 방심한 채 서 있던 천웅이 박정희의 기습 공격에 울상으로 변하며 하소연했다.

"각하."

박정희가 고소하다는 얼굴을 하고는 사정없이 차창을 올렸다.

육영수의 차가 천웅을 뒤로 남기고 사라져 갔다.

13
그녀에게 달아 준 사랑의 훈장

굵은 빗줄기가 거실의 넓은 창문을 두드리고 있었다.

박정희는 저녁 식사 후 창가에 앉아 통소를 불고 있었다.

육영수는 박정희의 애조 띤 통소 연주를 좋아했다. 통소를 부는 박정희의 모습에서 그의 부드러움을 느끼곤 했기 때문이다.

연주를 마친 박정희가 육영수를 보고 웃음 짓고 있었다. 어서 듣고 싶은 곡을 말해 달라는 뜻이었다.

"꽃밭에서요."

육영수가 동요를 부탁했다.

평소와 달리 통소와는 그다지 어울리지 않는 노래를 요청하는 아내가 의외라는 듯 박정희가 고개를 갸웃했다.

"당신, 동심으로 돌아간 거요? 웬 동요야."

"제가 보살피고 있는 잠원동 고아원에 나를 청와대 이모라고 부르는 열 살 난 여자 아이가 있는데, 그 애가 그 노래를 그렇게 좋아해요."

박정희가 흥미롭다는 얼굴로 듣고 있었다.

"이름은 분이라 하는데 내가 꽃분이라고 이름을 새로 지어 줬어요. 내일이 그 애 생일이에요. 생일 케이크를 가지고 가서 그 애 언니 오빠 동생들 앞에서 마지막이 될지도 모를 생일 축가를 불러 주기로 약속했어요."

"그게 무슨 소리요? 마지막이라니?"

"꽃분이는 시한부 인생을 살고 있거든요. 폐암의 일종인데 희귀한 병을 앓고 있는 아이예요."

딱하다는 표정으로 박정희가 말했다.

"허, 이거 무슨 드라마 같은 얘기를 하고 있구먼."

비는 밤새도록 무섭게 내리고 있었다. 번쩍 하는 번갯불과 함께 벼락 치는 소리가 밤하늘을 찢어 놓았다.

육영수는 집무실에 앉아 창밖을 내다보며 라디오에 귀를 기울이고 있었다.

아나운서가 급박한 목소리로 날씨 속보를 전했다.

'밤부터 집중 폭우로 바뀐 비는 계속 강한 바람을 타고 진행 중입니다. 현재 한강 수위는 구 미터 오십 센티로 위험수위를 십 센티만 남겨 놓은 채 잠원동 일대는 침수 직전에 놓여 있는 상태입니다.'

불길한 예감에 사로잡힌 육영수가 계속 창밖만 내다보고 있었다.

노크 소리가 들리고 천웅이 들어왔다.

육영수는 기다렸다는 듯 천웅의 표정부터 살폈다. 천웅의 표정이 밝지 못하자 육영수가 서둘렀다.

"연락 안 되지? 아무래도 안 되겠어. 가 봐야겠어."

육영수의 말에 천웅이 놀란 얼굴로 말렸다.

"가 보다뇨? 지금 어떻게 한강 다리를 넘어요? 안 됩니다."

육영수가 단단히 결심한 얼굴로 말했다.

"아직 침수되기 전일 거야. 잠원동이 고립되기 전에 빨리 가 봐야 해."

"너무 위험합니다. 경호실에 연락이라도 하죠."

"급해. 그럴 시간 없어."

억세게 쏟아지는 비를 보며 천웅이 계속 주저했다.

"그래도……."

"자꾸 이러면 혼자라도 갈 거야!"

더 이상 딴소리 하지 말라는 표정을 지으며 육영수는 단호하게 말했다.

"빨리 떠날 준비해. 구호품 챙겨 가는 거 잊지 말고. 그리고 참, 저거."

언제 준비해 두었는지 책장 옆 보조 탁자 위에 놓여 있는 커다란 케이크 상자를 가리키며 말했다.

"조심해서 잘 가지고 와."

말을 마친 육영수가 앞장서서 급하게 밖으로 나갔다.

천웅은 이런 상황에서 도저히 꺾을 수 없는 육영수의 고집을 알기에 체념하고는 케이크를 들고 따라나섰다.

천웅이 공관 앞 차고에서 차에 실을 구호품을 정리하고 있었다.

그 모양을 아까부터 지켜보고 있던 헨리 김이 천웅 앞으로 다가섰다.

"지금 뭐하고 있는 거야?"

"보면 모르쇼?"

천웅은 마지막 구호품을 차에 실으며 달갑지 않은 말투로 내뱉었다.

“보면 모르다니, 난 모르겠는데?”

“모르면 그저 잠자코 계셔. 나 지금 바빠요.”

번쩍 하고 번갯불이 하늘을 갈라놓으면서 벼락 치는 소리가 귀청을 찢어 놓았다.

비를 피해 차고로 들어서던 육영수가 어리바리 서 있는 헨리 김을 발견했다.

헨리 김은 이 상황이 도대체 무엇인지 알 수가 없다는 표정으로 육영수와 천웅을 번갈아 보았다.

“다 준비됐어?”

육영수가 헨리 김을 힐끗 보고는 천웅에게 물었다.

“네, 타시죠.”

천웅이 차 문을 열며 육영수가 차에 오르기를 기다렸다.

“지금 무슨 짓을 하는 거야?”

그제야 상황을 깨달은 헨리 김이 차 문을 가로막으며 천웅을 노려봤다.

“비켜서지 못해요?”

육영수가 명령조로 말하며 차 앞으로 왔다.

“여사님. 안 됩니다.”

“그쪽은 신경 쓸 거 없어!”

천웅이 다시 나서며 헨리 김을 밀쳐 냈다.

"어, 이게?"

한 발 뒤로 밀려난 헨리 김이 노골적으로 천웅에게 대들었다.

"신경 쓸 것 없다니? 이 물난리에 너까지 설쳐대? 비서라는 사람이 뭐하는 짓이야?"

천웅이 무시하고는 육영수에게 차 문을 열어 주었다.

육영수가 차에 오르려 하자 헨리 김이 가로막았다.

육영수가 날카로운 목소리로 헨리 김에게 명령했다.

"어서 비켜요!"

"안 됩니다. 영부인 신상에 이상이 발생하면 관계자들 전원 문책입니다."

"내 문제는 내가 책임집니다."

지금 상황이 자신의 능력 밖이라는 것을 깨달은 헨리 김이 최후통첩을 했다.

"각하께 보고하겠습니다."

통보를 마친 헨리 김이 돌아서려 하자 천웅이 육영수를 바라보았다.

육영수가 수단 방법 가리지 말고 제지하라는 침묵의 신호를 보냈다.

천웅의 얼굴에 묘한 미소가 감돌았다. 평소에 당했던 수모를 일시에 갚으려는 듯 벌떡 일어나 헨리 김의 목덜미를 험하게 낚아채며 음산한 목소리로 협박했다.

"제발 입 좀 닥치고 조용히 있어라, 응?"

"이게 뭐하는 짓이냐, 놓지 못해?"

헨리 김은 천웅의 거친 행동에 강하게 저항했지만 이길 수 없었다. 결국 비명을 지르며 질질 창고로 끌려갔다.

육영수는 차마 그 광경을 볼 수가 없어서 생일 케이크를 살펴보는 척 했다.

잠시 후 천웅이 손을 털고 나왔다.

"어떻게 했어?"

육영수가 불안하게 물었다.

"한 번만 봐달라고 사정했습니다. 비서님도 알아듣던데요."

말을 마친 천웅이 웃음을 참느라 입을 씰룩거리며 딴청부렸다.

순간 창고 안에서 헨리 김의 비명 소리가 들려왔다.

"날 풀어 줘!"

"여사님, 얼른 출발하시죠."

천웅이 서둘러 차에 시동을 걸었다.

육영수도 눈을 질끈 감고 얼른 차에 올라탔다.

청와대를 떠난 육영수의 지프는 한강교를 향해 질주하고 있었다.

한강 물은 한강교 밑까지 차올라 넘실대고 있었다.

한동안 빗속을 달리던 천웅이 차를 멈추고 육영수를 바라봤다. 어떻게 하면 좋겠냐는 얼굴이었다. 차 앞길을 가로막은 전면도로는 침수되어 흙탕물을 쏟아내고 있었다.

"뚝섬 선착장으로 가. 가서 나룻배를 타."

"여사님……, 위험합니다."

"어서 차를 돌려."

육영수가 천웅을 막무가내로 재촉했다.

"뚝섬 쪽도……."

"어서 차를 돌리라니까!"

육영수의 신경이 날카롭게 곤두서 있었다.

천웅은 핸들을 꺾어 뚝섬 선착장을 향해 다시 빗속을 질주했다.

"이 날씨에 강을 건너자고? 당신 제정신이요?"

뚝섬 선착장의 뱃사공은 천웅을 미친놈 보듯 했다.

"뱃삯은 달라는 대로 드리겠습니다."

"아, 글쎄 돈이 문제가 아니라니까. 대통령이 와도 못 건넌다니까."

"정말 안 되겠습니까?"

육영수가 다가서며 안타깝게 물었다.

그 소리에 뒤를 돌아보던 뱃사공은 우비를 입고 서 있는 육영수를 보고 깜짝 놀라 어쩔 줄을 몰라 했다.

"아이구, 죄송합니다. 이거 어쩌면 좋지……? 우선 이리 좀 앉으세요."

뱃사공은 낡은 나무 의자를 육영수 앞에 내놓고는, 벽에 붙어 있는 지도를 짚어 가며 현지 상황을 설명했다.

"어차피 하류는 완전히 범람해서 배를 댈 수가 없습니다."

"그럼 어쩌면 좋죠?"

육영수는 안타까운 시선으로 뱃사공을 바라봤다.

"상류로 가야 합니다. 잠실까지 거슬러 가서 걸어가셔야 하는데……."

뱃사공은 거의 불가능한 일이라는 표정과 함께 육영수와 천웅의 눈치를 살피며 말했다.

육영수가 다시 한 번 간곡하게 사정했다.

"할 수 있는 데까지 부탁드려요."

뱃사공이 잠시 생각하다가 한번 해보자는 결심의 얼굴로 말했다.

"그럼 조금 큰 군용 모터보트가 한 대 있는데 그리로 가시죠."

뱃사공이 먼저 나갔다.

뱃사공의 뒤를 따르던 천웅을 육영수가 불러 세웠다.

"차 안에 있는 생일 케이크 잊지 말고 꼭 가져가야 해."

상류는 비교적 물살이 약했다. 하지만 비바람은 여전히 강하게 몰아치고 있었다.

육영수와 천웅은 뱃사공이 대 놓은 군용 보트에 올라탔다. 낡은 보트였지만 듬직해 보였다.

뱃사공은 육영수와 천웅에게 군용 구명조끼까지 제공했다.

"물살이 세니까 꼭 잡으셔야 합니다."

뱃사공은 비장한 각오를 한 듯 모터보트의 시동을 걸었다. 보트가 요란한 소리를 내며 거친 물살을 가르기 시작했다. 거칠게 넘실대는 강물로 떠밀려 내려오는 여러 가지 쓰레기 더미에 뱃사공은 몸살을 앓아야 했다. 장애물 때문에 뱃사공은 힘겹게 보트를 몰았다. 점점 거칠어지는 물살로 배가 들썩거리기 시작했다. 뱃전에 부딪친 물살이 흰 거품을 토해 냈다. 한쪽으로 기울던 배가 소용돌이에 휘말려 한 바퀴 도는 바람에 육영수가 그대로 나뒹굴었다. 천웅이 황급히 육영수를 일으켜 세웠지만 몸을 바로 세우기도 전에 강풍에 다시 쓰러졌다. 미친 듯이 날뛰는 배에 두 사람은 몸을 그대로 맡길 수밖에 없었다. 얼마를 그렇게 배에 의지하고 있었을까. 물살을 살피던 사공이 모터보트의 출력을 높였다. 요란한 굉음과 함께 검은 연기가 뿜어져 나왔다. 모터보트는 가까스로 급류에서 벗어나고 있었다.

육영수가 사라지자 영부인 경호실에 비상이 걸렸다. 긴급하게 상황을 보고받는 경호원 옆에는 천웅에게 결박당했던 헨리 김이 초주검이 된 채로 앉아 있었다.

"어떻게 됐나? 그쪽 나루터 근방에선 이상 흔적을 발견한 것은 없고? 알았다. 하류 쪽에서도 아무 연락이 없다. 지금 사방으로 추적 중이다. 계속 연락 바란다."

잔뜩 긴장한 경호원이 무전기를 통해 현지 상황을 연락받고 있었다.

"아직 발견을 못했답니까?"

헨리 김이 초조한 얼굴로 다급하게 물었다.

"발견을 했다면 우리가 이러고 있겠습니까?"

경호원은 헨리 김에게 화풀이하듯 내뱉고는 창밖의 빗속을 살폈다.

"쌔끼, 나타나기만 해 봐라? 밧줄에 묶어 한강에 던져 버리고 말 테니까."

헨리 김은 아직도 분이 안 풀린 듯 이를 갈았다.

"제발 그렇게 됐으면 좋겠습니다. 그렇게 못하면 비서님은 모가지예요. 오죽 못났으면 동료한테 결박을 당합니까? 세상에 그런 수모를 당하고도 창피해서 어떻게 살아?"

헨리 김이 경호원의 질책에 억울한 얼굴로 항변했다.

"그래도 나 땜에 빨리 비상이 걸린 게 아닙니까."

"그래. 고맙습니다, 고마워요."

그때 무선 연락이 또 온 모양이었다. 경호원이 이어폰을 조종했다.

"아, 나다. 어? 발견했어? 별일 없으시다구?"

긴장이 풀린 경호원이 헨리 김을 묶었던 밧줄을 주워 건네주며 말했다.

"김 비서님! 그 친구 이걸로 묶을 준비나 하세요."

헨리 김이 밧줄을 보고 움찔했다가 반가운 목소리로 물어보았다.

"여사님을 찾았대요?"

그날 육영수가 고아원에 도착한 것은 오후 늦은 시간이었다.

육영수는 도착하자마자 꽃분이부터 찾았다. 그러나 아이들 가운데 꽃분이의 얼굴만 보이지 않았다. 불길한 예감이 들었다.

"어떻게 된 거예요, 우리 꽃분이는……?"

육영수는 어린 새싹들이 있는 곳이라면
거리의 멀고 가까움을 가리지 않고 한걸음에 뛰어갔다.
사진은 대구시의 한 보육원을 방문한 모습.
아이들에게 과자를 나누어 주는 육영수의 얼굴이 환하다.

"앞니 빠진 갈갈이네. 이 썩으니까 한꺼번에 다 먹으면 안돼."
"알겠습니다~ 근데 하나씩 먹다 보면 어느새 다 없어져요!"

불안한 마음으로 묻는 육영수에게 원장이 상황을 설명했다.

"며칠 전부터 잠도 안 자고 영부인님을 기다렸습니다. 생일날 꼭 오시기로 약속 했다면서요."

"그랬어요."

"그런데 어젯밤부터 비가 내리자 한잠도 안 자고 기도드리더군요. 새벽녘에야 겨우 눈을 붙이는가 싶더니 바로 일어나 저를 불렀어요."

"원장 엄마……."

꽃분이의 입술은 병색으로 매우 창백했지만 꼭 해야 할 말이 있다는 듯 힘들게 입을 뗐다.

"이 세상에서 제일 예쁜 옷은 어떻게 생겼어요?"

"글쎄 어떻게 생겼을까? 헌데 그건 왜 묻지?"

망설이던 꽃분이가 수줍게 말했다.

"……오늘이 내 생일이잖아요. 내 생일날 청와대 이모가 꼭 오시기로 약속했거든요. 이 세상에서 제일 예쁜 옷을 입고 청와대 이모를 만나고 싶어요."

"그랬었구나. 그래, 어떤 옷이 제일 예쁜 옷일까……? 이 세상에서 제일 예쁜 옷은 네가 제일 아끼고 좋아하는 옷이 아닐까?"

고개를 끄떡이더니 꽃분이는 누워 있는 침대를 옮겨 달라고 하고는, 혼자만 있고 싶다고 해서 다른 곳으로 옮겨 줬다고 원장은 말했다.

"어디예요, 거기가?"

육영수는 한순간이라도 빨리 보고 싶은 마음에 서둘러 원장에게 물었다.

"마침 숙직실이 비어 있어서 그리로 옮겨 줬죠."

숙직실은 아담하고 깨끗했다.

육영수가 들어섰을 때 꽃분이는 일어나 침대에 걸터앉아 있었다. 갑자기 나타난 육영수를 본 꽃분이의 얼굴이 너무나 환해졌다.

"꽃분아! 잘 있었어?"

"이모, 보고 싶었어요."

꽃분이는 힘들게 일어나 침대를 의지하고 섰다. 새 옷은 아니었지만 단정한 차림이었다. 눈에 많이 익은 옷이기도 했다. 그 옷은 육영수가 꽃분이를 처음 만났을 때 꽃분이라는 이름과 함께 선물한 옷이었다.

"예쁘다, 정말."

꽃분이가 해맑게 웃었다. 하지만 그 눈망울에는 이슬이 맺혀 있었다.

"울지 마, 꽃분아!"

꽃분이는 눈물을 닦으며 육영수에게 안아 달라는 듯 두 팔을 커다랗게 벌렸다. 육영수가 환한 얼굴로 안아 주자 꽃분이가 육영수의 품에 안겨 작은 소리로 말했다.

"이모, 약속 지켜 줘서 고마워요. 사랑해요."

"그래, 나도 꽃분이를 사랑해. 이제부터 우리 꽃분이 생일 축하해야지?"

육영수가 꽃분이를 토닥이는데 어느새 나머지 원생들과 사람들이 들어왔다. 육영수가 손뼉을 치며 사람들의 주의를 모았다.

"자, 다들 모이세요."

사람들이 생일 케이크 주변에 모여들었다.

커다란 생일 축하 케이크에 촛불이 밝혀지고 있었다.

청와대로 돌아온 육영수가 소파에 힘겹게 앉아 있었다. 비와의 사투에 지쳤고 꽃분이와의 약속을 지켰다는 마음에 긴장이 풀렸던 것이다.

박정희와 아이들이 걱정스럽게 육영수를 보고 있었다. 아내의 상태가 회복된 것을 보고 안심한 박정희가 육영수에게 농담을 건넸다.

"무사 귀환했으니 훈장 하나 줘야겠어."

그 말에 육영수가 눈을 반짝 뜨며 경례를 했다.

"충성!"

14
내가 선물한 최고 브랜드, 포철표 양수기

장마가 있으면 가뭄도 있다.

무더운 여름이었다.

심한 가뭄으로 민심이 흉흉하다는 소식에 육영수의 마음은 무척이나 무거웠다. 육영수는 가뭄 때문에 고생하는 사람들을 생각하면 마음이 불안해서 세수는 물론 물도 편하게 못 마시겠다고 남편에게 하소연했다.

육영수의 말을 들은 박정희는 지방으로 가서 직접 현장을 보고 오는 것이 어떻겠냐고 제안했고, 자신은 강원도로 가고 아내는 남쪽으로 내려보내기로 했다.

달리는 차창 밖으로 보이는 논바닥은 쩍쩍 갈라져 발이 빠질 정도였다. 도로변의 논밭 중에 풍요로워 보이는 곳이 하나도 없었다. 전부들 메말라 바닥이 드러났고 논에 심어 놓은 벼도 갈증을 호소하는 듯 보였다.

육영수의 입에서 안타까움의 깊은 탄식이 나왔다.

도지사의 안내를 받아 나주의 시골 마을에 도착한 육영수의 눈에 마을 어귀의 웅덩이에 걸려 있는 양수기가 들어왔다.

육영수가 양수기를 돌려 보았지만 말라 버린 웅덩이에서는 한 방울의 물도 나오지 않았다. 육영수가 안타까운 마음에 계속해서 양수기를 돌려 보았지만, 아무리 해도 물은 나오지 않았다. 그런 육영수를 비서들이 말려 보았지만 육영수는 막무가내로 양수기만 돌려댔다.

어느 순간, 김빠지는 소리와 함께 양수기에서는 아무 소리도 나지 않았다.

육영수의 얼굴이 절망으로 바뀌었다.

그 사이 육영수의 주위에 몰려든 주민들이 아우성치며 물이 없어서 못살겠다고 소리쳤다.

한 농부가 육영수에게 하소연했다.

"여사님, 이러다가 저희들 몽땅 굶어 죽겠습니다."

육영수가 눈물을 글썽이며 사람들을 위로했다.

"설마 나라에서 여러분을 굶기기야 하겠습니까?"

육영수는 말을 채 끝맺지 못하고 마을 사람들과 함께 양수기를 붙잡고 오열했다.

남편과 마주 앉은 육영수가 어두운 얼굴로 말했다.

"가뭄 때문에 사람들이 큰일이에요."

"그래, 강원도에서는 양수기도 모자라서 난리구려."

"밥 못 먹고는 며칠을 견뎌도 물 없이는 하루도 못 살 텐데."

"옛날에 당신도 물을 구하러 멀리까지 갔었지."

박정희의 말에 육영수는 고사북동 시절이 떠올랐다.

수돗물 사정이 좋지 않아 조금만 가뭄이 와도 항상 물이 부족했던 집에 살던 육영수는 물을 구할 수가 없을 때는 인근으로 가서 물을 빌려오곤 했다. 그러고는 미안한 마음에 어쩔 줄 몰라 했다.

가뭄이 심한 여름, 육영수는 옆집에 사는 박준규 교수의 집으로 물을 빌리러 가는 일이 잦아졌고 미안한 마음도 깊어졌다.

그 무렵, 퇴근길에 박정희가 친구에게 선물받은 굴비를 들고 들어왔다.

"그거 뭐예요?"

흐뭇한 얼굴의 박정희가 굴비를 보여 주며 말했다.

"맛있는 굴비, 영광 굴비. 일단 먼저 몸부터 씻고, 맛있게 구워 먹읍시다."

굴비 두름을 본 육영수의 표정이 밝아지며 한마디 했다.

"씻을 물이 어디 있어요. 마실 물도 없는데."

그러고는 단정적으로 물어보았다.

"당신, 굴비 싫어하시죠?"

무슨 말이냐는 듯 멀뚱한 얼굴로 보는 박정희를 뒤로 하고는 육영수가 굴비를 손에 들고 집을 나섰다.

"어, 내 굴비."

잠시 후 홀가분한 얼굴로 육영수가 들어왔다. 물론 손에는 굴비가 없었다.

이게 웬 일이냐는 표정으로 보는 박정희에게 육영수가 말했다.

"그동안 옆집에 물 신세를 너무 졌어요. 굴비로 갚았으니 당신, 오늘만큼은 맘 편하게 씻으세요."

고사북동 시절을 생각하던 육영수가 말을 꺼냈다.

“그 시절에도 물 때문에 고생 많이 했죠. 농사에도 물이 필요하지만 주부들에게도 물은 정말 필수거든요.”

“그래, 아직 내가 부족해서인지 지금도 물 문제를 해결 못하고 있으니 걱정이 많아.”

자책하는 표정의 박정희를 보고는 육영수가 역사 이야기를 꺼냈다.

“당신, 태종우라고 아시죠?”

“태종 임금이 가뭄 때문에 고생하는 백성을 위해 죽어서 비를 내리겠다 유언했는데 정말 비가 내렸다는…… 그 신기한 일 말이요?”

“네, 당신도 국민들을 위해서 무언가 해봐요.”

“요즘처럼 과학 시대에는 태종우보다 양수기나 댐이 더 확실하지.”

“전국적으로 양수기도 많이 부족하다고 하던데요.”

육영수의 말에 박정희가 무겁게 고개를 끄덕였다.

“쇠도 없고 기술도 부족해서 양수기도 절대 부족해.”

“포항에서 쇠 만든다고 하지 않았어요?”

“태준이가 제철소도 차렸는데 조만간 결실이 있지 않겠소?”

“그 일은 시간이 걸리니까 일단은 마음으로 열심히 빌어 봐요. 인디언들은 비가 올 때까지 기우제를 올린다잖아요.”

"왜 이래, 포항에서 쇳물 나올 날도 얼마 안 남았어."

오늘은 포항에서 처음으로 쇳물이 콸콸 쏟아져 나온 날이다.

기념식에 참석했던 사람들은 모두들 기쁨의 눈물을 흘리며 감격해했다.

늦은 저녁, 박정희 부부가 박태준 내외와 함께 저녁을 먹고 있었다. 당연히 밥상에는 반주가 곁들어 있었다.

이미 박정희와 박태준은 술이 거나하게 취해 있었다.

박정희가 박태준에게 술을 따라 주며 축하의 말을 건넸다.

"자네, 정말 수고했어. 우리나라에서도 드디어 쇳물이 나왔어."

"각하가 믿고 맡겨 주신 덕분입니다."

"아니야, 자네가 아니면 누가 이 일을 해내겠나? 자네는 정말 철의 사나이야. 자네의 그 호랑이 눈썹이 말해 주잖아."

박태준이 그 말에 자신도 모르게 눈썹에 힘을 주었다. 순간 눈썹이 꿈틀거리며 정말 호랑이처럼 강렬한 일자 눈썹이 되었다.

호쾌하게 웃던 박정희가 박태준을 가만히 보았다. 군대에서는 자신을 보좌하기 위해 의리와 책임을 철저히 지켰고, 군을 나와서는 불모지 포항에 반드시 제철소를 건설하겠다는 약속을 지키려 십 년을 넘게 갖은 고생을 다했다. 그러다 드디어 성공한 박태준에게서 박정희는 굳은 신뢰를 느꼈다. 5.16이 실패하면 가족을 책임져 달라고 그에게 부탁했던 시절을 떠올리며, 박정희는 자신의 판단이 틀리지 않았다는 생각에 가슴이 뿌듯해 왔다.

호뭇하게 두 사람을 보던 육영수가 덧붙였다.

"정말 수고 많이 하셨어요. 예전에는 술 참모였는데 이제는 경제 참모시네요."

육영수의 말에 박태준이 추억 어린 목소리로 대답했다.

"제가 술 때문에 여사님 속도 어지간히 썩여 드렸죠?"

박태준의 부인 장옥자가 투덜거렸다.

"옛날에는 매일 각하 핑계 대고 술 마셨는데 요즘은 쇳물 핑계 대고 술 마셔요."

장옥자의 말에 박정희와 박태준이 동시에 찔끔했다.

그 모습을 보던 육영수가 '그날'의 기억을 떠올렸다.

박정희가 부산 군수 기지 사령관이던 시절, 서울에 살던 육영수는 가끔 연락도 없이 불시에 부산 관사를 습격했다.

그럴 때마다 박정희는 참모였던 박태준과 술을 마시다가 들키곤 했고, 아침이면 육영수가 끓여 준 콩나물죽을 먹으며 박태준과 함께 잔소리를 듣곤 했다.

박정희의 술자리에는 항상 이유가 있었다. 어느 날은 미래를 계획하고 또 어느 날은 한국의 현실을 개탄하며 마신다고 했다.

육영수도 물론 이해했지만 건강을 위해서 적당히 마셨으면 하는 바람이 있었다. 그리고 박정희 일파가 주장하는 명분의 절반쯤은 사실상 술이 좋아서 마시는 핑계라는 것을 간파했기에 잔소리를 했던 것이다.

그래도 도저히 개선의 여지가 보이지 않자 육영수는 박정희에게 '한 달만이라도 완전 금주를 할 수 있겠느냐? 그러면 잔소리를 반으로 줄이겠다.'는 파격적인 제안을 했고 박정희는 그 제안을 받아들였다.

'그날'은 육영수와 약속한 한 달의 마지막 날이었다.

박정희가 군인들로 꽉 찬 부대 앞 주점을 지나는데 박태준이 다른 장교들과 호기롭게 막걸리를 마시고 있었다.

박정희의 눈에 비친 박태준의 모습은 그야말로 배신자였다.
'나는 술을 입에도 못 대고 있는데 참모가 도와주지는 못할망정 혼자서 마셔?'

밖에서 한참을 우두커니 보고 있던 박정희를 박태준이 발견하고는 자리에서 벌떡 일어나 달려 나왔다.

"각하, 여긴 어쩐 일이십니까?"

"아니야. 지나는 길에 자네가 보여서……."

그제야 박태준은 박정희가 육영수와 했던 약속이 떠올랐다.

본인도 그 사태에는 일말의 책임이 있기 때문에 늘 날짜를 기억하고 있었던 것이다. 박태준이 고개를 끄덕이며 무정하게 말했다.

"각하, 먼저 들어가 보십시오. 저는 한 잔 더 하고 들어가겠습니다."

그 말에 박정희의 얼굴이 어두워졌다.

"오늘이 마지막 날 아닌가?"

"그렇습니다. 각하께서는 오늘까지 드시면 안 됩니다."

"그래, ……자네는 정확한 사람이니 맞겠지."

박정희의 기운 빠진 마지막 말에 박태준의 얼굴에서 안쓰러운 기색이 슬쩍 떠올랐다.

"각하, 그러지 마시고 딱 한 잔만 드시죠. 한 잔이면 들켜도 티도 안 날 텐데요."

박태준의 말에 박정희의 표정에 미묘한 변화가 찾아왔다. 발동이 걸린 것이다. 그 순간 박정희의 발 하나는 이미 술집 안으로 들어서고 있었다.

그리고 기운 없던 박정희의 말투에 팍팍 힘이 들어가기 시작했다.

"그래, 하루 차인데 어떠려고. 그리고 이 늦은 시간에 서울에서 내려오겠나. 차편도 없을 텐데."

탁자 위에는 군화들이 일렬로 놓여 있다.

박정희가 군화 속에 막걸리를 따라 넣고 있었다. 이미 전작이 많은지 취해 있다.

"군인의 길은 하나다. 막걸리의 길도 하나다. 한번에 쭉 마신다!"

박정희가 막걸리를 단숨에 쭈욱 들이켜자, 나머지 참모들도 다들 군화를 번쩍 들고는 벌컥벌컥 마셨다.

박정희를 따라 기분 좋게 군화를 내려 놓은 박태준의 눈이 갑자기 휘둥그레졌다.

술집 밖 멀리로 육영수를 닮은 여자가 다가오고 있었다. 눈을 비비며 다시 한 번 확인해 봤다. 틀림없는 육영수였다. 육영수의 표정이 심상치 않았다.

창백해진 얼굴의 박태준이 얼른 자리에서 일어나며 옆에 있던 동료에게 나지막하게 속삭였다.

"비상이다, 비상."

옆에 있던 참모도 육영수를 발견하고는 조용히 자리에서 일어났다.

박태준이 박정희에게 육영수의 출현을 알리려 했지만 박정희는 이미 거나하게 취한 상태로 군화주를 한 잔 더 마시고 있었다. 육영수는 이미 문 바로 앞까지 와 있었다.

박태준이 선택할 방법은 맨발로라도 도망가는 것 외에는 아무것도 없었다. 결심이 서자 즉각 행동으로 옮겼다. 얼른 뒷문으로 동료와 함께 달아난 것이다.

그런 상황도 모른 채 기분 좋게 술을 비우고 군화를 내려놓은 박정희의 앞에 누군가가 서 있었다. 고개를 든 박정희는 익숙한 얼굴을 발견했다. 당황하며 구원 요청을 위해 주위를 둘러보았지만 아무도 없었다. 그제야 사태를 파악한 박정희는 최대한 침착성을 유지하며 물어보았다.

"밤늦게 어쩐 일이오?"

"부인이 남편을 찾아오는데 밤낮이 있나요."

뭔가 계속 얘기를 이어가야 한다는 강박관념에 박정희가 주섬주섬 말을 꺼냈다.

"근데 여긴 어떻게 알았소?"

"술꾼이 갈 데가 술집뿐이 더 있나요."

"잠깐, 나는 당신과의 약속을 최대한 지켰소. 오늘이 삼십 일째잖소."

"그래요, 삼십 일째. 당신이 약속한 날 바로 하루 전날이지요."

안간힘을 쓰며 변명하는 박정희에게 육영수가 싸늘하게 말했다.

"그리고 군화주는 너무 비위생적이니 마시지 말라고 했죠."

갑자기 박정희가 한 수의 시를 읊었다.

> 최고의 소화제 막걸리
>
> 정말 좋은 한 끼 식사 막걸리
>
> 맛도 좋고 몸에도 좋은 막걸리
>
> 내가 아니면 누가 마시랴
>
> 내 친구 막걸리

시를 읊던 박정희가 육영수에게 호소했다.

"나는 술을 마신 게 아니라 식사를 했을 뿐이요. 저녁을 안 먹어서……."

육영수가 자리에서 일어나며 단호하게 술자리 명분을 차단했다.

"따라오세요."

박정희가 군화를 들고 육영수를 따라 조용히 일어났다.

탁자 위에는 도망간 장교들이 남기고 간 군화만이 덩그러니 놓여 있었다.

다들 그날의 추억을 생각하며 즐겁게 웃었다.

웃던 육영수가 박태준에게 물었다.

"갑작스러운 질문인지 모르겠는데요, 우리나라는 쇠가 부족해서 좋은 기계를 만드는 데 어려움이 많다고 들었어요. 포항에서 쇠가 만들어지면 앞으로는 그런 걱정은 많이 덜 수 있겠네요."

박태준의 표정이 진지해지며 육영수에게 대답했다.

"앞으로 쇠 때문에 필요한 물건을 못 만드는 일은 절대 없도록 제가 최선을 다할 것입니다."

육영수가 조심스럽게 말했다.

"그럼 양수기도 성능 좋게 많이 만들 수 있겠죠?"

찬찬히 육영수를 보던 박태준이 따뜻한 얼굴로 대답했다.

"각하로부터 여사님이 가뭄만 되면 물 문제로 고민하신다는 것을 들었습니다. 그리고 좋은 양수기 한 대 만들어 달라고 주문받았습니다. 이제 우리나라도 양수기 아니 그 이상의 물건도 마음 놓고 만들 수 있습니다. 빠른 시일 내에 좋은 양수기를 만들어 여사님께 보내드리겠습니다."

육영수의 얼굴이 환해졌다.

해가 쨍쨍 내리쬐는 어느 날이었다.

모내기가 한창인 논두렁 옆에서 육영수가 땀을 뻘뻘 흘리며 포철표 양수기를 돌리고 있었다.

어느 순간 양수기에서 물이 쏟아져 나오기 시작했다.

박정희는 식량 자급을 가난 추방의 첫걸음으로 간주했다.
그는 식량 문제 해결 없이는 국가안보 또한 없다는 신념의 소유자였다.
사진은 권농일을 맞아 박정희와 각 부처 장관들이 함께 모내기 하는 모습.

박정희가 새참을 내오는 육영수와 장관 부인들을 보고 반색하고는 말했다.
"저기 새참이 오네. 땀도 흘렸으니 먹고들 하지."
"막걸리도 있겠죠?"
"물론이지, 시원하게 한 잔들 하자고."

육영수의 얼굴에 기쁨이 넘쳤다.

그때 농부들과 모내기를 하던 박정희가 소리쳤다.

"임자, 빨리 물 좀 대."

15
아내에게 바치는 새마을 노래

육영수가 거실에 앉아 행사에 초청할 어린이 명단을 검토하고 있었다. 내일이 어린이대공원 개장일이기 때문이다. 어린이 복지에 무척 관심이 깊었던 육영수는 어린이를 위한 놀이 공간이 부족하다는 것을 늘 안타깝게 생각했는데 마침 능동에 있던 서울 컨트리클럽 골프장이 땅을 기부해서 어린이를 위한 공원을 만들 수 있었다. 물론 그 과정에는 사연이 있었다. 컨트리클럽 회원들 중에는 사회 고위층 인사들이 많았는데 자신들의 놀이터가 없어지는 것을 무척 반대했던 것이다. 고민하는 박정희에게 육영수는 그 땅은 사십 년 동안 어른들을 위한 놀이터였으니, 이제부터는 어른들이 조금 양보해서 아이들을 위한 놀이터를 만들면 그 땅도 좋아할 것이라고 설득했고, 어린이날을 맞이해서 드디어 개장하게 된 것이다.

박정희는 소파에 앉아 어린이 공원 조감도를 보며 혼잣말로 여기가 놀이동산이군, 여기가 식물원이군 등등의 말을 하다가 감개무량하다는 듯 물었다.

"벌써 개장인가?"

"부지 허가해 줘서 고마워요. 어린이들이 뛰어놀 공간이 생겼어요."

"반응이 좋은가 봐?"

"막내도 가자고 조르더라고요. 예감이 좋아요. 골프장 옮긴 효과가 제대로 났어요."

"공원 만들 생각은 못했는데 당신이 우겼잖아."

부부가 화기애애하게 대화를 이어가고 있는데, 외출복을 차려입은 막내가 가슴에 어린이 잡지 '어깨동무'를 소중히 안고 불쑥 들어왔다.

막내를 본 박정희가 말했다.

"저 놈도 양반은 못 되는군. 자기 말하니 나타나는 걸 보니. 그런데 이 시간에 어딜 가려고 외출복을 입었어?"

막내가 그런 아버지의 질문에는 신경도 쓰지 않고 엄마에게 가서 물었다.

"내일 어린이 공원 갈 때 이 옷 입으면 어때요?"

막내의 생뚱맞은 말에 부부가 어리둥절한 표정이 되었다.

"내일 사람들도 많이 올 텐데 옷에 신경 좀 썼어요."

육영수가 막내의 말에 웃다가, 심각한 얼굴로 답변해 주었다.

"미안하지만 내일은 같이 갈 수 없어. 다음에 데려갈게."

울상이 된 막내가 '어깨동무'를 들어 보이며 항의했다.

"내일 가면 경품으로 스타잔스도 준다고 해서 벌써 엽서도 보냈어요."

육영수의 표정이 엄숙해졌다.

"내일은 안 된다고 했잖아."

막내가 평소와는 다르게 떼를 쓰기 시작했다. 정말 가고 싶었던 것이다.

"안 데려가면 혼자라도 갈래요. 혼자서도 갈 수 있어요."

옆에서 안쓰럽게 보던 박정희가 슬쩍 막내를 거들었다.

"막내도 어린인데 기왕이면 막내도 데려가지."

안 그래도 막내 때문에 마음이 불편했던 육영수의 표정에 불이 붙었다.

두 사람을 살피던 막내가 아버지가 같은 편임을 확인하고 박정희의 품에 달려들었다.

"가고 싶어요. 가고 싶어요."

막내를 안고 난감해하던 박정희가 육영수에게 다시 한 번 건의했다.

"이렇게 조르는데 데려가요."

그런 박정희를 보던 육영수가 조용히 말했다.

"밖에서 잠깐 얘기 좀 해요."

"그럽시다."

청와대 밤공기 속에 박정희와 육영수의 언성이 높아졌다.

"아니 도대체 왜 애를 못 데리고 가겠다는 거야?"

"말했잖아요. 공식 행사에는 데려갈 수 없다고요."

청와대는 가족뿐만 아니라 비서진을 비롯해 행정관, 경호원, 관리 직원 등 많은 사람들이 거주했기 때문에 두 사람은 마음 놓고 싸울 수도 없었다. 그래서 부부싸움이 벌어지면 그들만의 공간으로 가곤 했는데 그곳이 바로 본관 뒤 정원이었다.

"대통령 아들은 어린이가 아닌가? 이건 역차별이잖아. 그리고 당신도 어린이대공원 완성에는 내 공로가 있다고 말했잖아. 이 일에는 나도 발언권이 있다고."

박정희를 보던 육영수의 얼굴에 자신의 속마음을 몰라주는 남편에 대한 야속함이 떠올랐다.

"내일 초청받는 어린이 중에는 평생 서울에 한 번 올까 말까 한 아이들도 많아요. 막내를 데려가면 아무래도 사람들이 막내에게 더 신경 쓸 거예요. 그러면 아이들 대접에 소홀해질 수도 있고요. 그리고 이러쿵저러쿵 말들이 나올 거예요. 그건 막내에게도 안 좋아요."

육영수의 말을 듣고 있던 박정희가 고개를 끄덕이며 수긍하는 듯하더니 다시 자기 고집을 피웠다.

"그건 당신이 너무 예민한 거야. 당신이 정 싫다면 나라도 데려가겠어."

그러고는 최후 통첩하듯 육영수에게 말을 던졌다.

"개장식에는 못 맞춰도 오후쯤에는 시간 낼 수 있을 거야. 오후에 봅시다."

육영수가 돌아서 가는 박정희에게 달려들어 돌려세웠다.

"애들 교육은 나한테 맡겨 놓는다 그랬잖아요."

따지며 다가서는 육영수에게 몰린 박정희가 주춤주춤 물러나며 대답했다.

"그건 그랬지. 하지만 그건 그때고 지금은 상황이 다르잖아."

"다르긴 뭐가 달라요. 이것도 아이 교육의 하나예요. 약속은 지켜야죠."

육영수가 속상하다는 듯 계속해서 말을 이었다.

"나도 엄마예요. 난들 데려가고 싶지 않겠어요?"

졸지에 아내의 마음을 몰라주는 남편이 된 박정희의 표정이 괴롭게 변했다.

하지만 육영수는 박정희에 대한 공세를 늦추지 않았다.

"나도 당신보다 마음이 더 아프다고요."

육영수의 계속되는 공격에 뒤로 주춤주춤 물러나던 박정희가 돌부리에 걸렸는지 중심을 못 잡고 넘어졌다. 엉덩이 아래에서 뚝 소리가 났다.

두 사람이 동시에 소리 나는 곳으로 고개를 돌렸다. 그곳에는 심은 지 얼마 되지 않은 나무 한 그루가 애처롭게 부러져 있었다.

놀란 육영수가 박정희를 팽개치고 나무를 살펴보았다.

푯말에는 이렇게 쓰여 있었다.

'가봉 대통령 영부인 기념식수, 1973년 4월 5일'

푯말을 보던 육영수가 너무 놀라 이리리~ 이리리~를 외쳤다. 어쩌면 나무가 부러진 것이 자기 탓일지도 모른다는 죄책감이 들었다. 순간 육영수는 박정희에게 화살을 돌렸다.

"나에 대한 심정을 나무에다 푼 거죠? 가봉 영부인과 내가 얼마나 신경 써서 심은 나문 줄 아세요?"

육영수가 갑자기 옆에 있던 가봉 대통령이 심은 나무를 움켜쥐었다.

"이 나무는 당신과 가봉 대통령이 심은 나무고요."

놀란 얼굴의 박정희가 어~ 하는데, 육영수가 마음을 가라앉히며 혼잣말했다.

"국가와 민족을 위해서 개인 감정은 자제해야지."

꽉 쥐었던 대통령 나무를 조용히 쓰다듬어 주고는 육영수가 박정희에게 지시했다.

"그 영부인 나무, 원상 복귀시키고 들어오세요. 먼저 갈게요."

돌아서 가는 육영수를 보던 박정희가 '도대체 왜 여기 나와서 싸웠지?'라는 생각을 하며 주위의 잔가지로 부목을 만들며 부러진 나무를 치료하기 시작했다.

결국 막내는 어린이대공원 개장일에는 가지 못했다.

그리고 며칠 후였다. 괜히 미안했던 박정희는 집안일을 돕겠다고 나섰다가 부상을 당했다. 수돗물 절약을 위해 목욕탕 변기 물통에 벽돌을 넣는 일이었는데 미끄러져 갈비뼈에 심하게 금이 간 것이다. 게다가 육영수 의사의 처방인 삼 일만 푹 쉬라는 말을 무시하고 여기저기 행사를 다니다가 결국은 일주일 동안 꼼짝 못하게 되었다. 그래서 오랜만에 박정희는 자의 반 타의 반의 휴가를 갖게 되었다.

육영수의 간호는 잔소리부터 시작됐다.

능동 어린이대공원 기공식에 참석한 육영수의 표정이 유난히 밝았다.

첫 삽을 푸는 육영수의 가슴이 벅차올랐다.
"웃고 뛰놀자. 그리고 하늘을 보며 생각하고 푸른 내일의 꿈을 키우자."

"내가 뭐랬어요? 조심하라고 했죠."

"그러게 말이오. 이리 될 줄 알았나. 이제는 한 발도 못 움직이겠어."

"무슨 갈비뼈 부상이 대수라고, 죽을병도 아니니 엄살 그만 부려요."

"무슨 소리야. 나는 정말 아프다고."

다른 사람 앞에서는 절대 약한 모습을 보이지 않던 박정희였지만, 이상하게도 육영수 앞에서는 지나치게 약해지는 스스로를 느끼고 피식 웃다가, 다시 가슴이 아파져서 자신도 모르게 신음이 나왔다.

놀란 육영수가 박정희를 다독이며 달래 주었다.

"웃지 말아요. 웃으면 더 아파요."

박정희도 웃지 않으려 애쓰며 입을 굳게 다물고는 서류를 집어 들었다.

그런 박정희를 보고 육영수가 서류를 뺏으며 말했다.

"일 생각 잊고 며칠 진짜 푹 쉬어 봐요. 오랜만의 휴가잖아요."

박정희가 서류를 다시 뺏으려다가 육영수가 매몰차게 치워버리자 한숨만 푹 쉬었다. 그러다 무슨 생각이 났는지 그윽한 눈으로 육영수를 바라보았다.

육영수가 남편의 눈길을 보고는 경고했다.

"눈빛이 불건전하네요."

박정희는 육영수의 대답에 아랑곳 않고 묵직한 목소리로 속삭였다.

"부인, 우리 막내가 사내 혼자라 누나들한테 괴롭힘 당하는 게 심한데 아들로 동생 하나 더 만들어 주는 건 어떻겠소?

어이없다는 얼굴로 육영수가 힐책했다.

"맨날 둘만 나아 잘 기르자는 양반이, 우리는 벌써 셋이에요, 셋. 게다가 아들로 하나 더 낳자고요? 수상해요. 요즘 부쩍 딸들보다 막내를 더 챙기는 것도 그렇고…… 우리나라의 남아 선호에 대해서 그렇게 비판하더니."

연애 시절에 박정희는 누구보다 여성 예찬론자였다.

밭일 하는 여자들 옆을 지나면서 박정희가 열변을 토하고 있었다.

"영수 씨, 우리나라 여성은 정말 위대하지 않습니까? 저렇게 농사일에 집안일에 아이 키우는 일에, 게다가 대접은 못 받고 그럼에도 묵묵히 몸이 부서져라 맡은 책임을 다하는 것을 보면 정말 존경스럽습니다."

박정희의 말에 수긍하듯 노동요를 합창하는 여자들을 보며 육영수가 말했다.

"저렇게 함께 노래 부르며 농사일을 하면 마음도 합쳐지고 일도 수월한 거 같아요. 일은 힘들어도 참 흥겨워 보이네요."

육영수의 반응이 있자 박정희가 호감을 사려는 말을 계속 던졌다.

"그렇죠? 하지만 나는 결혼하면 영수 씨 손에는 물 한 방울 안 묻히도록 할 겁니다."

육영수가 이번에는 묵묵히 있자 당황한 박정희가 마구 말을 첨가했다.

"그리고 이건 비밀인데요. 나는 아들보다 딸이 더 좋습니다. 나를 봐도 사내는 별로 멋대가리가 없는데 누님들은 부모님한테 살뜰하더라고요."

육영수가 시큰둥하게 혼잣말했다.

"비밀일 것도 없는 얘기를 갖고 호들갑은."

육영수가 머쓱해하는 박정희를 보고는 궁금하다는 듯 물었다.

"그런데 남자들은 대를 잇는 걸 중요하게 생각하지 않나요?"

당황한 박정희가 힘을 내서 대답했다.

"내가 장남도 아니고, 대를 이을 조카는 이미 있습니다. 내 대는 딸들이 이으면 돼요. 나는 아들 좋다는 사람들 이해가 안 갑니다."

육영수가 실눈을 뜨고 의심의 눈초리로 바라보자 박정희가 얼른 덧붙였다.

"게다가 남자 형제가 많으니 먹는 거 갖고 싸우느라고 입에 풀칠하기도 힘들었어요."

회상에서 돌아온 육영수가 박정희를 보다가 심각하게 말했다.

"옛날에 보면 딸만 있는 집에서 아들 낳으려고 여자들이 계속 아이 갖잖아요. 어떤 집은 딸이 아홉인데 막내 이름이 끝순이야. 그 집 엄마는 아들 낳으려고 평생 아이만 갖다가 세월을 보냈어요. 진짜 비생산적이에요. 그런 점을 봐도 남아 선호는 매우 위험한 생각이에요."

박정희가 수긍하듯 고개를 끄덕이며 말했다.

"이건 다른 얘기지만 농촌에 먹고살 것이 없으니 일하는 사람들이 몽땅 도시로 몰려와서 농촌은 사람이 점점 줄고 도시는 갑자기 늘어서 문제가 많아. 도시와 농촌이 균형 있게 발전하면 좋은데 그게 힘이 드네."

육영수가 박정희의 말에 공감하며 맞장구쳐 주었다.

"시골은 길도 나쁘고 전기도 안 들어오니 아무래도 젊은 사람들이 마음 붙이기 힘들지 않겠어요? 무언가 농촌 처녀 총각들에게 희망을 주는 일이 있어야 하는데요."

"그런 게 뭐 없을까?"

고민하는 모습의 박정희를 보다가 육영수가 한 가지 제안을 했다.

"큰일도 작은 일에서 시작한다고 생각해요. 비록 작은 일일지 모르지만 제가 농사짓는 사람들을 보면 신나게 일하는 사람들은 다 노래들 부르며 손발을 맞추더라고요. 당신 평소에 노래 한 곡 만들어 보려고 했잖아요. 신나게 일할 수 있는 노래 한 곡 부탁드려도 돼요?"

일주일 후, 창작의 고통 끝에 파김치가 된 헝클어진 머리의 박정희가 악보를 들고 방에서 나왔다. 놀라서 바라보는 육영수의 손에 악보를 쥐어 주었다. 거기엔 가사까지 적혀 있었다.

악보를 훑어보던 육영수가 어마어마한 칭찬의 말을 건넸다.

"베토벤도 가사는 못 썼는데 당신이 베토벤보다 낫네요."

저녁에 가족 음악회가 열렸다. 박정희가 만든 새마을 노래를 품평하려고 온 가족이 모인 것이다. 심사위원은 육영수와 세 아이들이었다. 다들 새마을 노래 악보 한 장씩을 들고 있었다.

사회자로 선정된 막내가 개회사를 했다.

"오늘은 아버지가 만드신 '새마을 노래'를 발표하는 날입니다. 콩나물 대가리를 그리느라 고생하신 아버지께 먼저 박수 부탁드립니다."

박수와 함께 박정희가 가족들에게 인사를 했다.

"이 노래는 새마을 운동을 장려하기 위해 만들었습니다. 내가 어릴 때 굶주렸던 기억을 지금 국민들에게는 없애 주기 위해 새마을 운동을 구상한 것입니다. 국민 여러분, 새마을 운동 아시죠? 새마을 운동은……."

습관적으로 유세 투의 말을 이어가려는 박정희를 육영수가 제지했다.

"선거 운동 하시는 거 아니면 노래부터 듣고 싶네요."

막내가 경고했다.

"어머니, 사회자에게 발언권 얻고 말씀하세요."

육영수가 민망해하며 변명했다.

"네 아버지 말씀이 길어질 거 같아서……."

아이들이 웃자, 박정희가 피아노를 치며 노래를 시작했다.

새벽종이 울렸네 새아침이 밝았네
너도 나도 일어나 새마을을 가꾸세
살기 좋은 새마을 우리 힘으로 만드세

새마을 노래는 사 절까지였다.

마지막 절까지 들은 가족들의 표정이 심각해졌다.

박정희의 표정은 더 심각했다. '노래가 마음에 안 드나?'

한동안 침묵을 지키던 가족들이 갑자기 열광적으로 박수를 쳐 주었다.

먼저 육영수가 말했다.

"노래가 아주 좋은데요. 대히트할 거 같아요."

"사회자님, 제가 한마디 해도 될까요?"

정중한 큰누나의 요청에 막내가 의젓하게 지명했다.

"네, 말씀해 보시지요."

"뭔가 열정적이고 절도가 있어요. 그런데 우리 또래가 따라 부르기에는 노래가 약간 딱딱하지 않을까요?"

큰딸의 진지한 질문에 박정희가 고개를 끄덕이며 답했다.

"좋은 지적인데, 평소에는 말랑말랑한 대중가요를 좋아하겠지만 가끔은 이런 딱딱한 노래도 듣고 싶지 않을까?"

그 말에 큰딸이 수긍하듯 대답했다.

"하기는 노랫말이 쉽게 입에 붙어요. 금방 따라 할 수 있을 거 같아요."

작은딸이 흥분되어 말했다.

"노래 너무 맘에 들어요. '대머리 총각'보다 더 뜰 거 같아요. 한 곡만 히트해도 대통령 월급보다 더 많이 벌 수 있대요."

아이들의 반응이 과도해지자 박정희가 기분을 맞춰 주려고 말했다.

"그래? 나도 가수로 데뷔할 수 있을까? 이참에 음반 취입 한번 해봐?"

육영수가 박정희의 장단을 맞춰 주었다.

"취입하는 건 좋은데 가수가 문제예요. 좋은 곡 죽이지 않으려면 노래는 다른 가수에게 부탁해요."

육영수와 눈을 맞춘 박정희가 능쳤다.

"그래도 내 노래 실력이면 쇼쇼쇼에 나가도 도중에 땡땡은 안 당할 텐데……."

육영수가 웃으며 화제를 돌렸다.

"이제 식사해요. 아까부터 막내가 배고프다는데 저도 배고파지네요. 노래가 활동적이라 그런가? 노래를 들으니까 시장기가 더 도네."

"내 장담하는데 앞으로 새마을 노래 나오는 식당이 많아질 거요. 식당에서 틀어 주면 장사 잘될 거야. 좋은 노래가 나오는 좋은 식당."

마지막을 장식하는 큰딸의 선언이 있었다.

"함께 불러 보고, 밥 먹으러 가요."

박정희의 반주에 맞춰 온 가족이 새마을 노래를 합창했다.

농민들이 농촌 새마을 운동 임야 정비 작업을 하고 있다.

언제부터인가 새마을 운동과 함께 새마을 노래가 전국에 울려 퍼졌다.
저작권료는 받지 못했지만 곧 전 국민 애창곡이 되었고,
사람들은 노래에 맞추어 땀 흘려 일했다.

새마을 노래의 가사처럼 새마을 운동은 대한민국 농촌의 모든 초가집을 없앴다. 그리고 덩샤오핑을 비롯한 많은 외국의 지도자들이 새마을 운동을 농촌 변혁의 대명사로 부르며 격찬했다. 새마을 운동은 전 세계 곳곳의 후진적인 농촌을 변화시키는 기폭제가 된 것이다.

16
내 아내의 옥천 길

오늘 예정된 청와대 면담자는 올해의 모범 근로 여성으로 선정된 정인숙이었다. 도시 노동자 문제에 관심이 많았던 육영수는 정인숙을 격려하고 그녀로부터 근로자들의 애로사항을 듣고 싶어 했는데, 마침 정인숙도 근로자 교육 문제로 부탁하고 싶은 일이 있다는 말에 적극적으로 면담 자리가 만들어졌다. 면담 시간보다 조금 앞서 자리를 잡은 육영수는 정인숙을 기다리며 예전의 가슴 아팠던 기억을 떠올렸다.

육영수가 외부 일을 마치고 청와대로 들어오는 길이었다.

바리게이트가 쳐져 있는 청와대 삼거리에 소복을 입은 여인 이소선이 아들로 보이는 청년의 영정을 끌어안고 통곡하며 앉아 있었다. 영정 속의 청년 전태일은 매우 순박해 보였다.

차를 타고 지나가던 육영수가 그 광경을 보고 천웅에게 지시했다.

"장 비서, 차를 좀 세워 줘."

옆에 있던 최 비서가 곤란한 목소리로 말했다.

"여사님, 지금 장관 부인들이 양지회 회의 때문에 기다리고 있습니다."

육영수가 최 비서의 대답도 듣지 않고 문을 열고 내리려 했다.

깜짝 놀란 천웅이 얼른 차를 세웠다.

차에서 내린 육영수가 이소선에게 다가갔다.

이소선은 육영수를 보고 더욱더 서럽게 통곡했다. 이소선은 아들이 죽은 충격에 이은 며칠간의 시위로 무척 힘들어 보였다.

육영수가 이소선에게 측은한 목소리로 권유했다.

"힘드실 텐데 들어가서 차 한 잔 드시며 몸을 좀 녹이시는 게 어떻겠어요?"

완전히 지쳐 있던 이소선은 고개를 들어 육영수를 보았다. 그리고 육영수의 눈빛과 말 속에 들어 있는 진정성을 느꼈다.

육영수가 이소선의 손을 잡아 일으키며 다시 말했다.

"하시고 싶은 말씀 있으시면 다 하세요. 그것만으로도 속상한 게 많이 풀리실 거예요."

육영수는 아들의 이야기를 전하는 이소선의 말을 가슴 아프게 듣고 있었다.

전태일은 초등학교를 졸업하고 시골에서 올라와 청계천 피복공장에 다녔다. 그는 박봉에 시달리며 잠도 제대로 못자고 제대로 쉬지도 못하며 일만 했고, 언제부터인가 그렇게 사는 것이 인간답지 못하다고 느끼며 많은 갈등을 겪었다고 했다. 그러나 그런 그에게 노동자의 권리를 가르쳐 준 사람은 아무도 없었고 부당한 대우에 항의할 방법을 알려 준 이 역시 아무도 없었다. 답답한 마음에 청계천 헌책방에서 책을 구해서 홀로 공부했지만 현재 사회의 틀 속에서는 방법을 찾지 못했고, 결국 대접받지 못하는 노동자의 인권을 위해 스스로 몸에 불을 사르고 죽어간 것이다.

이소선의 말을 가만히 듣고 있던 육영수는 가슴이 답답하고 끝없이 슬퍼져 자신도 모르게 눈물이 흘러내렸다. 하지만 육영수가 할 수 있는 것은 이소선의 손을 잡아 주고 같이 울어 주는 것밖에 아무 것도 없었다. 육영수는 그것이 한없이 안타까웠다.

그 청년의 분신 사건은 커다란 사회적 파장을 불러일으켰고 육영수의 마음에도 깊은 상처를 주었다. 육영수는 그때의 생각에 다시 마음이 아파오는 것을 느꼈다.

그때, 천웅이 모범 근로 여성 정인숙을 안내해 들어왔다.

육영수가 자리를 권유하며 축하 인사를 건넸다.

"축하드려요. 모든 여성의 자랑입니다."

정인숙은 감사하다는 인사와 함께 육영수에게 부탁의 말을 했다.

"얼마 전에 평화 새마을 교실이라는 이름으로 근로자 학교를 만들고 학생을 모집했습니다. 그런데 학교가 너무 좁아서 삼십 명밖에 수용할 수 없는데도 이백 명이나 되는 근로자가 지원했습니다. 그걸 보고 우리나라에는 정말 배움에 목마른 근로자들이 많다는 것을 느꼈습니다. 여사님께서 근로자들이 공부할 곳을 마련해 주신다면 정말 감사하겠습니다."

정인숙의 이야기를 듣는 순간 육영수는 이소선의 말이 떠올랐다. 죽은 아들은 배우지 못한 것을 한탄하며 노동법이니 노동자의 권리 등을 배울 수 있는 터전이 있었으면 좋겠다고 늘 말했다는 것이다.

눈시울이 뜨거워진 육영수는 즉시 노동청과 연결하여 근로자들의 공부 시설 설립 논의를 본격화하였다.

그리고 얼마 후, 육영수는 구로동에 설립된 배움의 터 개관식에 참여하기 위해 가고 있었다. 육영수와 정인숙과의 대화로 시작된 노동자를 위한 배움의 터가 완성된 날이었다. 거리에는 어린 여공들이 바쁘게 길을 가고 있었다.

설레는 마음으로 차를 타고 가던 육영수의 눈에 공장 건물 옥상에 올라가 시위하는 여공들이 들어왔다.

어지럽게 붙여진 현수막에는 '3교대 근무 보장, 강제 잔업 철폐, 노동자도 사람이다, 취업 규칙 개선' 등의 혈서 표어가 쓰여 있었다.

육영수는 안타까운 눈으로 그 광경을 보며 지나갔다. 육영수의 눈에서 설렘의 빛이 사라지며 슬픔의 빛이 새겨졌다.

신라호텔에서 국내외 인사들과 리셉션이 있는 날 오후였다.

천웅이 운전하는 박정희의 전용차가 거리를 달리고 있었다. 박정희는 육영수와 함께 차를 탈 때는 자신의 전용기사 대신 항상 천웅에게 운전을 맡겼다. 박정희는 신문을 읽고 있고 육영수는 상념에 잠긴 표정으로 차창 밖으로 흐르는 거리 풍경을 바라보고 있었다. 배움의 터 개관식에 가는 도중에 본 근로자들의 시위 때문에 내내 마음이 무거웠던 것이다. 무언가 자신이 감당할 수 없는 일들이 생겨나고 있었다. 떨쳐버릴 수 없는 착잡한 심정에 육영수의 머리는 복잡했다.

앞서 달리던 경호차가 서서히 속력을 늦추는가 싶더니 이내 멈춰 섰다. 대학교 정문에서 쏟아져 나온 시위 학생들로 진입로가 막힌 것이다.

시위대의 행렬은 장기 집권 반대, 교련 강화 반대 등의 구호를 외치며 무서운 기세로 차량을 에워싸기 시작했다.

전투경찰이 시위대와 맞서고 있었다.

"무슨 일입니까?"

천웅이 운전석에 앉아 차창을 내리고 전용차 옆에 바싹 붙어 있는 경호원에게 물었다.

"시위 학생들 때문에 길이 막혔습니다. 이렇게 정체되다간 리셉션 시간에 못 댈 것 같습니다. 차라리 다른 길로 돌아서……."

경호원의 말이 채 끝나기도 전에 박정희가 차에서 내렸다.

경호원들이 신속하게 주변을 에워쌌다.

시위대에서는 사정없이 투석을 해댔다.

박정희는 날아오는 돌을 무시한 채 성큼성큼 걸어서 학교로 들어섰다.

돌을 던지던 학생들이 교정 안으로 들어서는 박정희를 보고 투석을 멈췄다.

구호를 외치던 시위대의 함성도 잦아들었다.

박정희가 시위 학생들의 중앙으로 꼿꼿하게 파고들었다.

시위 학생들은 박정희의 기세에 눌린 듯 양옆으로 물러서며 길을 터줬다.

학생처장이 학생들을 헤치며 급히 달려왔다.

"가, 각하!"

"대체 이게 무슨 짓들이야?"

박정희가 날카롭고 무서운 시선으로 주위를 둘러보았다.

그 기세에 완전히 눌린 학생들은 고개를 돌려 박정희와 시선을 마주치지 않으려 했다.

학생처장은 연신 굽실거리며 어쩔 줄 몰라 했다.

박정희가 경찰서장에게 명령했다.

"손에 흙 묻은 놈들 다 잡아 넣어!"

"예, 알겠습니다."

경찰서장은 경찰 간부를 불러 지시했다. 경찰들이 학생들을 체포하기 시작했다. 이어 경찰들에게 연행되는 학생들의 수가 점점 늘어나고 있었다.

그 광경을 지켜보던 박정희가 발길을 돌려 전용차에 다시 승차했다.

걱정스런 눈으로 보던 육영수가 조심스럽게 말했다.

"보세요……."

육영수의 표정을 힐끗 살핀 박정희가 잠시 망설이다가 차창문을 열고 경호원에게 명령을 내렸다.

"오늘 잡힌 놈들 아침에 해장국 한 그릇씩 먹여서 보내."

"네, 알겠습니다."

육영수는 비로소 안도의 숨을 내쉬었다.

다음날 육영수가 집무실에서 서류를 검토하고 있었다. 여느 때와 마찬가지로 책상 위 라디오에서는 뉴스가 흘러나오고 있었다.

'8월 11일 서울경찰청 중앙청 제1회의실에서 치안 책임자, 그리고 각급 대학 총장들이 참석한 가운데 학생 데모에 관한 특별담화를 발표하고 학생들의 자숙을 촉구했습니다. 한편, 오늘 안암동에서 발생한 학생 데모로 인해 성북경찰서 건물과 차량 세 대가 부서지고 학생 육십여 명이 체포, 시위 도중 부상하는 등 피해가 잇따랐습니다.'

육영수의 얼굴이 걱정스럽게 바뀌었다. 그리고 어제 보았던 장면이 머릿속에 떠올랐다. 잠시 생각하던 육영수가 수화기를 들어 천웅에게 연락했다.

"장 비서, 대학생들하고 대화를 하고 싶은데 자리를 만들어 줘."

그리고 며칠 후, 청와대 정원에서 육영수와 대학생들의 만남이 이루어졌다.

테이블과 의자가 갖추어져 있는 정원에는 경직된 얼굴의 대학생들이 앉아 있었다.

육영수는 학생들을 편하게 해주려는 듯 만면에 미소를 띠고 일상적인 얘기로 대화를 이끌어갔다. 그러다가 어느 순간에 자연스럽게 화제를 바꾸어 정말 알고 싶었고 궁금했던 일을 질문했다.

"대학 생활 얘기는 잘 들었어요. 여러분은 정치에도 관심 많을 거 같아요. 한 가지 알고 싶은 게 있는데, 시국과 관련한 데모에 대해서는 어떻게들 생각하세요?"

학생들은 갑작스러운 육영수의 질문에 멈칫했다. 더구나 무표정하게 서 있던 경호원들의 날카로운 시선을 의식했는지 입을 여는 학생이 아무도 없었다.

학생들의 분위기를 감지한 육영수가 가벼운 농담과 함께 다시 말했다.

"기탄없이 말씀해 보세요. 피 끓는 청춘이 못할 말이 어디 있겠어요."

육영수의 말에 용기가 났는지 안경을 낀 남학생이 어렵게 말을 꺼냈다.

"저희들 중에는 커피를 마시자면 막걸리를 마시자는 학생이 있습니다. 커피를 마시는 학생처럼 열심히 공부하는 친구들도 필요하지만 막걸리를 마시며 시국을 개탄하는 학생도 있어야 나라가 잘된다고 생각합니다."

육영수가 재차 질문을 던졌다.

"시국을 개탄할 만한 사유가 뭐죠?"

그제서야 용기가 났는지 안경 학생이 마음에 담아 둔 말을 꺼냈다.

"많은 학생들은 대통령께서 너무 오랫동안 집권한다고 생각하고 있습니다. 고인 물은 절대적으로 썩는 이치와 같다는 거죠."

그러자 옆에서 눈치를 보던 여학생도 덩달아 하고 싶은 말을 했다.

"민주주의 법질서를 무시하고 있다고 생각하는 친구들도 있고요."

"사실, 대통령을 독재자로 부르며 대통령으로 인정하지 않는 학생도 많습니다."

한번 말문이 터진 학생들이 마구 이야기를 던졌다. 당황한 경호원과 비서진들이 학생들의 발언을 중지시키려 하자 육영수가 손으로 제지했다.

그중 혈기 왕성해 보이는 학생 한 명이 벌떡 일어나 강직한 어조로 육영수에게 추궁하듯 물었다.

"영부인께서는 청와대 야당이란 말도 있는데 대통령을 어떻게 생각하십니까?"

육영수가 학생의 질문에 일순 멈칫했다가 미소 지으며 차분하게 대답했다.

"야당의 역할은 폭력과 시위가 아니더라도 비판과 견제를 통해 충분히 할 수 있다고 봐요. 여러분의 의견을 투표로 확실히 보여 주세요."

육영수의 대답에 분위기가 약간 누그러지며 학생들의 얼굴에도 일부는 수긍할 수 있다는 표정이 엿보였다.

하지만 육영수의 마음은 많은 상념으로 무거워졌다.

육영수는 늦은 시간에 박정희의 집무실을 찾았다. 아무도 없는 집무실에서 박정희가 지하철 도면 위에 무언가를 그리고 있었다.

박정희가 들어오는 육영수를 보고는 활기차게 얘기했다.

"당신 왔어? 이번 8.15까지는 완공해야 하는데 쉽지 않군."

잠시 망설이던 육영수가 어렵게 말을 꺼냈다.

"오늘 학생들을 만났어요."

박정희가 대수롭지 않게 물었다.

"그래? 좋은 얘기 많이 했어? 우리처럼 자원 없는 나라는 인재가 중요해."

"학교 얘기도 있었지만…… 당신 얘기도 많이 나왔어요."

육영수의 말은 듣는 둥 마는 둥 하던 박정희가 벽에 가득한 도면을 보며 만족스러운 듯 말했다.

"지하철 타는 날, 내 옆에 꼭 붙어 있어. 너무 빨라서 놀랄 거야."

육영수는 학생들과의 대화 내용을 진지하게 얘기해 주려 했다.

"학생들은 당신이 잘못한다고 생각하고 있어요."

아직도 박정희는 육영수의 말을 귓등으로 듣고 있었다.

"학생들이 아직 뭘 알겠어? 사회 나오면 이해할 테니 너무 신경 쓰지 마."

자신의 말은 듣지도 않고 도면에만 몰두하는 박정희를 보고는 육영수가 작심하고 말을 꺼냈다.

"밖에서 떠돌고 있는 소문 아세요?"

"소문 따윈 신경 안 써."

"전 당신 아내예요. 신경 쓰여요."

육영수의 말에 신경이 날카로워진 박정희의 언성이 높아졌다.

"무슨 말을 하려는 거요? 장기 집권? 독재? 그런 단어 나부랭이 따위 중요치 않아. 당신은 잿더미 같은 땅에서 희망이 솟는 게 보이지 않아? 저 쓰레기밖에 없던 곳에서 말이야."

"지금 당신이 하는 일은 옳지 못해요."

육영수의 말에 박정희가 몸을 돌려 힐난하듯 물었다.

"지금 내게 무슨 말을 하는 줄 알아? 당신이 뭘 아는데? 당신은 몰라."

육영수가 완강하게 자신의 의견을 표출했다.

"내가 왜 몰라요. 나도 보는 눈이 있고 듣는 귀가 있어요. 지금 당신은 잘못하고 있다고요!"

박정희의 얼굴색이 변했다. 그리고 격앙된 목소리로 말했다.

"나는 어릴 때 밥 먹듯이 끼니를 굶었어. 당신이 하인들이 해주는 밥을 먹을 때 내 주위에는 끼니를 때우기 위해 구걸하는 사람들이 널려 있었어. 그놈의 지긋지긋한 보릿고개를 넘길 때는 입에서 단내가 났어. 당신이 대체 뭘 알아?"

육영수도 지지 않고 맞받아쳤다.

"내가 뭘 아냐고요? 최소한 국민들에게 밥보다 중요한 게 있다는 건 알아요."

지금까지 박정희는 자신이 옳다고 생각했던 것은 절대 철회하지 않았다. 그리고 지금도 자신이 하는 일이 옳다고 확신하고 있었다. 박정희는 자신의 생각을 바꾸는 것보다 자신이 사랑하는 여인을 설득하는 것이 옳은 판단이라고 생각했다. 그는 벽면 가득한 도면을 가리키며 말했다.

"지금 대한민국은 위기야. 이대로는 모든 국민이 굶어 죽어. 누가 뭐래도 나를 믿어야 해. 아직 내가 하려는 일들을 마치지 못했어. 이건 나만이 할 수 있어, 알겠어?"

"내가 왜 당신을 택했는지 알아요? 아버지의 부를 하찮게 보는 당당함이 좋았어요. 그런데 지금 당신은 당신 자신을 위해 총을 휘두르고 있어요. 나라를 위한다고 아무리 말해도 누구도 믿지 않아요. 다들 그래요, 당신이 변했다고."

박정희는 고집스럽게 비판하는 육영수가 자신의 진심을 모른다고 생각했다. 그리고 되풀이했다.

"비난받는 건 두렵지 않아. 시간이 지나면 사람들은 내가 했던 일을 옳다고 인정해 줄 거야. 당신은 내 말보다 남의 말을 믿는 거야? 누가 뭐라든 상관없어. 당신이 내 진심을 아니까."

육영수가 먹먹한 눈빛으로 박정희에게 말했다.

"그렇게 자신 있어요?"

박정희는 사랑하는 아내의 슬픈 목소리를 듣고는 주춤하다가 말을 이었다.

"당신만은 내 편이어야 해. 누가 뭐래도 당신만은 나를 믿어야 돼."

육영수가 한참을 주저하다 대답했다.

"하지만 나도 이제 당신을 못 믿겠어요."

박정희는 육영수의 말에 다시 화가 치밀어 올랐다. 지금까지의 설득이 무위로 돌아갔다는 것 때문에 순간적으로 이성을 잃었다. 그리고 소리쳤다.

"지금 국민들이 원하는 게 뭔지 알려 주지! 민주주의니 뭐니 하는 헛소리가 아니라 곯은 배를 채워 주는 거라고! 난 그들을 굶기지 않으려고 무슨 짓이라도 할 수 있어! 당신 같은 부잣집 철부지는 절대 이해 못 한다고!"

박정희의 말에 강한 충격을 받은 육영수의 낯빛이 창백하게 변했다.

박정희는 육영수의 얼굴을 보고 자신이 무슨 말을 했는지 깨달았다. 정말 큰 상처를 주었다는 것을 알았다. 박정희가 멈칫했다. 잠시 육영수를 보다가 아무 말 없이 나가 버렸다.

육영수는 박정희에게 처음으로 커다란 벽을 느꼈다. 이렇게 갑갑함을 느끼는 것도 처음이었다. 밤새 한잠도 잘 수 없었다. 남편과 어디서부터 무엇부터 잘못되었는지를 몰랐기 때문이었다. 지금까지 남편과 자신은 같은 곳을 향해서 같은 생각을 가지고 살아간다고 생각했다. 하지만 오늘의 남편은 오랜 세월 같이 살을 맞대고 살아온 부부가 아니라 마치 타인 같았다. 그동안 작은 다툼도 있었고, 큰 언쟁도 있었지만 이렇게 마음의 상처를 받은 적은 없었다. 육영수는 자신이 지나치게 남편의 일에 간여하는 것이 아닌가 생각했다. 처음에는 가난한 군인의 아내였다가 이제 남편은 대통령이 되었고 자신은 그의 부인으로 최선을 다하며 살았던 세월이었다. 지금까지 육영수는 자신이 하는 일이 옳다고 생각했다. 그런데 이제 남편의 뜻에 따라 자신의 생각을 바꾸어야 할지도 모른다는 생각이 들었다. 과연 그것이 옳은 일일까? 아니면 남편의 생각을 바꾸어야 하나? 과연 그것이 가능할까? 그리고 그것은 옳은 일일까? 이런 생각을 갖고도 지금까지 살아온 것처럼 아무렇지도 않게 살아갈 수 있을까? 갑자기 숨 쉬기 어려울 정도로 가슴이 막혀 왔다. 그 순간 육영수는 남편에게서 아버지를 느꼈다. 그리고 자신이 혼자라는 생각에 두려움이 몰려들었다. 육영수의 머릿속에 감당할 수 없는 혼란이 찾아왔다.

다음날도 육영수는 우울한 얼굴로 집무실에서 민원 처리를 위해 서류를 검토하고 있었다. 남편과의 내적 갈등을 극복하기는 힘들었지만 일단 자신의 소임을 다해야 한다는 생각에 안간힘을 쓰며 억지로 버티고 있었다.

노크 소리가 들리고 이내 천웅이 들어왔다.

육영수는 천웅에게도 자신의 불안한 심리 상태를 눈치 채지 못하게 하려 했다. 그러고는 최대한 평소와 같은 어투로 말하려 애썼다. 어느 상황에서도 자신의 흐트러진 마음을 보여 주기 싫어하는 것도 육영수의 결벽성 중 하나였다.

"알아봤어?"

육영수는 일전에 시위에서 부상당했다는 학생에 대해 알아보라고 지시했고, 천웅이 지금 결과를 가지고 온 것이었다.

"예, 몹시 어렵게 사는 학생이더군요."

육영수의 표정이 곤혹스럽게 변하며 조심스럽게 물었다.

"많이 다쳤어?"

"……좀 심각한 모양입니다."

육영수의 얼굴이 어두워지며 잠시 동안 침묵을 지키다 천웅에게 다시 물었다.

"어느 병원에 있대?"

"입원은 안 했습니다."

"그럼 집에 있단 말이야?"

그날 육영수는 천웅과 최 비서만을 대동한 채 시위 도중에 부상당한 학생의 집을 찾아 나섰다. 차를 동네 입구 주차장에 세워 두고 주택가가 밀집되어 있는 언덕길을 올라갔다. 부상 학생의 집은 쉽게 찾을 수 있었다. 주택가 중턱에 있는 슬라브 집이었다.

부상 학생의 어머니가 육영수를 맞았다. 사전에 연락이 돼서 그런지 그렇게 놀라는 편은 아니었다. 어머니는 담담한 표정으로 육영수를 방 안으로 안내했다.

방 안에는 부상 학생이 머리에 붕대를 감고 누워 있었다. 눈을 감은 학생은 주위의 인기척을 전혀 의식하지 못했다.

육영수는 환자의 어머니부터 위로했다.

"심려를 끼쳐 드려 죄송합니다."

깊은 한숨을 내쉰 어머니는 누워 있는 아들의 모습을 눈으로 가리키며 탄식하듯 말했다.

"맨날 저렇게 누워만 있습니다. 의식이 있는 건지 없는 건지 꿈쩍을 안 해요. 멀쩡하던 애가 저 모양으로 누워 있는 꼴을 보자니 속이 터지네요."

"어떻게 위로의 말씀을 드려야 할지 모르겠습니다."

육영수는 두 손으로 어머니의 손을 꼭 잡아 주며 말했다.

육영수의 위로에 부상 학생의 어머니가 자조적으로 대답했다.

"다 지 팔자죠. 누구를 원망하겠어요. 세상 돌아가는 꼴 원망한들 누가 눈이나 꿈쩍하겠어요."

육영수는 더 이상 할 말이 없었다. 어떤 말도 이런 상황의 어머니에겐 위로가 될 수 없다는 것을 자식 둔 어미의 심정으로 잘 알기 때문이었다. 다시 한 번 누워 있는 학생을 보았다. 이유는 몰랐지만 학생의 얼굴에 겹쳐 근로자를 위해 스스로 몸을 불살랐다는 청년의 모습이 떠올랐다. 육영수는 봉투를 꺼내 놓으며 말했다.

"서둘러 입원시키세요. 하루 빨리 회복되기를 기원하겠습니다."

무언지 모르게 답답한 표정으로 육영수가 방을 나왔다.

문 밖에서 기다리던 천웅과 최 비서가 육영수를 보고는 주위를 경계하며 말했다.

"서둘러야겠습니다. 분위기가 심상치 않습니다."

"심상치 않다니?"

"학생이 분명한 청년 두서너 명이 아까부터 이 주위를 맴도는 게 아무래도 수상합니다. 빨리 차에 오르십시오."

육영수가 주위를 둘러보고는 무거운 얼굴로 차에 탔다.

육영수가 차에 타기를 기다리던 천웅이 차문을 닫아 주고는 급하게 차에 올랐다.

천웅은 긴장한 얼굴로 조심스럽게 운전을 하고 있었다.

차가 골목길을 막 빠져나가려는 순간이었다. 퍽 소리와 함께 자동차의 앞 유리창이 오물을 뒤집어썼다.

천웅은 차를 급정거시키면서 차에서 뛰어내렸다. 골목길로 황급히 달아나는 두 명의 청년을 확인한 천웅은 다시 차에 올랐다.

"제 예감이 틀림없군요. 안전띠를 매셔야겠습니다. 좀 빨리 몰겠습니다."

천웅은 틈틈이 백미러를 통해 육영수의 안색을 살폈다. 안색이 창백했다.

육영수는 그동안 대통령의 아내로 누구보다 처신을 잘하려고 노력했고, 국민의 사랑은 아닐지라도 최소한 국민의 미움을 받지 않으려고 성심을 다했었다. 그리고 그 노력은 국민의 사랑으로 돌아왔다. 그러나 어느 날부터 자신을 바라보는 시선 중에 미움과 원망의 화살이 숨어 있는 것이 느껴졌다. 그리고 그것이 그녀의 마음을 아프게 만들었고 사람들을 만나는 것을 점점 힘들게 만들었다.

얼굴이 어두워지며 육영수는 한동안 눈을 감고 생각에 잠겼다.

미동도 없이 앉아 있던 육영수가 백을 열고 손수건을 꺼내려다 백 한쪽에 눈길을 고정시켰다. 손바닥만 한 낡은 지갑이 눈에 띄었다. 지갑을 꺼내 열어 보았다. 안에는 옥천 집의 광 열쇠가 있었다. 육영수는 옥천 집을 떠나며 열쇠를 아버지에게 돌려주려 했었다. 그때 너무나도 어두운 아버지의 표정에서 자신의 행위가 아버지에게 큰 상처를 줄지도 모른다는 생각에 열쇠를 다시 집어 들고 나왔었다. 열쇠를 바라보는 육영수의 눈길은 어느새 옥천 집을 향하고 있었다.

육영수가 고향 옥천에서 교사로 있을 때였다.

육영수가 한참 수업을 하는데 교장실로 와 달라는 전갈을 받았다.

교장실에 들어선 육영수의 눈에 소파에 앉아 있는 육종관이 들어왔다. 그 앞에서 교장 선생이 머리를 조아리며 육종관에게 무언가 설명을 하고 있었다.

육영수를 본 교장이 육종관에게 인사하고 자리에서 일어났다.

"육 선생, 어르신께서 하실 말씀이 있다고 하니 잠깐 나가 있을게요."

교장이 다시 한 번 육종관에게 공손히 인사하고 밖으로 나갔다.

육영수가 무거운 얼굴로 아버지 앞에 앉았다. 육영수는 얼마 전부터 교사 생활을 그만두기를 종용했던 아버지가 학교에 직접 압력을 넣으러 온 것이라 짐작할 수 있었다.

육종관이 단도직입적으로 육영수에게 말했다.

"훈장 똥은 개도 안 먹는다. 이쯤 했으면 됐다."

육영수가 다소곳한 태도로 대답했다.

"공부를 더 하고 싶었지만 아버지의 말씀을 따라 대학에 진학하지 않았습니다. 이제 더 이상 배울 수는 없지만 아이들을 가르치며 돕는 것만은 허락해 주세요."

"그깟 선생 노릇 이제 집어치워. 교장에게도 그만두도록 조치해 두었어. 네 길은 내 집의 돈을 지키고 돈을 늘리는 일이다."

육종관의 거친 어투에 육영수가 자신의 생각을 조심스럽게 펼쳤다.

"돈이 제일 중요한 가치는 아니잖아요."

육종관은 육영수의 말을 무시하고 허리춤에서 한 쌍의 열쇠를 꺼내 들었다. 그리고 그중 한 개를 던져 주었다. 육영수의 앞에 열쇠가 떨어졌다.

육종관이 쐐기를 박듯 말을 던졌다.

"우리 집 광 열쇠다. 그 열쇠가 내 손을 떠난 건 처음이다. 날 실망시키지 않으리라 믿는다."

육종관은 어서 열쇠를 집어들라는 듯 강요의 얼굴로 육영수를 보았다.

육영수가 묵묵히 열쇠를 바라보고 있었다.

열쇠를 들여다보는 육영수의 눈앞에 완고한 아버지의 얼굴이 떠올랐다.

"장 비서."

"네."

"옥천으로 가 줘."

"네, 옥천요?"

"집에 가 보고 싶어."

옆에 있던 최 비서가 육영수의 눈치를 보며 말했다.

"여사님, 일정이……."

육영수의 표정을 본 천웅이 더 이상 말하지 말라는 듯 최 비서를 제지하고는 대답했다.

"알겠습니다."

천웅은 육영수의 착잡한 표정을 읽고는 더 이상 묻지 않고 차 머리를 옥천으로 틀었다.

노인이 다 된 육종관은 작업복 차림으로 뒷마당 뜰에서 화초를 가꾸고 있었다. 비록 몸은 쇠했지만 눈빛만은 성성했다.

"어이구, 여보 영감! 뭐하고 있는 거유, 여기서?"

역시 할머니가 다 된 이경령이 허둥지둥 뒤뜰로 들어서며 남편을 불렀다.

"뭐하긴 뭘해? 눈으로 보면 몰라? 왜 이리 수선을 떨어?"

"영수가 왔어요, 영수가."

"뭐여?"

육종관은 크게 어리둥절했다. 놀랍기도 하고 믿어지지 않는 일이었다.

"지금 뭐라고 했어?"

"영수가 왔단 말예요, 당신 딸 영수요, 영수."

육종관이 무슨 행동을 취해야 할지 몰라 손에 들고 있던 전지 가위를 던져 버리고는 우왕좌왕했다. 어느 순간 정신을 차리고는 앞뜰로 가려다가 다시 돌아와 서둘러 부인에게 말했다.

"바지……, 바지를 내와."

"바지는 갑자기 왜요?"

"아, 흙이 묻었잖아. 깨끗한 새 바지로 내오라고, 어서!"

육종관은 자신이 인연을 끊은 딸 앞에서 초라한 모습을 보이고 싶지 않았다. 그것은 자신만의 가치관을 지키며 충청도 제일 갑부의 일생을 살아왔던 그의 자존심이기도 했다.

"어서 들어가시기나 해요."

육종관은 떨리는 손으로 깨끗이 다린 바지를 갈아입고 대청으로 나갔다.

기다리고 서 있던 육영수가 큰절을 올렸다.

육종관이 딸의 큰절을 어정쩡한 모습으로 받았다. 아직도 딸을 용서하기 힘든 고집 센 아버지의 모습이었다.

세월과 함께 늙어 버린 아버지를 본 육영수의 눈에 눈물이 맺혔다. 이제 육영수에게 육종관은 고집 센 충청도 제일 갑부가 아니라 힘없고 약해진 그냥 자신의 나이 든 아버지일 뿐이었다. 갑자기 눈물이 와락 쏟아졌다.

"아버지. 죄송해요, 아버지."

육영수는 울먹이며 아버지를 바라봤다.

그런 딸을 바라보는 육종관의 눈에도 어느새 눈물이 고여 있었다.

오랜만에 상봉하는 두 부녀의 모습을 바라보며 이경령도 울고 있었다.

눈물을 거둔 육영수가 말했다.

"아버지, 오늘 저녁은 제가 차려 드릴게요."

육종관은 살갑게 대하는 딸에게 아무 말도 할 수 없었다.

그 장면을 바라보던 이경령이 감격에 겨워 말했다.

"우리 딸이 지어 준 밥을 먹다니, 그게 얼마 만이냐?"

육영수가 밥상을 들고 들어와 육종관 앞에 놓고 함께 앉았다.

밥상을 바라보던 육종관이 밥을 한 숟갈 퍼 입에 넣고는 천천히 씹었다.

육영수가 아무 말 없이 육종관이 밥 먹는 것을 지켜만 보고 있었다.

육종관이 수저를 내려놓고 육영수를 보았다.

아버지의 눈길을 받은 육영수가 자신도 모르게 심경을 토로했다.

"……집을 떠나서 청와대에 들어간 후에, 오물세례를 받으면서 영부인 생활을 시작했어요. 그런데 오늘도 똑같은 일을 당했어요. 처음엔 사람들이 문제라고, 언젠가는 바뀔 거라고 생각했는데 이젠 그런 일이 제 잘못이고 변하지 않은 건 내가 아닌가 하는 두려움이 들어요."

육영수의 이야기를 듣고 잠시 가만히 있던 육종관이 무겁게 말했다.

"……밥 짓는 솜씨가 늘었어."

"네?"

"이젠 네가 밥 뜸도 들일 줄 아는구나. 예전엔 내 돼지 훔쳐다 돼지죽이나 만들더니."

아버지의 말에 육영수의 눈에서 눈물이 흐르기 시작했다.

하염없이 흐르는 육영수의 눈물에 이경령도 함께 울었다.

육영수가 울먹이며 아버지에게 말했다.

"앞으로는 자주 해드릴게요."

"그만 울고 너도 먹어라. 갈 길이 먼데 든든히 먹어 둬야지."

육영수가 아버지의 말에 조용히 미소 지으며 눈물을 닦고 수저를 들었다.

17
내 사랑이 지고

내일은 8.15 경축 행사 날이다.

지하철 일호선 개통식도 연이어 예정되어 있었다.

육영수는 밤이 늦도록 집무실을 떠나지 못하고 있었다. 책상에 수북이 쌓인 우편물을 일일이 검토하는 중이었다. 그런 가운데 한곳에 눈길이 집중됐다.

낯익은 주소였다.

육영수는 뭔가 불길한 예감에 잠시 망설이다가 조심스럽게 봉투를 개봉했다. 한 장의 수표와 편지, 병상에 있던 학생의 어머니에게서 온 아주 짧은 사연의 편지였다. 한눈에 알아볼 수 있는 사연이었다.

육영수의 표정이 이내 침통해졌다. 창밖을 내다보았다. 어둠을 지키는 외등이 오늘따라 유난히 외롭게 보였다. 육영수는 두 손으로 얼굴을 감싸고 한동안 숨을 골랐다. 얼굴을 감싸 쥔 두 손이 가늘게 떨리고 있었다.

참담한 표정의 육영수가 새벽빛으로 희미한 집무실에서 편지를 든 채 미동도 없이 앉아 있었다. 아마도 거의 밤을 새운 것 같았다. 인기척에 고개를 돌리자 문을 열고 박정희가 들어왔다. 육영수가 무의식중에 손에 든 편지를 숨겼다.

집무실 등을 켜고 아내를 찾아 두리번거리던 박정희가 의자에 앉아 있는 육영수를 발견하고는 안도의 숨을 내쉬었다. 악몽을 꾸었는지 박정희의 안색이 좋지 않았다. 육영수와 다툰 이후 박정희의 마음은 편하지 않았다. 그리고 내색은 안 했지만 가끔 원인 모를 불안감에 휩싸이곤 했다. 애써 농담처럼 박정희가 말했다.

"당신이 없길래 어디 도망간 줄 알았어……. 난 당신이 옆에 없으면 마음이 안 놓여."

육영수가 박정희의 말에 웃어 주려 하는데 웃음이 나오지 않았다.

"오늘도 행사가 많아. 힘들 텐데 좀 더 자지 않고."

육영수는 박정희에게 어떤 말도 건네기가 힘겨웠다. 육영수가 어색한 태도로 간신히 대답했다.

"알았어요."

박정희가 그런 육영수를 보다가 시계를 보았다. 새벽 네 시가 조금 넘었다. 잠시 망설이던 박정희가 육영수에게 웃어 주고는 방으로 돌아갔다.

박정희가 사라지자 육영수는 다시 편지를 들여다보았다. 그녀의 표정이 무척 슬프게 변했다.

8.15 경축 행사장으로 떠나기 위해 몸단장을 끝낸 육영수는 거울 앞에 앉아 있었다.

그때 박정희가 기분 좋은 얼굴로 들어섰다.

"서두릅시다. 국립극장 갔다가 바로 지하철 개통식에 참석해야 돼."

박정희가 육영수의 손을 잡아끌었다. 박정희는 아내와 싸우고 난 이후 지하철 완공에 몰두했고, 집념의 결과물인 지하철을 아내에게 꼭 자랑하고 싶었다. 육영수를 잡은 박정희의 손에 무의식적으로 힘이 들어갔다.

육영수가 자신도 모르게 박정희의 손길을 뿌리치다가 옆에 놓인 화병을 쳤다. 화병이 떨어져 산산조각이 나며 꽃들이 바닥에 흩어졌다. 예전에 박정희가 선물했던 꽃을 드라이플라워로 만들어 둔 것이었다.

순간, 분위기가 어색해지고 둘 사이에 침묵이 흘렀다.

박정희가 아무 말 없이 옷장 앞으로 가서 넥타이를 골라 매려 했다.

육영수가 떨리는 목소리로 말을 꺼냈다.

"말씀드릴 게 있는데 꼭 좀 들어주세요."

박정희가 주춤하다가 대답 없이 넥타이만 계속 고르자 육영수가 호소하는 눈빛으로 하고자 하는 말을 했다.

"떠나야 할 때를 놓치지 마세요. 제가 드릴 수 있는 말은 그것뿐이에요."

박정희가 못 들은 척하고는 육영수에게 다시 재촉했다.

"늦었으니 빨리 준비하라고."

재촉하는 박정희를 보던 육영수가 슬픈 목소리로 말했다.

"시위하다 다친 학생이 죽었어요."

순간 박정희가 말을 잘 알아듣지 못한 듯 다시 물어보려다가 옷장 거울에 비치는 육영수의 얼굴을 보고는 멈칫했다.

"영안실에 가 봐야겠어요."

그제야 상황을 파악한 박정희가 당황한 얼굴로 소리쳤다.

"거길 왜 가? 당신이 가야 할 곳은 국립극장이야. 지하철 개통식이고."

육영수가 나직한 목소리로 말했다.

"예전에 안타깝게 죽은 노동자의 어머니를 만난 적이 있어요. 그때 무척 괴로웠어요. 이제 영부인으론 가지 않아요. 인간이자 어머니로서 가는 거예요."

육영수의 말에 감정이 격해진 박정희가 맞받았다.

"당신은 일개 자원봉사자가 아니야, 국모야 국모."

"행사장은 당신 혼자서도 충분하잖아요."

육영수의 고집에 박정희가 단호히 말했다.

"국립극장에 도착하면 나는 연설을 하고 당신은 내 뒤에 앉아 있어야 해. 지하철은 정시에 개통될 테고 우린 그 첫 열차를 탈 거야. 변하는 건 아무 것도 없어."

박정희가 완강한 표정으로 육영수를 한참 동안 바라보았다.

두 사람의 눈빛이 교차했다.

박정희가 이것만은 절대 양보할 수 없다는 표정으로 육영수를 바라보다가 그대로 나가 버렸다.

거리는 온통 축제 분위기였다.

지하철 개통식을 기다리는 역 주변은 벌써부터 사람들로 북

적대고 있었다. 거리마다 태극기와 지하철 개통 축하 현수막이 걸려 있었다. 대통령 부부가 탄 전용차는 국립극장 행사장을 향해 거리를 질주하고 있었다.

차창 밖의 축하 열기와는 달리 차 안은 다소 냉랭했다.

굳은 얼굴의 박정희가 여백에 메모를 해가며 연설문을 보고 있었다. 박정희는 연설문에 집중이 안 되는지 문장 밑에 거친 동작으로 줄을 죽죽 긋고 있었다. 옆에 앉은 육영수 역시 아무 말 없이 창밖으로 스치는 거리 풍경만 바라보았다.

장충동을 지날 무렵, 육영수가 낮은 목소리로 박정희에게 말했다. 목소리에는 깊은 추억과 그리움이 묻어 있었다.

"충현동 셋집 살 때 기억나요?"

박정희는 갑작스러운 물음의 의미를 몰라 선뜻 대답하지 못했다. 그러고는 한참을 있다가 부담스럽다는 듯 되물었다.

"……그건 왜?"

"갑자기 생각나서요. 정말 오래되었네요."

"……사람 싱겁기는……."

"……이제 그만 옛날 우리 집으로 돌아가요."

"우리 집……?"

"신당동으로 돌아가서 마음 편하게 살아요."

박정희는 육영수가 하는 말이 무슨 의미인 줄 알았지만 도저히 자신이 수용할 수 없다는 것도 알고 있었다. 박정희가 육영수의 손을 슬며시 잡았다.

"그동안 애썼소. 이제 다 왔어. 조금만 기다려요."

육영수가 낮은 목소리로 말했다.

"……당신은 예전하고 하나도 변한 게 없군요."

박정희가 씁쓸한 어조로 육영수의 말에 대답했다.

"사람이 어디 쉽게 바뀌나? 당신도 마찬가지야."

육영수의 얼굴이 처연해지며 혼잣말처럼 이야기했다.

"우리는 변해 가는 세상의 인간일 뿐이에요. 떠나야 할 때를 놓치지 마세요."

잠시 후 대통령의 전용차가 삼엄한 호위를 받으며 국립극장에 도착했다.

부부가 차에서 내렸다. 기다리고 서 있던 장관이 다가섰다.

"오셨습니까?"

두 사람은 장관의 영접 인사에 가볍게 목례로 답하고 천천히 국립극장 계단을 올라가 행사장 안으로 들어갔다.

"지금 대통령 내외께서 극장에 도착하셨으니 참가하신 내빈들께서는 전부 착석하여 주시기 바랍니다."

안내 방송이 나오자 웅성대던 장내 분위기가 차분히 가라앉았다.

중앙 출입구가 열리며 로비로 들어선 두 사람은 단상으로 통하는 복도를 지나고 있었다.

박정희는 빠른 걸음으로 육영수보다 한 걸음 앞서 걸어가고 있었다.

육영수가 뒤따르며 말했다.

"저 좀 보세요. 함께 가세요."

발걸음을 멈춘 박정희가 육영수를 기다렸다. 육영수가 옆으로 다가오자 박정희가 육영수와 보조를 맞추며 말했다.

"나도 천천히 걸을 테니 당신도 속도를 좀 내요."

어느 순간, 두 사람은 커튼 뒤를 지나고 있었다. 청중들의 시야에서 잠시 벗어난 사각지대였다. 나란히 걷던 육영수의 눈에 부쩍 늘어난 박정희의 흰머리가 들어왔다. 찬찬히 남편을 살펴보던 육영수에게 알 수 없는 애잔함이 밀려왔다. 마음을 추스르고 박정희의 손을 가만히 잡았다. 박정희가 주춤했다. 육영수가 밝은 미소와 함께 박정희의 넥타이를 매만져 주었다. 박정희가 쑥스러운 듯 웃음을 짓다가 다시 앞서 걸어갔다. 육영수가 박정희의 뒤를 조용히 따라갔다.

박정희가 단상에 오르자 경축객들이 기립하여 우레와 같은 박수를 보냈다.

식순에 따라 박정희의 기념사가 시작되었다.

육영수도 단상 뒤편에 앉아 연설을 하는 남편을 보고 있었다. 늘 단상에 같이 앉아 행사에 참석하는 육영수에게 연설하는 남편의 뒷모습은 익숙했다. 한번은 정면 모습이 궁금해서 객석에 앉아 연설을 들은 적이 있었다. 그런데 뒷모습만큼 멋지지 않았다. 그렇게 남편의 등은 육영수에게 믿음직함과 당당함의 상징이었다. 그런데 오늘은 왠지 애틋한 마음이 들었다. 육영수는 남편이 집으로 찾아왔던 첫날을 기억했다. 그리고 알았다. 박정희의 뒷모습이 사랑의 시작이었다는 것을…….

육영수는 부엌에서 동생과 다과를 준비하고 있었다. 박정희가 맞선을 보러 온다는 날이었다. 부엌문 틈으로 마루에 앉아 군화 끈을 푸는 박정희의 뒷모습이 보였다.

동생이 그런 육영수를 보고 궁금한 듯 물었다.

"언니, 어때?"

육영수가 살짝 미소 지으며 대답했다.

"난 괜찮은 것 같은데."

동생이 어이없다는 표정으로 구시렁거렸다.

"제대로 보지도 않았는데 어떻게 알아?"

육영수가 다시 한 번 박정희의 등을 보며 확인하듯 말했다.

"등이 듬직하잖아. 원래 뒷모습은 거짓말을 못하는 법이야."

동생은 그런 육영수의 말을 이해하기 어렵다는 얼굴이었다.

그런 동생을 뒤로 하고 육영수는 박정희의 뒷모습을 가만히 보고 있었다.

중간에 들리는 박수 소리에 육영수는 정신을 차렸다.

오늘따라 박정희의 연설은 더욱 박력이 넘쳤다. 아내의 화해의 손길이 박정희에게 힘을 준 것이었다. 기분이 좋아진 박정희는 평소보다 훨씬 과감한 손짓과 몸짓으로 자신의 소신을 표출했다. 정말 마음이 날아갈 것 같았다.

그런 박정희의 연설에 동화되어 모두들 힘차게 박수를 보내고 있었다.

쓸쓸하게 웃으며 육영수도 따라서 박수를 쳤다.

박수 소리가 끝없이 이어지다가 점점 잦아들었다. 그리고 연설이 다시 시작되려는 찰나, 어디선가 총성이 들려왔다. 처음에는 들리지 않을 정도로 작았지만 어느 순간 굉음처럼 커지기 시작했다.

단상의 박정희는 총성을 듣지 못하고 연설을 계속했다.

"조국 통일은 반드시 평화적인 방법으로 이루어져야 한다는 것을……."

불길한 총성이 다시 탕! 탕! 울리며 한 남자가 연단으로 달려들었다. 단상 위를 지키던 경호원이 연단 앞으로 뛰쳐나와 달려오는 남자를 향해 응사했다.

행사장은 순식간에 아수라장으로 변했다.

연단 위에서는 네다섯 명의 경호원들이 대통령을 보호하기 위해 순간적으로 자신들의 몸으로 박정희를 에워쌌다.

다시 범인이 총을 발사하려 하자 객석의 경호원이 그를 덮쳤다. 경호원이 덮치자 박정희를 향하던 총구가 중심을 못 잡고 방향을 바꿔 발사되었다.

육영수의 몸이 한편으로 기울어졌다. 육영수는 갑자기 머리가 아득해지며 자신도 모르게 몸의 힘이 빠지는 것을 느꼈다. 옆으로 쓰러지던 육영수는 본능적으로 남편을 찾았다. 경호원들에게 에워싸인 박정희의 모습이 보이지 않았다. 애타게 박정희를 찾던 육영수는 어느 순간 정신을 잃었다.

상반신이 한쪽으로 기울어지는 육영수의 모습이 박정희의 눈에 들어왔다. 박정희가 자신의 몸을 덮은 경호원을 밀어내려 발버둥쳤다.

박정희의 힘에 경호원들이 뒤로 밀리며 박정희의 몸이 단상

밖으로 삐져나오려 하자, 경호원들이 무지막지하게 어깨를 내리 눌렀다. 박정희가 육영수를 향해 손을 뻗치자, 경호원들이 다시 박정희의 손을 잡아 억지로 안으로 구겨 넣었다. 박정희의 몸을 누르고 있던 경호원 한 명이 박정희를 안정시키려 노력하며 말했다.

"진정하십시오. 각하…… 진정하세요."

그 말에 두 눈을 질끈 감은 박정희가 얼굴을 바닥으로 향하고 온몸에 힘을 주었다. 부르르 떨리는 박정희의 손에서 차츰 힘이 빠졌다.

천웅과 최 비서가 경호원과 함께 육영수를 안아들고 무대 뒤 통로로 황급히 빠져나갔다. 범인도 다른 경호원들에 의해 끌려 나갔다.

무대 위에는 육영수의 핸드백과 고무신이 남겨져 있었다.

장내가 정리되고 박정희도 안정을 되찾은 듯 보이자 경호원들이 뒤로 빠졌다.

자리에서 일어난 박정희가 뒤로 멀어지는 육영수를 바라보려는 욕망을 애써 참으며 청중을 향해 몸을 돌렸다.

박정희가 다시 연설대에 모습을 나타냈다.

단상을 잡은 박정희의 손이 떨리고 아내의 안위에 대한 심한 불안감과 공포가 얼굴에 비쳤다. 목이 타는 듯 연설대에 놓인 물

잔을 들어 한 모금을 마셨다. 박정희의 얼굴에 갈등의 빛이 떠올랐다. 힐끗 아내가 앉았던 자리를 보았다. 피가 아직도 흐르고 있었다. 박정희는 순간 아내에게 달려가고 싶은 충동이 들었다. 그녀의 상태를 확인하고 싶었다. 연설을 중단하겠다는 말을 하려 고개를 들었다.

순간, 그의 시야에 청중들이 들어왔다.

모두들 자신의 연설을 기다리고 있었다.

조용히 숨을 가라앉힌 박정희가 어렵게 말을 꺼냈다.

"여러분, 하던 얘기를 계속하겠습니다."

술렁이던 청중석에서 갑자기 박수 소리와 함께 대통령 만세 소리가 터져 나왔다.

박정희의 연설은 계속되었다.

연단에 서 있는 박정희의 마음은 회오리치고 있었다. 갑자기 말문이 막혔다. 본인이 직접 원고를 작성하는 박정희에게 있어 연설 도중의 실수란 거의 없었다. 그런데 어느 순간 자신의 말이 겉돈다는 것을 느꼈다. 목이 말라왔다. 너무나도 심한 갈증에 잔을 들었다. 물을 또 한 모금 마시며 억지로 마음을 진정시키는 동안 원고의 중간을 건너뛰었다는 사실을 깨달았다. 다시 돌아가 놓친 내용을 읽을까? 어서 이 과정을 끝내고 아내에게 달려가야 했다. 그대로 넘어가려는 순간, 다시 마음이 요동쳤다. 아내의 상태를 확인하는 것이 두려워 조금이라도 늦추고 싶은 마음도 생긴 것이다. 누구도 눈치 채지 못했지만 박정희의 마음은 갈팡질팡하고 있었다.

그렇게 경축사는 끝났다.

행사를 마치고 퇴장하려던 박정희가 핏자국으로 얼룩진 의자 주변에 육영수의 핸드백과 고무신이 흩어져 있는 것을 보았다. 조용히 다가가 떨리는 손으로 아내의 핸드백과 고무신을 주워 들고 수행원들과 함께 묵묵히 대극장을 걸어 나갔다.

천웅과 최 비서는 경호원들과 함께 육영수를 검은 승용차에 싣고 근처의 서울대 병원 응급실로 달렸다. 급하게 수술실로 옮겨진 육영수는 머리에 박힌 총알을 제거하는 수술을 받기 시작했다.

수술은 다섯 시간에 걸쳐 진행되었다.

행사를 마친 박정희는 육영수가 수술 중인 병원으로 향하고 있었다.

차 안의 라디오에서는 육영수의 피격 소식을 속보로 알리고 있었다.

'괴한의 총탄에 저격당해 서울대 병원에서 수술 중인 육영수 여사의 상태는 위중한 것으로 알려졌습니다. 삼십 대 초반으로 보이는 범인의 정체는 정확히 밝혀지지 않았지만 북괴의 사주를 받은 제일교포 이세로 박정희 대통령을 저격하려던 총탄이 빗나가 육영수 여사를 맞힌 것으로 추정됩니다.'

굳은 얼굴로 앉아 있던 박정희의 표정이 뉴스를 더 듣기 힘들 정도로 고통스러워 보이자 비서관이 라디오를 껐다.

박정희가 손에 쥐고 있던 핸드백과 고무신을 내려다보았다. 떨리는 손으로 핸드백을 열었다. 낡은 핸드백 안에 작은 지갑이 눈에 들어왔다. 물끄러미 보던 박정희가 조심스럽게 열어 보자 광 열쇠가 있었다. 박정희의 마음이 젖어들며 얼굴이 애틋하게 변해갔다.

차창 밖으로 운집한 사람들이 걱정 어린 표정으로 박정희를 보고 있었다.

어느 순간 박정희의 차가 병원에 도착했다.

육영수의 뛰던 심장이 멈추고 심전도 기계가 플랫라인을 나타내고 있었다. 기계가 띠 하고 경고음 소리를 내자 당황한 수술팀들이 주사를 놓고 전기 충격을 시도했다. 점점 띠 소리가 커지다 수술 도구들이 바닥에 떨어지며 소리가 아득히 멀어졌다.

박정희가 대기실에 앉아 있었다. 얼굴과 어깨 그리고 몸 전체가 석상처럼 굳어 있었다. 박정희는 의료진에게 '최선을 다하라'는 지시를 해놓고 아내에게 기적이 일어나기만을 기다리고 있었다.

집도의가 들어왔다.

박정희가 기적을 바라는 시선으로 집도의를 쳐다보았다. 집도의가 아무 말 없이 고개를 숙이자 박정희의 얼굴이 창백해졌다. 한참을 침묵하던 박정희가 간신히 입을 열었다.

"내가 수술실에 들어가 봐도 되겠소?"

아무도 없이 휑한 수술실에 박정희와 육영수만이 있었다.

수술대 옆에 앉아 있던 박정희가 침대에 잠든 듯 누워 있는 육영수를 물끄러미 내려다보다가 손목의 멍을 발견했다. 박정희는 바로 몇 시간 전의 일이 떠올랐다. 행사장에 오지 않겠다는 말을 묵살하고 자신이 고집을 피워 억지로 끌고 온 것이다. 만약 아내가 행사장에 오지 않았다면……. 자신이 아내를 죽였다는 두려움이 엄습하며 온몸이 떨렸다. 그리고 마음이 찢어져 왔다. 박정희는 붕대가 감긴 육영수의 머리를 한참 바라보다가 혼잣말했다.

"일어나요. 어서 일어나."

하지만 육영수에게서 아무 대답도 들을 수 없었다.

박정희가 슬픔을 참으며 소리 없이 울었다. 박정희의 내면의 목소리가 병실을 울렸다.

'당신, 이게 뭐냐? 이러지 않았잖아. 이제 그만 골탕 먹이고 제발 일어나. 말 좀 해봐. 잠시라도 눈 좀 떠 봐, 아주 잠시라도.'

육영수는 그런 박정희의 마음을 아는지 모르는지 가만히 누워 있었다.

그렇게 육영수는 세상을 떠났다.

하늘에서 비가 쏟아지기 시작했다.

수술실을 걸어 나오는 박정희의 얼굴은 완전히 굳어 있었다. 낯빛 또한 밀랍 같았다. 박정희는 가족들과 눈도 맞추지 못하고 정신없이 화장실로 들어갔다.

잠시 후 화장실에서 물소리가 크게 들려왔다.

한쪽에 서 있던 천웅이 슬며시 일어나 화장실 문을 조금 열고 안을 살폈다.

박정희가 세면대에 두 손을 의지한 채 물을 틀어 놓고 흐느끼고 있었다. 어깨까지 크게 들먹이며 통곡을 하고 있었다. 마치 짐승의 소리처럼 처절하게 들려왔다.

빗소리가 점점 커졌다.

한 가닥 기대를 가지고 있던 아이들이 엄마를 외치며 서럽게 울었다. 그 시각 육영수의 숨결이 배어 있는 고향 옥천 집 대청 마루에서는 육종관과 이경령이 아무 말 없이 비가 쏟아지는 먼 산을 바라보고 있었다.

쏟아지던 소나기가 잠시 멈추면서 하늘이 주황빛으로 물들었다. 주황빛 저녁놀이 구름 사이로 내비치면서 잠시 천지를 밝히다가 다시 비가 내리기 시작했다.

18

영원히 잊지 못할 그녀의 미소

'연도에는 많은 국민들이 나와 영부인의 마지막 가는 길을 애도하기 위해 기다리고 있습니다. 잠시 후 대통령이 나오면 운구 행렬이 청와대를 출발할 예정입니다.'

라디오에서 육영수의 장례 행렬 방송이 흘러나오고 있었다. 라디오는 평소 육영수가 목에 걸고 다니던 것이었다.

박정희가 창가에 서서 청와대 현관에 서 있는 운구차를 보고 있었다. 운구차를 어루만지듯 창문을 손으로 어루만지며 눈물을 흘렸다. 박정희가 흐느끼며 혼잣말로 중얼거렸다.

"미안하오, 미안해……."

독백처럼 쓸쓸히 박정희가 내뱉었다.

"……이제 다 왔다고 했잖소. 이렇게 나만 두고 가면 어떡해?"

박정희는 흐르는 눈물을 멈추려 했지만 멈추지 못했다. 죽은 아내에 대한 간절한 그리움이 물밀 듯이 밀려왔다. 아직도 그녀의 죽음이 박정희에게는 실감 나지 않았다.

마음을 추스르고 나가려는 박정희가 육영수의 흔적을 느끼려는 듯 벽에 걸린 원앙 자수와 책상에 놓인 필기도구, 민원 편지, 미완성인 무궁화 자수를 찬찬히 둘러보다 자개함을 발견했다.

애틋한 얼굴로 보던 박정희가 주머니에서 열쇠를 꺼내 자개함을 열어 보았다. 자개함 속에는 청와대로 들어오기 전에 찍었던 사진첩과 함께 편지 한 장이 곱게 접혀 있었다. 박정희의 기억 속에 예전 육영수가 난민촌을 다녀오던 날 썼던 편지가 떠올랐다. 가슴이 뛰기 시작했다. 주저하던 박정희가 떨리는 손으로 편지를 펴 보았다. 흐른 시간만큼이나 조금은 변색된 종이 위에 단정하게 적힌 육영수의 글씨가 눈에 들어왔다.

'우리가 청와대를 떠나 평범한 부부로 돌아갈 때, 사진첩을 보며 당신과 이 편지를 읽을 겁니다. 힘들게 맺은 결혼이었지만 사랑과 믿음으로 어려움을 견딜 수 있었고, 그 순간 모두가 행복이었어요. 저는 오늘 난민촌에서 또 하나의 세상을 보았어요. 처음에는 두려웠지만 당신이 있으니 이겨낼 겁니다. 지금은 미숙한 영부인이지만 당신은 존경받는 대통령이 되실 거고, 나는 사랑받는 퍼스트레이디로 기억되고 싶어요. 먼 훗날, 이 자개함을 당신과 함께 열 생각을 하니 가슴이 벅차오릅니다. 그때 당신 앞에 시원한 막걸리 한 잔이 놓여 있을 거예요. 사랑합니다.'

편지 위로 눈물 한 방울이 떨어졌다. 편지의 글씨가 눈물로 흐려졌다. 박정희는 그녀가 없는 고통이 견디기 힘들다는 듯 서둘러 편지를 접어 자개함에 다시 넣었다. 박정희는 아내와 같이 읽으려 했던 편지를 이제는 혼자서 읽을 수밖에 없는 현실에서 사랑하는 아내의 부재를 실감했다. 갑자기 참기 힘든 외로움이 밀려왔다. 혼자라는 막막함이 덮쳐 왔다. 그러고는 육영수가 떠오르며 가슴이 마구 소용돌이쳤다. 심장이 부서질 것 같았다. 머리가 터질 것 같았다. 미치지 않기 위해서 무언가를 하고 싶었다.

박정희의 내면이 폭발하려는 순간, 라디오에서 박정희가 어서 나와 육영수를 먼 길로 보내 줄 것을 재촉하는 소리가 흘러나왔다.

열기가 가라앉으며 마음을 가다듬고 눈물을 닦았다.

절대 권력의 대통령은 국민들에게 눈물도 마음 놓고 보여 줄

사랑하는 아내를 차마 떠나보낼 수 없다는 듯
박정희가 육영수의 장례차를 잡으며 슬퍼하고 있다.

"국화꽃들이 당신을 덮고 있네."
그러고는 한참을 머뭇거리던 박정희가 나지막이 말했다.
"여보, 사랑해."

수 없었다.

과연 내가 그녀의 운구차 앞에서도 냉정을 유지할 수 있을까?

옷을 단정하게 다듬었다.

최대한 침착함을 유지하려 애썼다.

라디오 소리를 뒤로 하고 문을 향해 서서히 걸음을 옮겼다.

그 순간, 어디선가 사랑하는 아내의 목소리가 생생하게 들려왔다.

'전 부쳐 놨어요. 어서 드세요.'

박정희가 돌아보았다.

창가에서 아내가 손짓하고 있었다.

따뜻하게 박정희를 바라보던 육영수의 환영이 어느덧 사라지며, 하늘에서 한잎 두잎 목련 꽃잎이 흩날리며 떨어지고 있었다.

그녀는 결코 죽지 않았다.

아직도 내 기억 속에는 생생히 살아 있다.

그 모습 그대로 영원히! 내 마음의 추억과 함께!

- 끝 -

육영수와 박정희, 그들만의 이야기

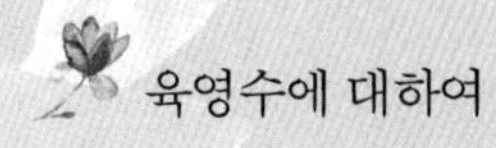

육영수에 대하여

충청도 제일 갑부의 딸로 태어난 육영수.
적극적으로 돈을 지향하는 아버지와 가치관의 차이는 있지만,
그녀에게 아버지는 신뢰의 대상이다.
아버지가 목적을 위해 수단 방법을 가리지 않았을 때,
변화의 삶을 선택하고, 미련 없이 아버지를 떠난다.

그녀에게 박정희는 인생 단 하나의 남자다.
불꽃같이 사랑하고, 후회 없이 살았다.
그의 가치관과 그녀의 가치관이 일치했을 때,
정말 행복한 삶이었다.

그가 국가를 위해 헌신할 때, 그녀는 국민을 위해 헌신했다.

누구도 가지 못하는 길을 가는 그녀에게,

사람들은 모든 국민의 어머니라는 호칭을 붙여 주었다.

국민의 사랑은 그녀에게 살아가는 긍지였고,

남편의 사랑은 그녀가 살아가는 행복이었다.

어느 날, 남편의 지독한 목적 지향성으로

국민의 눈길이 서늘해졌을 때, 그녀의 번뇌는 깊어졌다.

아버지를 떠나 남편을 선택하고, 국민을 사랑했지만,

이제 그녀는 어디로 가야 할지 길을 잃는다.

남편과의 사랑이 깊어지면 깊어질수록,

고뇌 또한 더욱 깊어졌다.

정체성에 대한 끝없는 탐구, 자기 계발 욕구,

타인에 대한 능동적 태도,

그리고 그 모든 것을 표현했던 탁월한 유머까지.

그녀는 현대를 살아가는 여성들의 진정한 롤모델이다.

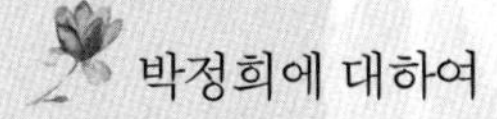

박정희에 대하여

박정희의 일생은 독선적 애국의 길이다.
유교적 선비 시대의 끝자락을 입에 물고
지독한 빈곤에서 성장한 그는,
절차적 · 방법적 민주보다는 효율적 · 결과적 권위가
시대 상황이 강요하는 목표에 더 적합하다고 판단한다.
목적이 선이라면 방법은 차후의 문제라 치부했던 그는,
외적 강인함과 내면의 온정이 기묘한 부조화를 이루며
비극적 생을 산다.

5.16의 한강을 건너는 순간,
루비콘 강을 건너 로마의 역사를 이루어 내고
결국은 주변의 질시로 단검에 찔려 절명한 시저와 비견된다.
시저는 탁월한 능력과 추진력으로
로마를 혼란에서 구해 내고, 대제국 로마의 초석을 쌓는다.
박정희 역시, 지구 최악의 빈민국 대한민국을
강인한 카리스마와 추진력으로 빈곤에서 탈출시킨다.

박정희에게는 평생을 사랑한 아내 육영수가 있다.

그의 독점적 성향은 육영수의 모든 것을 사랑했고,

육영수가 자신의 가치관까지도 공유해야 한다고 확신한다.

하지만 여인 육영수가 사랑한 것은 박정희이지만

인간 육영수가 지향한 가치는

대한민국보다 대한민국 국민이기에,

박정희는 육영수의 모든 것을 차지하지 못했고

사랑하는 여인을 총탄에 잃는 슬픔을 맛보게 된다.

이것은 비극적 영웅이 맞아야 할 어쩔 수 없는 대가이다.

신은 그에게 탁월한 능력을 주었지만,

그가 가장 사랑하는 것을 앗아가는 슬픔까지 주었다.

그는 진정한 비극적 영웅이다.

맺는말

이 작은 책에는 많은 이야기가 담겨 있다.

그리고 그 많은 이야기를 담기 위해 더 많은 분들의 책과 글에 빚을 졌다. 김교식 님, 김두영 님, 남지심 님, 박목월 님, 박언휘 님, 안세희 님, 이대환 님, 이진수 님, 조갑제 님, 홍하상 님 등 많은 분들과, 그리고 그 외 셀 수 없을 정도의 기록들과 영상물 등. 비록 일면식도 없는 분들이지만 진심으로 그분들과 그분들의 피나는 노력으로 만들어 낸 결과물에 감사드린다.

하지만 이 책에 가장 많은 빚을 지운 사람은 이 책의 주인공 육영수 여사와 그의 남편 박정희 대통령이다. 그분들이 없었다면 이 책은 태어나지 못했을 것이다.

21세기는 여성 시대다.

현재 대한민국 여성들의 소프트 파워는 시대 이슈를 주도하고 있다. 드디어 한국에 여성 대통령까지 탄생했다.

이 책은 여성 시대를 맞아 21세기에 적합한 여성상을 상상해 보며, 한국에도 그에 부합하는 인물이 없을까 하는 고민에서 시작되었다. 즉, 여성 시대를 대변할 수 있는 숨겨진 역사 속 여성을 발굴하고, 그 여성을 소설에 담아 21세기 여성상을 보여 주고 싶었다.

그런 인물들 속에서 육영수 여사가 눈에 들어왔다. 육영수 여사는 불과 삼십여 년 전의 여성이지만 철저히 잊혀져 있다. 하지만 그녀가 가졌던 앞서갔던 여성상은 21세기에도 여전히 유효하다고 생각했다. 그리고 그녀를 통해 현대를 살아가는 여성들에게 또 하나의 롤모델을 제시할 수 있다는 생각이 떠올랐다.

이 책은 다양한 실제적 사실 중 일부를 선택해 변주하고 다듬은 상상 소설이며, 박정희 대통령의 시각으로 육영수 여사의 모습을 그린 실명 소설이다. 국민이 존경하는 영부인이 아닌, 남편이 느끼는 사랑하는 아내의 모습으로 소설을 구성했다. 최대한 사실에 가깝게 그리려 했지만, 그러지 못하더라도 최소한 진실에서는 벗어나지 않겠다는 심정으로 글을 썼다.

이 책을 접하는 모든 분들이 근대 역사의 한 페이지를 장식했던 소설 속의 주인공을 비롯한 그 밖의 많은 조연들과 가볍고 재미있게 친숙해지기를 기대하며 글을 맺는다.

류보상

극작가, 소설가

현) 극단 사계 고문, 기획출판 유스컴 대표

전) 서울신문 출판편집국 부국장, 한국문인협회 문인복지위원,
한국희곡작가협회 자문위원, 국제펜클럽 · 한국방송작가협회 ·
한국연극협회 회원, 서울동대문문인협회장, 단국문인협회장

수상

동아방송 개국 4주년 단막극 공모 '비탈길' 당선

제1회 대한민국연극제 '이혼파티' 수상

한국문학상, 한국희곡문학상, 단국문학상, 탐미문학상,

옥천 유승규 문학상 수상

2005 올해의 최우수 예술인(문학부문) 선정

작품

희곡: 류보상 희곡선집 〈사기꾼천국〉, 류보상 희곡집 〈무대에 선 사람들〉

소설: 장편 〈이브의 딸〉, 〈이혼파티〉, 〈대의〉
류보상 콩트집 〈그때는 그때, 지금은 지금〉, 〈지둘려 봐〉

방송극: 〈연평도〉, 〈이 사람을〉, 〈특별수사본부〉, 〈명랑극장〉,
〈여인극장〉, 〈소설극장〉, 〈청소년극장〉, 〈스포츠드라마〉,
〈또순이〉, 〈입체야담〉